Blake Crouch

D...

CW01432950

Das Buch

Andrew Z. Thomas ist ein erfolgreicher Krimiautor und lebt im Bergvorland von North Carolina in einem Haus am See. Eines Nachmittags im Frühling erhält er einen seltsamen Brief, der letzten Endes seine Karriere, seine geistige Gesundheit und das Leben aller, die er liebt, gefährdet. Ein Mörder bestimmt jetzt über seine Zukunft, und Andrew weiß nicht, wie er ihm entkommen kann.

Der Autor

Blake Crouch hat über ein Dutzend spannende Bestsellerromane geschrieben. Seine Wayward-Pines-Reihe wird derzeit von M. Night Shyamalan als Fernsehserie für den Sender Fox umgesetzt. Seine Kurzgeschichten sind in zahlreichen Sammelbänden, im Ellery Queen's Mystery Magazine, Alfred Hitchcock's Mystery Magazine sowie vielen anderen Publikationen erschienen.

Blake Crouch lebt in Colorado, und wenn Sie mehr über ihn erfahren möchten, besuchen Sie seine Website unter www.blake crouch.com, folgen Sie ihm auf Twitter @blakecrouch1 oder auf Facebook unter http://www.facebook.com/blake.crouch.9.

BLAKE CROUCH
DER ANRUF

Buch 1 der Trilogie um Andrew Z. Thomas

Übersetzt von Kerstin Fricke

amazon crossing

Die Originalausgabe erschien 2011 unter dem Titel »Desert Places«.

Deutsche Erstveröffentlichung bei AmazonCrossing,
Luxemburg, Oktober 2014

Umschlaggestaltung: bürosüd⁰ München, www.buerosued.de
Motivgestaltung: Jeroen Ten Berge
Lektorat: Knowlance AG, http://textlove.de
Satz: Monika Daimer, www.buch-macher.de

Printed in Germany
by Amazon Distribution GmbH, Leipzig

ISBN 978-1-477-82737-6

www.amazon.com/crossing

Vorwort

Ich habe im Jahr 2005 zum ersten Mal von Blake Crouch gehört, als mir ein Freund sagte: »Den musst du lesen. Der schreibt genauso abgefahrenes Zeug wie du.«

Also habe ich »Der Anruf« gelesen und festgestellt, dass mein Freund noch untertrieben hatte.

Abgefahren? Crouch war einer der mitreißendsten, schonungslosesten und direktesten Autoren, die mir je untergekommen sind. »Der Anruf« ist ein adrenalinlastiger Albtraum mit einem so hohen Tempo, dass ich das Buch mit beiden Händen festhalten musste.

Aber unter all dieser Intensität schlägt das Herz eines verdammt guten Autors. Er kann eine Redewendung umdrehen, feine Untertöne beifügen und den Leser fesseln.

Sie werden von »Der Anruf« Albträume bekommen. Aber dieses Buch wird Sie auch auf eine Art mitreißen, die Sie nie erwartet hätten.

Wie sehr ich seine Arbeit bewundere? Nachdem ich ein Fan geworden war, habe ich Blake aufgesucht, wir haben zusammen an mehreren Projekten gearbeitet und planen bereits neue.

Wenn Sie »Der Anruf« jetzt zum ersten Mal lesen, beneide ich Sie. Sie wissen ja nicht, was Sie erwartet.

Jack Kilborn, Autor von
»Trapped – Die Insel des Dr. Plincer«,
»Angst« und »Das Hotel«

Sie schrecken mich nicht mit dem Nichts umher:
Um Sterne und auf Sternen menschenleer.
Es liegt in mir, viel näher an zu Haus.
Mich schrecken meine öden Orte mehr.

—Robert Frost, »Öde Orte«

TEIL I

Kapitel 1

An einem schönen Maiabend saß ich auf meiner Veranda und sah der Sonne zu, wie sie im Lake Norman unterging. Bis dahin war es ein perfekter Tag gewesen. Ich war um 5.00 Uhr aufgestanden, hatte mir Kaffee gekocht und das übliche Frühstück aus Rührei und einer Schale frischer Ananas zubereitet. Um 6.00 Uhr war ich schon am Schreiben, und ich hörte erst mittags wieder damit auf. Ich briet mir die beiden Fische, die ich in der Nacht zuvor gefangen hatte, und in dem Moment, in dem ich essen wollte, rief mein Anwalt an. Cynthia nimmt meine Nachrichten entgegen, wenn ich in der Endphase eines Buches bin, und sie hatte einige für mich gesammelt, doch die einzig wichtige betraf den Filmvertrag für meinen neuesten Roman »Blue Murder«, den sie abgeschlossen hatte. Das waren natürlich gute Neuigkeiten, aber da meine Bücher schon als Vorlagen für zwei weitere Filme dienten, hatte ich mich inzwischen daran gewöhnt.

Ich arbeitete den restlichen Nachmittag in meinem Arbeitszimmer und machte um 18.30 Uhr Feierabend. Meine Überarbeitung des neuesten Manuskripts, das noch keinen Titel hatte, würde am nächsten Tag fertig sein. Ich war müde, aber mein neuer Thriller »The Scorcher« würde in der nächsten Woche erscheinen. Vorerst genoss ich jedoch die angenehme Erschöpfung nach einem langen Arbeitstag. Mir taten die Hände vom Tippen weh, meine Augen waren müde und überlastet, so schaltete ich den Computer aus und rollte meinen Drehstuhl vom Schreibtisch weg.

Zur Entspannung ging ich den langen Kiesweg zu meinem Briefkasten hinunter. Ich war an diesem Tag zum ersten Mal vor der Tür, und das grelle Sonnenlicht, das zwischen den Kiefern, die an beiden Seiten der Auffahrt standen, hindurchschien, brannte mir in den Augen. Hier draußen war es unglaublich ruhig. Nur fünfundzwanzig Kilometer weiter herrschte in Charlotte Rushhour, und ich war dankbar dafür, dass ich diesen Irrsinn nicht mehr mitmachen musste. Während die kleinen Steinchen unter meinen Füßen knirschten, stellte ich mir vor, wie mein bester Freund Walter Lancing in seinem Cadillac saß und sich aufregte. Er würde das Hupen und das Licht der vielen Scheinwerfer verfluchen, die ihn auf dem Weg in seine Suite im Stadtzentrum von Charlotte begleiteten, wenn er von seiner Arbeit bei dem vierteljährlich erscheinenden Naturmagazin »Hiker« zu seiner Frau und seinen Kindern nach Hause fuhr. Aber ich muss mir das nicht antun, dachte ich. Ich bin ein Einzelgänger.

Zur Abwechslung war mein Briefkasten mal nicht randvoll. Darin lagen nur zwei Umschläge, eine Rechnung und ein weiterer Umschlag, auf den nur meine Adresse getippt war. Fanpost.

Als ich wieder im Haus war, mischte ich mir einen Jack Daniel's mit Zitronenlimonade und nahm meine Post sowie ein Buch über Kriminalpathologie mit auf die Veranda. Ich setzte mich in einen Schaukelstuhl, legte alles bis auf meinen Drink auf den kleinen Glastisch und blickte auf das Wasser hinaus. Mein Garten ist nur schmal und an jeder Seite stehen vierhundert Meter Wald, sodass das Haus, in dem ich jetzt seit zehn Jahren wohne, auch von meinen nächsten Nachbarn abgeschirmt ist. Der Frühling war in diesem Jahr erst Mitte April angebrochen, daher waren noch einige rosafarbene und weiße Hartholzblüten in dem ansonsten grünen Wald zu sehen. Das grüne Gras ging bis hinunter zu dem verwitterten grauen Pier am Ufer, an dem eine uralte Trauerweide über das Wasser ragte und die Spitzen ihrer Äste hineintauchte.

Der See ist an der Stelle, an der er an mein Grundstück grenzt, über eineinhalb Kilometer breit, sodass ich die Häuser auf der anderen Seite nur im Winter sehen kann, wenn die Bäume ihr Laub verloren haben. Da an den Ästen jetzt zu Frühlingsbeginn wieder hellgrüne und gelbe Blätter sprossen, hatte ich den See für mich allein und das Gefühl, kilometerweit die einzige lebendige Seele zu sein.

Ich stellte mein halb geleertes Glas ab und riss den ersten Umschlag auf. Wie erwartet enthielt er eine Rechnung des Telefonunternehmens, und ich überflog die lange Liste mit den Einzelverbindungen. Als ich damit fertig war, legte ich den Brief beiseite und griff nach dem leichteren Umschlag. Darauf klebte keine Briefmarke, was mir seltsam vorkam, und als ich ihn aufriss, lag darin ein einzelnes weißes Blatt, das ich auseinanderfaltete. In der Mitte der Seite war in schwarzer Tinte ein Absatz abgedruckt:

»Guten Tag. Auf Ihrem Grundstück ist eine Leiche vergraben, an der Ihr Blut klebt. Der Name der unglücklichen jungen Dame ist Rita Jones. Sie haben das Gesicht der verschwundenen Lehrerin bestimmt schon in den Nachrichten gesehen. In ihrer Jeanstasche finden Sie eine Notiz mit einer Telefonnummer. Sie haben einen Tag, um diese Nummer anzurufen. Wenn ich bis 20.00 Uhr morgen (17.5.) nichts von Ihnen gehört habe, erhält die Polizei einen anonymen Anruf. Ich werde ihnen sagen, wo Rita Jones auf dem Grundstück von Andrew Thomas vergraben ist, wie er sie ermordet hat und wo die Mordwaffe in seinem Haus versteckt ist. (Ich vermute, dass in Ihrer Küche ein Schälmesser fehlt.) Ich hoffe um Ihretwillen, dass ich diesen Anruf nicht machen muss. Gehen Sie einfach am Ufer in Richtung der Südgrenze Ihres Grundstücks, dann werden Sie sie finden. Rufen Sie nicht die Polizei, denn ich habe Sie ständig im Auge.«

Ein Lächeln stahl sich auf meine Lippen. Ich musste sogar kichern. Da in meinen Romanen Verbrechen und Gewalt vorkommen, haben viele meiner Fans einen sehr merkwürdigen Humor. Ich habe schon Morddrohungen erhalten, Bilder, sogar Nachrichten von Menschen, die behaupteten, auf dieselbe Art und Weise wie die Serienkiller in meinen Büchern gemordet zu haben. Aber die hier hebe ich mir auf, dachte ich. Etwas so Originelles hatte ich noch nie bekommen.

Ich las die Nachricht noch einmal, doch beim zweiten Lesen erfasste mich eine unheilvolle Vorahnung, da der Verfasser offensichtlich ziemlich gut über mein Grundstück Bescheid wusste. Außerdem fehlte tatsächlich ein Schälmesser aus dem Messerblock in meiner Küche. Vorsichtig faltete ich den Brief wieder zusammen, steckte ihn in die Tasche meiner Khakihose und ging die Stufen hinunter zum See.

Die Sonne erhellte den bedeckten Himmel, und Lichtstrahlen zogen sich wie vergossene Farbe über den westlichen Horizont. Ich sah auf den stillen See hinaus, der in diffusen Rottönen schillerte, und stand einige Minuten am Ufer, um zu beobachten, wie die beiden Sonnenuntergänge miteinander kollidierten.

Wider besseres Wissen ging ich am Ufer entlang in Richtung Süden und marschierte schon bald durch raschelndes Laub. Nach etwa zweihundert Metern hielt ich an, da ich zu meinen Füßen im Unterholz eine winzige rote Flagge entdeckte, die an einem verrosteten Metallstück hing, das in den Boden gerammt worden war. Die Flagge flatterte in der Brise, die vom Wasser herüberwehte. Das musste ein Witz sein, dachte ich, und zwar ein verdammt guter.

Als ich die toten Blätter rings um die Markierung zur Seite schob, klopfte mein Herz schneller. Der Boden unter der Flagge war festgetreten worden und nicht etwa locker wie unberührte Erde. Ich sah sogar einen halben Fußabdruck, als ich die Blätter wegwischte.

Ich rannte zurück zum Haus und kehrte mit einer Schaufel zurück. Da die Erde schon einmal umgegraben worden war, konnte ich problemlos etwa einen halben Meter tief graben. Als ich ungefähr sechzig Zentimeter tief vorgedrungen war, stieß ich mit der Schaufel in etwas Weiches. Mir blieb förmlich das Herz stehen. Ich warf die Schaufel zur Seite, ließ mich auf Hände und Knie fallen und wühlte im Boden herum. Sofort umgab mich der Geruch nach Verwesung, und je tiefer das Loch wurde, desto strenger wurde der Gestank.

Meine Finger berührten Fleisch. Erschrocken zog ich die Hand zurück und taumelte von dem Loch weg. Ich stand auf und starrte auf einen kaffeebraunen Fußknöchel hinab, der gerade so aus dem Boden ragte. Der Verwesungsgeruch war fast unerträglich, und ich atmete nur noch durch den Mund, als ich die Schaufel wieder in die Hand nahm.

Schließlich hatte ich die Leiche ganz freigelegt, und als ich das Gesicht eines Menschen sah, dem die Verwesung einen Monat lang zugesetzt hatte, erbrach ich mich auf die Blätter. Dabei schoss mir durch den Kopf, dass mir dieser Anblick eigentlich nichts ausmachen sollte, da ich doch auch über so etwas schrieb. Ich hatte über das schaurige Handwerk von Serienkillern recherchiert und zahllose verstümmelte Leichen gesehen. Aber ich hatte noch nie den Gestank einer Leiche, die seit einem Monat in der Erde lag, gerochen oder gesehen, wie Insekten in den feuchten Körperöffnungen herumliefen.

Ich sammelte mich, hielt mir eine Hand über den Mund und die Nase und starrte erneut in das Loch. Das Gesicht ließ sich nicht mehr erkennen, aber der Körper gehörte zweifellos einer kleinen farbigen Frau mit stämmigen Beinen und kräftigem Oberkörper. Sie trug ein T-Shirt, das früher mal weiß gewesen sein musste, jetzt aber mit Blut und Dreck verschmiert und über der Brust in der Herzgegend zerrissen war. Ihre Jeansshorts reichten ihr bis zu den Knien. Ich hockte mich auf allen vieren hin, hielt den Atem an und griff nach ihrer Hosentasche. Als ich spürte, dass die erste leer war, machte ich einen großen Schritt über das Loch und versuchte es bei der anderen. Ich schob meine Hand hinein, zog einen Zettel aus einem Glückskeks heraus und ließ mich nach hinten in die Blätter fallen, während ich nach Luft schnappte. Auf einer Seite des Papiers stand die Telefonnummer und auf der anderen: »SIE SIND DIE EINZIGE BLUME DER MEDITATION IN DER WILDNIS.«

Innerhalb von fünf Minuten hatte ich die Leiche zusammen mit der Markierung wieder begraben. Ich holte einen kleinen Stein vom

Ufer und legte ihn auf die leicht erhöhte Grabstätte. Dann kehrte ich ins Haus zurück. Es war 19.54 Uhr und draußen schon fast stockdunkel.

Zwei Stunden später saß ich auf dem Sofa in meinem Wohnzimmer und wählte die Nummer, die auf dem Zettel stand. Ich hatte alle Türen im Haus verriegelt, die meisten Lampen eingeschaltet und einen kalten, glatten 375er Revolver auf dem Schoß liegen.

Natürlich hatte ich die Polizei nicht angerufen. Zwar ging ich davon aus, dass die Behauptung, mein Blut würde an der Leiche kleben, nicht stimmte, aber ich vermisste bereits seit mehreren Wochen ein Schälmesser aus meiner Küche. Da die Polizei von Charlotte noch immer nach Rita Jones suchte und ihr Verschwinden oft in der Presse erwähnt worden war, ihre Leiche auf meinem Grundstück lag und die Frau mit meinem Messer ermordet worden war, an dem sich vermutlich noch meine Fingerabdrücke befanden, wären das überaus belastende Beweise gegen mich. Ich hatte genug Mordprozesse mitverfolgt, um so viel zu wissen.

Als das Telefon klingelte, starrte ich die gewölbte Decke meines Wohnzimmers an und sah dann hinüber zu dem schwarzen Klavier, das ich nicht spielen konnte, dem Marmorkamin und den seltsamen Kunstwerken an den Wänden. Eine Frau namens Karen, mit der ich fast zwei Jahre lang zusammen gewesen war, hatte mich überzeugt, ein halbes Dutzend dieser Kunstwerke von einem kürzlich verstorbenen Minimalisten aus New York zu kaufen, einem Mann, der seine Werke mit »Loman« signierte. Anfangs hatte ich mit diesem Loman nicht viel anfangen können, aber Karen hatte mir versichert, dass ich ihn mit der Zeit zu schätzen wissen würde. Heute war ich um siebenundzwanzigtausend Dollar und eine Verlobte ärmer und starrte die dreimal dreieinhalb Meter große Abscheulichkeit an, die über dem Kaminsims hing: eine kackbraune Leinwand mit einem basketballgroßen gelben Fleck in der rechten oberen Ecke. Abgesehen von »Brown No. 2« besaß ich noch vier ähnliche Wunderwerke dieses Genies, die andere Wände in meinem Haus verunstalteten, aber die konnte ich ertragen. An der Wand am Fuß der Treppe hing »Playtime«, ein Haufen Stofftiere, die in orgiastischer Ansammlung zusammengenäht worden waren, in einem Glaskasten zur Schau gestellt wurden und mich zwölftausend Dollar gekostet hatten, und bei dem Anblick dieses Werks bekam ich noch heute rote Wangen. Aber ich lächelte, und der Knoten, der sich seit letztem Winter in meinem Magen selten gemeldet hatte, machte sich wieder schmerzhaft bemerkbar. Mein Karen-Magengeschwür. Du bist ja noch da. Und du tust immer noch weh. Na, wenigstens bist du es.

Das Telefon klingelte ein zweites Mal.

Ich sah zur Treppe hinüber, die in den offenen Flur im zweiten Stock hinaufführte, und schloss die Augen, als ich mich an die Party erinnerte, die ich erst vor einer Woche geschmissen hatte: lachende Gäste, die über Politik und Bücher sprachen und die Stille in meinem Haus vertrieben. Ich sah einen Mann und eine Frau im ersten Stock, die Ellenbogen auf das Treppengeländer aus Eiche gelehnt, die auf das Wohnzimmer, die Bar und die Küche hinunterblickten. Sie hielten ihre Weingläser in den Händen, winkten mir, ihrem Gastgeber, zu und lächelten.

Es klingelte zum dritten Mal.

Mein Blick fiel auf das Foto meiner Mutter, das in einem Bilderrahmen auf dem Obsidian-Klavier stand. Sie war das einzige Familienmitglied, zu dem ich noch regelmäßigen Kontakt hatte. Obwohl ich Verwandte im pazifischen Nordwesten, in Florida und einige in den Carolinas hatte, sah ich sie nur selten, meist bei Familientreffen, Hochzeiten oder Beerdigungen, die ich gezwungenermaßen besuchte, um meine Mutter zu begleiten. Doch da mein Vater gestorben war und ich meinen Bruder seit dreizehn Jahren nicht mehr gesehen hatte, bedeutete mir die Familie nur wenig. Viel wichtiger waren mir meine Freunde, und entgegen der allgemeinen Auffassung war ich auch gar nicht so ein Einsiedler, wie viele glaubten, sondern brauchte Menschen um mich herum.

Auf dem Foto hockte meine Mutter am Grab meines Vaters und stellte einen Strauß karminroter Lilien neben den Grabstein. Aber man konnte nur ihr starkes, gütiges Gesicht zwischen den

Blüten erkennen, sie wirkte entschlossen, die letzte Ruhestätte ihres Mannes unter der Magnolie, auf die ich als Kind geklettert war und deren hellgrüne Blätter hinter ihr zu sehen waren, in Ordnung zu bringen.

Das vierte Klingeln.

»Haben Sie die Leiche gesehen?«

Es klang, als würde der Mann durch ein Tuch sprechen. In seiner stakkatoartigen Stimme waren keine Gefühle und kein Zögern zu erkennen.

»Ja.«

»Ich habe sie mit Ihrem Schälmesser aufgeschlitzt und das Messer in Ihrem Haus versteckt. Darauf sind Ihre Fingerabdrücke.« Er räusperte sich. »Vor vier Monaten haben Sie sich von Dr. Xu Blut abnehmen lassen. Dabei ist ein Röhrchen verschwunden. Erinnern Sie sich daran, dass Sie noch mal zurückkehren und mehr Blut abgeben mussten?«

»Ja.«

»Ich habe dieses Röhrchen gestohlen. Etwas von dem Blut befindet sich auf Rita Jones' weißem T-Shirt. Der Rest ist auf anderen Leichen.«

»Was für anderen?«

»Ich muss nur einen Telefonanruf machen und Sie verbringen den Rest Ihres Lebens im Gefängnis, vermutlich in der Todeszelle …«

»Sie sollten …«

»Halten Sie den Mund! Sie werden per Post ein Flugticket erhalten. Steigen Sie in diesen Flieger. Packen Sie Kleidung und Waschzeug ein, sonst nichts. Sie haben den letzten Sommer in Aruba verbracht. Sagen Sie Ihren Freunden, dass Sie wieder dorthin fahren.«

»Woher wissen Sie das?«

»Ich weiß vieles, Andrew.«

»Mein Buch erscheint in Kürze«, jammerte ich. »Ich habe mehrere Termine für Lesungen. Meine Agentin …«

»Lügen Sie sie an.«

»Sie wird nicht begreifen, dass ich einfach so verschwinden will.«

»Ach, vergessen Sie Cynthia Mathis. Sie belügen sie nur zu Ihrer eigenen Sicherheit, denn wenn ich vermute, dass Sie nicht alleine kommen oder dass Sie mit jemandem geredet haben, dann wandern Sie in den Knast oder Sie sterben. Eins von beiden wird auf jeden Fall passieren. Und ich hoffe, Sie sind nicht so dämlich, diese Nummer zu verfolgen. Ich kann Ihnen versichern, dass Sie mich so nicht finden werden.«

»Woher weiß ich, dass mir nichts passieren wird?«

»Das wissen Sie nicht. Aber wenn ich gleich auflege und nicht davon überzeugt bin, dass Sie in diesen Flieger steigen, dann rufe ich noch heute die Polizei an. Oder ich besuche Sie, während Sie schlafen. Irgendwann müssen Sie diese Smith and Wesson ja mal weglegen.«

Ich stand auf und wirbelte herum, wobei ich die Waffe in meinen schweißnassen Händen hielt. Im Haus war es ruhig, nur das Windspiel auf der Veranda klimperte leise. Ich sah durch die großen Wohnzimmerfenster auf den schwarzen See hinaus, auf dessen von Wind aufgewühltem Wasser sich die Lichter vom Pier spiegelten. Das blaue Licht am Ende von Walters Pier schimmerte von der gegenüberliegenden Landzunge über das Wasser. Wir nannten es immer sein »Gatsby-Licht«. Mein Blick wanderte über das Gras und den Waldrand, aber es war viel zu dunkel, um irgendetwas zu erkennen.

»Ich bin nicht im Haus«, versicherte er mir. »Setzen Sie sich.«

In mir fing es an zu brodeln, ich war wütend über meine Angst, zornig über diese Ungerechtigkeit.

»Kleine Planänderung«, sagte ich. »Ich werde jetzt auflegen, die Polizei anrufen und das Risiko eingehen. Sie können mich …«

»Wenn Ihr Selbsterhaltungstrieb nicht Motivation genug ist, dann wüsste ich da noch eine alte Frau namens Jeanette, die ich …«

»Ich mache Sie kalt.«

»Sie ist fünfundsechzig, lebt alleine. Ich schätze, sie würde sich über die Gesellschaft freuen. Was denken Sie? Muss ich erst Ihre

Mutter aufsuchen, um Ihnen zu beweisen, dass ich es ernst meine? Was überlegen Sie so lange? Sagen Sie mir, dass Sie in diesen Flieger steigen, Andrew. Versprechen Sie es mir, damit ich Ihre Mutter heute Abend nicht besuchen muss.«

»Ich werde in diesen Flieger steigen.«

Es klickte in der Leitung, und das Gespräch war beendet.

Kapitel 2

Am trüben Morgen des 21. Mai plätscherten Regentropfen auf dem Bürgersteig, als ich die Tür meines Hauses am See abschloss und eine riesige schwarze Reisetasche zu einem weißen Cadillac DeVille trug. Walter Lancing öffnete vom Fahrersitz aus den Kofferraum, und ich warf die Reisetasche hinein.

»Wo zum Teufel willst du denn hin?«, fragte er fröhlich, als wir langsam die Auffahrt herunterrollten. Ich hatte ihn drei Stunden zuvor angerufen, ihn gebeten, mich um 10.30 Uhr abzuholen und zum Flughafen zu bringen, und dann aufgelegt, bevor er noch weitere Fragen stellen konnte.

»Ich fahre für eine Weile weg«, antwortete ich.

»Wohin? Du hast nicht gerade wenig Gepäck.« Er lächelte. Das konnte ich in seiner Stimme hören, während ich im Seitenspiegel zusah, wie mein Haus immer kleiner wurde.

»Einfach nur weg«, erwiderte ich.

»Bist du absichtlich so vage?« Auf seinem unrasierten Gesicht zeichnete sich Schweiß ab, und er strich sich mit den Fingern durch sein kurzes graues Haar. Dann warf er mir einen Blick zu, während er auf meine Antwort wartete, der Regen vom dunkelgrauen Himmel herabfiel und es donnerte. »Was ist denn los, Andy?«

»Nichts. Mein Buch ist fertig, und ich bin müde. Ich brauche mal eine Pause, du weißt doch, wie das ist.«

Walter seufzte, und ich blickte durch die Fenster auf die Bäume hinaus, an denen wir vorbeifuhren, und lauschte dem Regen, der auf die Windschutzscheibe plätscherte. Walters Frau Beth war vor offensichtlich vor Kurzem mit dem Wagen gefahren, da ich ihr süßliches, nach Wacholder duftendes Duschbad riechen konnte. Ihre rosafarbene Nagelfeile lag auf der Fußmatte zu meinen Füßen.

»Fährst du wieder nach Aruba?«, wollte er wissen.

»Nein.« Ich wollte ihn nicht direkt anlügen.

»Dann hast du Cynthia vermutlich auch nicht Bescheid gesagt.« Ich schüttelte den Kopf. »Sie wird durchdrehen, da ›The Scorcher‹ doch bald rauskommt.«

»Aus diesem Grund erzähle ich es ihr auch nicht. Sie ist ein wahrer Drillsergeant. Kannst du sie heute Abend für mich anrufen, wenn sie zu Hause ist? Sag ihr, ich hätte dir erzählt, ich wäre das Schreiben leid und bräuchte mal Urlaub, und dass sie sich keine Sorgen machen muss.«

»Und was soll ich ihr sagen, wenn sie mich fragt, wo du hingefahren bist?«

»Sag ihr, du weißt nur, dass ich auf einer winzigen Insel im Südpazifik bin.«

»Sie wird glauben, dass ich lüge.«

»Das ist ihr Problem. Sie ist nicht deine Agentin.«

»Bitte sag mir doch einfach, was los …«

»Frag nicht, Walter.«

Der Regen trommelte noch immer auf den Wagen, als wir auf die I-77 in Richtung Süden abbogen. Ich schloss die Augen und holte vorsichtig Luft, während mein Herz raste, als hätte ich zwei Espresso getrunken. Am liebsten wäre ich umgekehrt. Die kommenden Monate hatte ich eigentlich mit der Lesetour zubringen und mich zwischendrin in meinem Haus entspannen wollen, während es am See langsam Sommer wurde.

»Ruf mich an«, sagte Walter, »oder schreib. Lass mich einfach wissen, dass es dir gut geht.«

»Wenn es mir möglich ist, mache ich das.«

»Soll ich deine Post aus dem Briefkasten nehmen und deine Rechnungen bezahlen?«

»Oh, das wäre nett. Darum wollte ich dich sowieso bitten.«

»Du machst mir Angst, Andy«, gestand er mir.

Die Geräusche des Motors und der Scheibenwischer, die sich ständig hin und her bewegten, schienen immer lauter zu werden. Ich spielte mit dem automatischen Fensterheber herum, doch als ich mit dem Mittelfinger auf dem kleinen Hebel herumdrückte, passierte nichts. Offenbar war die Kindersicherung aktiviert.

Am grünen Horizont erhob sich nach und nach die Skyline von Charlotte, doch die Gebäude wirkten irgendwie abgehackt, da die Sturmwolken sehr niedrig hingen. Walter sah zu mir rüber und grinste gequält. »Du wirst schon klarkommen.«

»Ich weiß es wirklich nicht. Das ist das Problem.«

Wir kamen um 11.00 Uhr am Haupteingang des Douglas International Airport an. Nachdem wir ausgestiegen waren, nahm ich meine Tasche aus dem Kofferraum und warf sie mir über die Schulter.

»Ich kann mit reinkommen, wenn du möchtest«, meinte Walter.

»Nein, das geht nicht.« Ich sah mich in der Menge der anderen Reisenden um, die durch die automatischen Türen ins Gebäude gingen. Niemand schien auf uns zu achten, daher zog ich einen Umschlag aus einer Seitentasche meiner Reisetasche und ließ ihn unauffällig in den Kofferraum fallen.

»Wenn ich bis zum ersten September nicht wieder da bin, kannst du ihn aufmachen.«

»September?«

»Walter, jetzt sperr mal die Ohren auf. Zeig den Umschlag niemandem. Wenn die Zeit gekommen ist und ich noch nicht zurück bin, wirst du wissen, was mit dem, was sich darin befindet, zu tun ist. Ich habe genaue Anweisungen hinterlassen.« Er ließ den Kofferraumdeckel zufallen.

Wir sahen uns in die Augen. Er musterte mich verwirrt und besorgt. Ich schaute ihn von oben bis unten an, damit ich sein Bild mit mir nehmen konnte, wie er da in seinem granitgrauen Anzug stand, ohne Krawatte und die obersten beiden Knöpfe seines weißen Oberhemds geöffnet. Mein bester Freund. Walter. *Werde ich irgendwann an diesen Moment zurückdenken und bedauern, dass ich mir von ihm nicht habe helfen lassen? Großer Gott.*

»Man sieht sich«, sagte ich. Dann schlug ich ihm auf die Schulter und betrat das Flughafengebäude.

Ich blickte durch das runde Fenster und schätzte, dass sich der Jet irgendwo über der Prärie befand. Selbst neuneinhalb Kilometer über der Erde konnte ich die lohfarbene Ausdehnung erkennen, die sich von einem Horizont zum anderen erstreckte. Ich saß in der ersten Klasse auf einem gepolsterten Sessel, stellte die Rückenlehne nach hinten und schnallte mich ab. Durch den Vorhang, der mich von der zweiten Klasse trennte, hörte ich das unzufriedene Gemurmel von einhundert missmutigen Reisenden. Ich konnte mich nicht daran erinnern, wann ich das letzte Mal in der zweiten Klasse geflogen war, und obwohl ich auf dem Flug nach Denver ständig Angst hatte, empfand ich diesen kleinen Luxus als tröstlich.

Als ich das Terminal betrat und den langen Gang entlangstarrte, in dem es von ungeduldigen Reisenden nur so wimmelte, sah ich einen alten weißen Mann in einem schwarzen Chauffeursanzug, der mich anstarrte. Er hielt ein Stück Pappe hoch, auf dem mein Nachname in großen Buchstaben geschrieben stand. Ich ging auf ihn zu.

»Ich bin Andrew Thomas«, sagte ich. Die Hutkrempe des Mannes reichte mir gerade bis zur Schulter. Er musterte mich von oben bis unten mit aufgerissenen, ungleichen Augen.

»Willkommen in Denver. Mein Name ist Hiram«, erwiderte er mit rauer Stimme, und plötzlich breitete sich ein Lächeln auf seinem hageren, eingesunkenen Gesicht aus. »Draußen wartet eine Limousine auf Sie. Sollen wir Ihr Gepäck holen gehen?«

Ich folgte ihm zur Gepäckausgabe. Für einen alten Mann hatte er einen sehr schnellen und gleichmäßigen Gang, sodass wir unser Ziel in kürzester Zeit erreicht hatten.

»Wissen Sie, wohin Sie mich bringen sollen?«, wollte ich wissen, während wir auf meine Tasche warteten.

»Ja, Sir«, antwortete er.

»Und wohin fahren wir?«

Er runzelte vorwurfsvoll die Stirn. »Man hat mir gesagt, dass das eine Überraschung sein soll, Mr Thomas. Ich bekomme gutes Geld dafür, dass ich es geheim halte, darum möchte ich Ihnen die Überraschung auch nicht verderben.«

»Das würden Sie nicht«, versicherte ich ihm und versuchte, gutmütig zu lachen, um ihn zu beruhigen. »Wirklich nicht. Ich bezahle Ihnen das Doppelte von dem, was er Ihnen zahlt.« Hiram lachte nur und schüttelte den Kopf.

»Er sagte, dass Sie so etwas versuchen würden. Ich soll ihm Bescheid geben, falls Sie das tun, dann zahlt er mir das Doppelte von dem, was Sie mir angeboten haben.«

»Okay«, entgegnete ich. »Vergessen Sie's. Dann bleibt es eben ein Geheimnis. Erzählen Sie ihm nicht, dass ich danach gefragt habe.«

Als ich meine Tasche auf dem Laufband näher kommen sah, wollte ich schon danach greifen, aber Hiram hielt mich zurück.

»Das ist mein Job, Mr Thomas.«

»Nein, das geht schon in Ordnung. Die Tasche ist wirklich schwer.«

»Ich werde sehr gut für das bezahlt, was ich tue, Mr Thomas. Lassen Sie mich meine Arbeit machen.« Er stellte sich vor mich und hievte meine Tasche ungelenk vom Laufband.

»Da sind zerbrechliche Dinge drin«, erklärte ich. »Ich würde sie lieber selbst tragen.«

»Nein«, entgegnete er nur und ging los.

»Halt!«, rief ich und zog die Blicke der anderen Passagiere auf mich, die ebenfalls auf ihr Gepäck warteten. Er blieb stehen, ich lief zu ihm und riss ihm die Tasche aus der Hand. »Die trage ich lieber selbst«, erklärte ich. Hiram kniff die Augen zusammen. »Ich muss mal auf die Toilette«, fügte ich hinzu. »Bin gleich wieder da.«

Ich entdeckte eine Toilette und quetschte mich in die letzte Kabine. Dort setzte ich mich auf den Toilettendeckel, öffnete die Tasche und wusste sofort, dass sie durchsucht worden war, da alles durcheinanderlag. Ganz unten am Boden lag der schwarze Waffenkoffer, den ich am Ticketschalter deklariert hatte.

Rasch schloss ich ihn auf und holte den 357er Revolver heraus, den ich oben auf die Kleidungsstücke legte. Die Schachtel mit der Munition war unter meinen Socken versteckt, ich riss sie auf und lud die Waffe mit den Hohlspitzgeschossen. Dann steckte ich mir den Revolver in den Hosenbund und zog ein übergroßes grünes Poloshirt darüber, legte den leeren Waffenkoffer und die Munitionsschachtel wieder in die Tasche, schloss den Reißverschluss und verließ die Toilettenkabine. An den Urinalen standen drei Männer, und ich ging nervös an ihnen vorbei. »Wenn du erwischt wirst, bist du am Arsch«, dachte ich, als ich durch die Menschenmenge zurück zu Hiram ging. Die Waffe fühlte sich schwer an, fast so, als würde sie aus meiner Hose auf den Boden fallen.

Wir kamen zum Flughafenausgang, und Hiram führte mich zu einer schwarzen Limousine. Ich ließ zu, dass er meine Reisetasche in den Kofferraum stellte, dann öffnete er mir die Tür und ich stieg ein, wobei ich schon halb damit rechnete, dass im Wagen jemand auf mich wartete. Aber da war niemand, nur das makellose graue Innere der Limousine.

Als Hiram sich auf den Fahrersitz gesetzt und den Wagen angelassen hatte, drehte er sich noch einmal zu mir um. »Da ist eine Minibar und ein Fernseher, die Ihnen zur Verfügung stehen. Sagen Sie einfach Bescheid, wenn Sie noch etwas anderes brauchen, Mr Thomas.«

Hiram fuhr vom Parkplatz, und wir entfernten uns vom Flughafen. Ich starrte aus den abgedunkelten Fenstern und sah im Westen, weit hinter der glänzenden Startbahn, die braunen Umrisse der Berge. Am liebsten hätte ich mich darin versteckt und wäre der Hölle entkommen, die mich erwartete.

Kapitel 3

Eine Stunde später sah ich mit an, wie Hirams schwarze Limousine über die Auffahrt und dann auf die Interstate fuhr, um nach Denver zurückzukehren. Ich hob meine Tasche hoch und trug sie in den Schatten der Espen, die vor der Rezeption des Motels 6 standen. In der Sommersonne kam es mir fast schon unwirklich vor, dass auf den Berggipfeln Schnee zu sehen war. Auf der anderen Seite der Interstate waren in fünfzig Kilometern Entfernung die Rocky Mountains zu sehen, die sich ohne Ausläufer einfach aus der Ebene erhoben. Obwohl der Himmel darüber strahlend blau war, verdeckten dicke Wolken die höchsten Gipfel. Blitze zuckten dahinter zwischen den Bergen, aber der darauffolgende Donner drang nicht bis zu mir durch.

Ich setzte mich ins kühle Gras und öffnete den Umschlag, den mir Hiram gegeben hatte. Die Nachricht darin sah genauso aus wie die letzte, und es schnürte mir die Kehle zu, als ich die schwarze Schrift las:

»Sie sollten dies gegen 14.00 Uhr vor dem Motel 6 an der I-25 nördlich von Denver lesen. Nehmen Sie sich ein Zimmer und zahlen Sie bar, damit Sie unter dem Namen Randy Snider einchecken können. Seien Sie morgen früh um 6.00 Uhr aufbruchbereit.«

Das Zimmer 112 lag im Erdgeschoss. Meine Nerven waren zum Zerreißen gespannt, daher sah ich im Schrank, in der Dusche und sogar unter dem Bett nach – an jedem Ort, an dem sich ein Mann verstecken könnte. Danach legte ich mich mit der Waffe und einem Buch aufs Bett und las den ganzen Nachmittag.

Irgendwann nach 21.00 Uhr wechselte der Himmel von Marineblau zu Schwarz. Ich konnte die Augen nicht mehr offen halten und die Wörter auf der Seite verschwammen vor meinen Augen. Die Müdigkeit schien mich zu übermannen, aber ich kämpfte dagegen an. Vom Rocky Mountain National Park zog ein Sturm auf, und alle paar Sekunden hörte ich es donnern oder sah Blitze hinter den Vorhängen zucken.

Da ich am Verhungern war, lief ich hinaus und zog mir ein Päckchen Cracker und zwei Limonadendosen aus dem Automaten. Als ich wieder vor meiner Tür stand, fing es an zu regnen, der Wind frischte auf und wehte mir Staub in die Augen. Als ich die Tür öffnete und ins Zimmer ging, warf ich einen Blick über die Schulter auf den Parkplatz. Darauf standen drei Wagen, die nur kurz zu sehen waren, da es blitzte und der Himmel von einer gelb-blauen elektrischen Ladung erhellt wurde.

Ich schloss die Tür und verriegelte sie. In einer Leiste unten am Fernsehbildschirm wurden Sturmwarnungen angezeigt. Wenige Minuten später hatte ich die Dosen ausgetrunken und die Cracker verspeist. Vorerst gesättigt, machte sich meine Erschöpfung erst so richtig bemerkbar. Ich schaltete das Licht aus, schlüpfte aus meinen Tennisschuhen und ging ins Bett. Nichts konnte meine Augenlider davon abhalten, sich zu schließen, nicht einmal das Wissen, dass er kommen würde.

Unter der Bettdecke fühlte ich mich eingeengt, daher legte ich mich darauf und die 357er auf den Nachttisch. Ich nahm mir vor, nur eine Stunde zu schlafen. Nur eine Stunde, auf keinen Fall länger.

Ein ohrenbetäubendes Donnern ließ das Zimmer erbeben. Es war so laut, dass ich das Gefühl hatte, mich mitten im Gewitter zu befinden. Ich öffnete die Augen und sah, dass die Tür vor- und zurückschwang und ein Blitz in einen Berg einschlug. Es war 3.15 Uhr.

Die Tür steht offen, dachte ich und griff nach der Waffe auf dem Nachttisch, aber meine Finger berührten nur die glatte Oberfläche. Ein stechender Schmerz schoss mir durch den linken Arm, sodass ich mich ruckartig auf dem Bett aufsetzte. Als ich nach unten sah, kreischte ich auf. Eine dunkle Gestalt hockte auf allen vieren neben dem Bett.

Mein Mund war auf einmal wie ausgedörrt, ich wollte nur noch weglaufen, doch dann wurde ich schon wieder gestochen. Ich versuchte, mich auf die andere Seite des Bettes zu werfen und zur Tür zu rennen, konnte mich jedoch nicht bewegen. Es war, als hätte man Steine an meine Arme und Beine gehängt. Selbst meine Finger waren nicht mehr zu gebrauchen, ich fiel zurück aufs Bett und ließ den Kopf auf das weiche Kissen sinken. Meine Augen schlossen sich wieder, als die dunkle Gestalt aufstand und zum Fußende des Bettes ging. Sie sprach mit mir, aber die Worte verschmolzen irgendwie miteinander.

Blitze, Schwärze …

Schmerz und Dunkelheit. Holpern über eine Interstate. Gedämpfte Jazzmusik …

Ich öffnete die Augen und war von Schwärze umgeben. Meine Hände waren hinter meinem Rücken gefesselt, meine Füße mit einem dicken Seil umwickelt, und ich hatte einen unglaublichen Durst. Ich riss meine trockenen, aufgesprungenen Lippen auf und stieß einen gekrächzten Schrei aus. Ein antik wirkender Mond erschien riesig und gelb vor mir. Die schattenhafte Gestalt eines Mannes griff nach mir, und ich spürte das Stechen einer Nadel. Als ich stöhnte, sagte er: »Das alles ist bald vorbei.« Dann wieder Dunkelheit …

Sonnenlicht auf meinen Augenlidern. Ich lag auf dem Rücken, schwitzte und spürte eine weiche Matratze unter meinem Rücken und ein Kissen unter dem Kopf. Meine Hände und Füße waren nicht länger gefesselt, daher zog ich mir die Decke über die Augen, um sie vor der Sonne zu schützen.

»Seien Sie morgen früh um 6.00 Uhr aufbruchbereit.«

Ich setzte mich auf und wollte auf den Wecker sehen, aber ich befand mich nicht mehr im Motel 6.

In dem kleinen, eckigen Zimmer stand mein Bett an der hinteren Wand, durch das Fenster auf gleicher Höhe fiel strahlendes Sonnenlicht herein. Vor dem Fenster waren schwarze Eisengitterstäbe zu sehen, und ich wusste, dass sie wegen mir dort waren. Die rauen, schmucklosen Wände bestanden aus dunkelroten Baumstämmen, die jeweils einen Durchmesser von dreißig Zentimetern haben mussten, der Boden war aus Stein. Die einzigen anderen Möbelstücke waren ein Nachttisch, ein Stuhl und ein wackliger Schreibtisch, der an der gegenüberliegenden Wand neben einer geschlossenen Tür stand. Ich ging zum Fenster und sah hinaus.

Vor meinen Augen erstreckte sich eine gewaltige semiaride Wüste mit flachem Land und niedriger, einheitlicher Vegetation. Keine Stromkabel, kein Straßenpflaster, keine Anzeichen von Zivilisation außerhalb dieses winzigen Zimmers. Ich fühlte mich schrecklich einsam. Der Himmel war türkis, und obwohl es in meinem Zimmer warm war, schätzte ich aufgrund der Intensität der Sonneneinstrahlung, dass es draußen kochend heiß sein musste.

Als ich mich vom Fenster abwandte, sah ich auf dem Schreibtisch auf der anderen Seite des Raums einen Zettel liegen. Ich ging über den Steinboden, der trotz der unerträglichen Hitze eiskalt war, durch das Zimmer und hob das Blatt hoch.

»Bevor wir uns begegnen, muss ich betonen, dass Sie gar nicht erst versuchen müssen zu fliehen, mich reinzulegen oder mich zu vernichten. Wenn Sie die mittlere Schreibtischschublade öffnen, finden Sie darin einen Briefumschlag. Sehen Sie sich dessen Inhalt genau an.«

Als ich den Umschlag öffnete, keuchte ich auf. Da waren Bilder von mir, wie ich die Hand in Rita Jones' Grab steckte, eine einfache Zeichnung meines Grundstücks am See, auf der die Positionen von vier Leichen eingezeichnet waren, drei getippte Seiten mit den

Einzelheiten über diese Morde und der Information, in welchem Schrank in meinem Haus das Schälmesser zu finden sei. Außerdem befand sich darin ein Zeitungsausschnitt über die Verurteilung eines Mannes, dessen Name (ebenso wie alle anderen sachdienlichen Hinweise) durchgestrichen worden war. Über der Überschrift stand: »UNSCHULDIGER WIRD FÜR MEIN VERBRECHEN BESTRAFT.« Ich nahm erneut den Brief in die Hand.

»Beten Sie für meine Gesundheit und meine Sicherheit, da es einen zweiten Umschlag mit einer Karte gibt, auf der die tatsächlichen Positionen der Leichen und des Messers eingezeichnet sind. In zwei Monaten wird jemand diesen Brief zum Charlotte Police Department bringen. Wenn ich nicht dort bin, um denjenigen davon abzuhalten, werden Sie, Andrew Thomas, ins Gefängnis wandern. Es wurden schon Menschen eingesperrt, gegen die weniger Beweise vorlagen, und ich habe bereits zwei Personen für meine Verbrechen in die Todeszelle gebracht. (Hat Ihnen der Zeitungsausschnitt gefallen?) Eine Sache noch: Vergessen Sie nicht, dass die Sicherheit Ihrer Mutter davon abhängt, wie Sie sich hier verhalten. Wenn Sie bereit sind zu erfahren, warum ich Sie hierhergebracht habe, dann klopfen Sie an die Tür.«

Ich kehrte zum Bett zurück, lehnte mich gegen das vergitterte Fenster und sah hinaus in die Wüste. Mir stiegen die Tränen in die Augen, während ich die Wildnis betrachtete. Abgesehen von den Gräsern, die vom Wind bewegt wurden und ihre Samen verstreuten, war keine Bewegung zu sehen. Vor mir lag Ödland, eine tote Landschaft, die vielleicht irgendwann einmal blühend gewesen war. Doch in meinem aktuellen Zustand verstärkte sie meine bösen Vorahnungen nur. Nachdem ich mir die Augen abgewischt hatte, richtete ich mich auf und ging mit klopfendem Herzen zur Tür.

Kapitel 4

In die Mitte der robusten Holztür war ein fünfzehn Zentimeter hoher und dreißig Zentimeter langer Schlitz eingelassen worden. Ich kniete mich hin und drückte gegen die Metallplatte, die davor angebracht war, aber sie ließ sich nicht bewegen. Also stand ich wieder auf und holte tief Luft. Ich war hungrig und geschwächt, und ich hatte keine Ahnung, wie lange ich bewusstlos gewesen war. Meine Arme taten weh und waren von Nadelstichen übersät.

Leise klopfte ich an die Tür und ging dann zurück zum Bett. Kurz darauf näherten sich Schritte auf dem Steinfußboden. Die Metallplatte wurde geöffnet, und ich konnte in einen anderen Raum sehen: Bücherregale, ein Stapel Schallplatten, ein weißer Kerosinofen, ein Esstisch …

Anstelle der Platte erschien eine Luftpolsterfolie. Jemand stand vor der Öffnung, war jedoch nur als Umriss zu erkennen, der hinter den Plastikblasen verschwommen zu sehen war.

»Kommen Sie her«, sagte er. Als ich einen Meter von der Tür entfernt war, hielt er mich auf. »Halt! Drehen Sie sich um.«

Ich gehorchte. Obwohl mir die Nähe zu ihm Angst machte, beruhigte ich mich damit, dass er mich wohl kaum in die Wüste gebracht hatte, nur um mich umzubringen, sobald ich das Bewusstsein wiedererlangt hatte.

»Wie geht es Ihnen?«, wollte er wissen, und ich glaubte, in seiner Stimme echte Sorge zu hören. Er klang ganz anders als der Mann am Telefon. Seine Stimme schien irgendwie zu summen, als würde er durch einen Sprachverstärker sprechen. Obwohl sie mir bekannt vorkam, konnte ich sie nicht einordnen, ich vertraute meinem Gefühl nicht mehr, nachdem ich eine unbestimmte Zeitspanne unter der Einwirkung von Betäubungsmitteln bewusstlos gewesen war.

»Ich bin etwas wacklig auf den Beinen«, gestand ich in einem möglichst unterwürfigen Tonfall, um ihn nicht aufzuregen.

»Das gibt sich wieder.«

»Haben Sie diese Briefe geschrieben und die Lehrerin umgebracht?«

»Das kann ich beides bejahen.«

»Wo bin ich?«

»Sie müssen nur wissen, dass Sie mitten in der Wüste sind, und wenn Sie einen Fluchtversuch wagen, werden Sie verhungern oder durch die Hitze sterben, bevor Sie die nächste Siedlung erreicht haben.«

»Wie lange werde ich …«

»Keine weiteren Fragen zu Ihrer Quasigefangenschaft. Ich werde Ihnen nicht sagen, welchen Tag wir haben oder wo Sie sich befinden.«

»Was werden Sie mir dann sagen?«

»Sie sind hier, weil Sie etwas lernen müssen.« Er hielt inne. »Sie haben ja keine Ahnung. Das Ausmaß Ihrer Unwissenheit wird sich schon bemerkbar machen, also haben Sie Geduld.«

»Könnte ich bitte meine Tasche haben?«

Er seufzte und wirkte zum ersten Mal ein wenig frustriert. »Darüber reden wir später.« Dann wurde seine Stimme sanfter und weniger scharf. »Stellen Sie sich vor, Sie wären ein Kind, Andrew, ein kleines, hilfloses Kind. Im Moment sind Sie in Ihrem Zimmer wie in der Gebärmutter. Sie wissen nicht, wie Sie Ihre Sinne einsetzen, denken oder vernünftig agieren können. Vorerst müssen Sie sich in jeder Hinsicht auf mich verlassen. Ich werde Sie lehren, wie Sie die Welt wieder sehen können. Aber zuerst werde ich Ihren Verstand füttern. Ich werde Ihnen die brillantesten Denker der Menschheitsgeschichte nahebringen und Sie damit füttern.« Eine weiße Hand schob sich durch die Luftpolsterfolie, und ein Buch fiel auf den Boden.

»Ihre erste Mahlzeit«, erklärte er, als ich die Hardcoverversion von »Der Fürst« aufhob. »Machiavelli. Der Mann ist zweifellos ein Genie. Kennen Sie Hannibal, den General von Karthago, der Rom erobert hat? Er ist mit einer Armee aus Kriegselefanten über die Alpen marschiert.«

»Ich weiß, wer das ist.«

»Tja, er hat seine Armee an der Mittelmeerküste entlang und durch Osteuropa geführt, aber was Hannibals Armee einzigartig gemacht hat, war die Tatsache, dass nie Streit unter seinen Männern ausgebrochen ist. Verschiedene Nationalitäten, Glaubensrichtungen und Sprachen und dennoch gab es nie Ärger. Wissen Sie, was diesen Frieden ermöglicht hat?«, fragte er. »Machiavellis Worten zufolge kann dies ›nur von seiner unmenschlichen Grausamkeit herrühren, die ihn in Verbindung mit seinen unendlich großen Eigenschaften ehrwürdig und furchtbar machte, was ja durch die Übrigen allein nicht geschehen wäre.‹« Er schwieg einen Moment, und ich konnte nur den trockenen, sengenden Wind hören, der gegen die Glasscheiben drückte, und das beschleunigte Atmen meines Entführers. »›Unmenschliche Grausamkeit‹«, wiederholte er, »dabei bekomme ich eine Gänsehaut.« Seine Stimme war jetzt leidenschaftlich, als würde er zu seiner Geliebten sprechen. »So«, fuhr er fort, »lesen Sie das heute Abend und dann reden wir morgen früh darüber. Haben Sie Hunger?«

»Ja, ich bin am Verhungern.«

»Gut. Ich werde jetzt das Abendessen zubereiten, und Sie können ja schon mal anfangen zu lesen. Ich hoffe, Sie mögen Capellini mit gedünsteten Shrimps.« Er nahm die Luftpolsterfolie weg und brachte die Metallplatte wieder an. Ich sackte vor Erleichterung zusammen, als er wieder weg war, und setzte mich in meinem weißen Bademantel hin, um reglos und mit leerem Blick den Boden anzustarren.

Die kleine Wandlampe gab nur ein schwaches Licht ab, das kaum ausreichte, um die Buchstaben zu erkennen. Da er mir meine Reisetasche noch nicht zurückgegeben hatte, musste ich ohne meine Lesebrille auskommen, was mir ziemlich schwerfiel.

Ich ließ »Der Fürst« auf den Boden fallen, nachdem ich die Hälfte gelesen hatte. Hoffentlich reichte ihm das fürs Erste. Als ich die Lampe ausgeschaltet hatte, drang das sanfte Licht des Vollmondes sanft und beruhigend zwischen den Gitterstäben hindurch. Mir war es lieber, als die erste Nacht bei Bewusstsein hier in völliger Dunkelheit verbringen zu müssen.

Im Zimmer war es fast unerträglich geworden, nachdem die Sonne es den ganzen Tag über erwärmt hatte. Die Hitze war in der Wüste zwar mit Einbruch der Nacht gewichen, aber im Haus war es noch immer sehr warm. Daher öffnete ich bei Sonnenuntergang das Fenster. Jetzt strömte die kühle Nachtluft herein, sodass ich mir die Fleecedecke überwerfen musste.

Ich schloss die Augen und lauschte. Durch das offene Fenster hörte ich Eulen schreien und Kojoten oder Wildhunde den Mond anjaulen, aber all diese Tiere schienen relativ weit weg zu sein. Seit dem Abendessen hatte ich nichts mehr von meinem Entführer gehört, keine Schritte, keine Atemgeräusche, gar nichts.

In der letzten Stunde war Jazzmusik zu hören gewesen. Zuerst kam sie ganz leise in mein Zimmer, verstohlen wie ein Flüstern, sodass ich fast nur den Bass vernehmen konnte. Doch dann wurde sie lauter, und der Klang des Beckens und das Klirren der Hi-Hat drangen herein. Als das Klavier, die Trompete und das Saxofon durch die Wand zu vernehmen waren, erkannte ich plötzlich das Lied und wurde zwanzig Jahre zurückversetzt, in eine andere Zeit und ein anderes Leben. Es waren Miles Davis, John Coltrane, Julian »Cannonball« Adderley, Paul Chambers, Bill Evans und Jimmy Cobb, die »All Blues« spielten, ein melancholisches Blues-Stück im 6/8-Takt, das vom 1959er-Album »Kind of Blue« stammte.

Ein lauter Schrei übertönte die Musik. Ich setzte mich auf und lauschte. Ein weiterer Schrei durchbrach die Nacht. Ich umklammerte die Eisenstäbe und blickte in die Wüste hinaus, konnte aber nichts als kilometerweit Büsche im Mondlicht erkennen. Dann noch ein Schrei – es war eine Frau, und sie schien näher zu kommen.

In fünfzehn Metern Entfernung taumelte eine Gestalt keuchend durch die Wüste. Als sie schon fast aus meinem Blickfeld verschwunden war, tauchte eine zweite, größere Person auf der linken Seite auf. Sie stürzte sich auf die kleinere Gestalt und warf sie neben einem Strauch zu Boden.

Ich hörte eine Frauenstimme schreien und flehen, immer schriller, aber ich konnte ihre Worte nicht verstehen. Die größere Gestalt trat gegen den Boden, kniete sich dann hin und schien zuzustoßen.

Noch mehr Schreie, viel lauter und durchdringender. Dann Stille.

Jetzt stand die größere Person auf und sah zu Boden. Langsam ging sie in die Richtung zurück, aus der sie gekommen war, und zog die Person, die sie durch die Wüste gejagt hatte, an ihrem langen schwarzen Haar hinter sich her. Ich hörte die Schritte, und die Beine der Frau, die er hinter sich herschleifte, zuckten noch.

Dann drehte er sich auf einmal um und sah in meine Richtung. Das Mondlicht tauchte das Gesicht des Fremden in ein bläuliches, surreales Licht.

Ich erstarrte. Mein Bruder Orson stand lächelnd in der Wüste.

Kapitel 5

Die Morgendämmerung tauchte die Wüste in lilafarbenes Licht und beendete eine schreckliche, schlaflose Nacht. Mir war klar geworden, dass ich von jetzt an immer, wenn ich meine Augen schloss, einen Mann in der vom Mondlicht erhellten Wüste sehen würde, der eine Frau an den Haaren hinter sich herschleifte.

Als ich Schritte hörte, setzte ich mich auf dem Bett auf. Ein Bolzen wurde zurückgezogen, und die Tür ging auf. Davor stand ein Mann mit meinen Proportionen: derselbe dünne, muskulöse Körperbau, die gleichen harten blauen Augen. Sein Gesicht sah meinem ähnlich, wirkte aber doch etwas anders, da es das Ideal von mir zeigte und aufgrund seiner besseren Proportionalität viel attraktiver war. Er stand grinsend in der Tür, und im Gegensatz zu meinem ungekämmten, grauer werdenden Haar war seines braun und perfekt frisiert. Zu schwarzen Stiefeln aus Schlangenleder und einer ausgeblichenen Jeans trug er ein mit Blut beschmiertes weißes T-Shirt, auf dem sich Schweißflecken in den Armbeugen abzeichneten. Ich fragte mich, warum er vor Sonnenaufgang schon so geschwitzt hatte. Seine Arme waren kräftiger als meine, er lehnte sich an den Türrahmen und biss in einen großen, burgunderfarbenen Apfel.

Mir fehlten die Worte. Es war nicht so, als würde ich den Geist eines mir lieb gewonnenen Menschen sehen, sondern vielmehr als stünde ein Dämon vor mir. In meinen Augen brannten Tränen. Das war nicht real. Das konnte nicht mein Bruder sein, nicht dieser schreckliche Mann.

»Ich habe dich wirklich vermisst«, sagte Orson, der noch immer in der Tür stand. Ich konnte ihm nur in die blauen Augen starren.

Orson war in unserem ersten Jahr von der Appalachian State University verschwunden, und ich hatte ihn zum letzten Mal gesehen, als er in der Tür unseres Zimmers gestanden hatte.

»Du wirst mich erst mal eine Weile nicht sehen«, hatte er gesagt. Und so war es von diesem Tag an auch gewesen. Die Polizei hatte aufgegeben. Er war einfach verschwunden. Meine Mutter und ich hatten Privatdetektive engagiert, doch auch sie konnten ihn nicht aufspüren. Wir befürchteten schon, dass er tot sei.

Jetzt entschuldigte er sich. »Ich wollte nicht, dass du das letzte Nacht mit ansehen musstest. Das hat man davon, wenn man ein altes Seil benutzt.« Mir fielen frische Kratzer an seinem Hals und im Gesicht auf. An seinen Wangen glitzerte es, und ich fragte mich, ob die Frau ihn gekratzt und Nagellackspuren hinterlassen hatte. »Möchtest du was frühstücken?«, erkundigte er sich. »Ich habe Kaffee gekocht.«

Ich erschauerte angewidert. »Willst du mich verarschen?«

»Ich wollte dich hier erst einige Tage festhalten, bevor ich dich rauslasse und mich zu erkennen gebe, aber nach letzter Nacht … Na ja, das ist jetzt wohl nicht mehr nötig, was?«

Mir lief der Schweiß über das Gesicht.

Orson biss noch einmal von seinem Apfel ab und ging einen kurzen Flur entlang. »Komm mit«, sagte er.

Ich stieg vom Bett und verließ mein Zimmer, um erstmals den vorderen Teil der Hütte zu betreten. Meine Beine waren wacklig, als könnten sie jeden Moment unter mir zusammenbrechen.

»Setz dich«, meinte er und deutete auf ein schwarzes Ledersofa an der linken Wand. Beim Betreten des Wohnzimmers sah ich mich noch einmal um. Am Ende des schmalen Gangs lagen nebeneinander zwei Zimmer, meines auf der linken Seite und daneben eine Tür ohne Bolzen und Metallplatte in der Mitte. Ein kleiner Monet mit einem Boot, das unter einer Holzbrücke hindurchglitt, hing zwischen den beiden Türen an einem Baumstamm.

Die Wände des Wohnzimmers waren vom Boden bis zur Decke mit Büchern bedeckt. Diese standen auf rustikalen Regalbrettern, und ich war erstaunt über die Vielseitigkeit der Titel. An einem Regalende entdeckte ich die vier farbenfrohen Umschläge der Bücher, die ich geschrieben hatte.

Mein Bruder ging zur anderen Seite des Raumes, wo sich eine winzige Küche befand. Auf einem Stuhl neben der Eingangstür stand ein Plattenspieler, neben dem sich knapp einen Meter hoch Schallplatten stapelten. Orson sah mich an, grinste und setzte die Nadel auf eine Schallplatte. »Freddie Freeloader« dröhnte aus zwei großen Lautsprechern, als ich mich auf dem Sofa niederließ.

Während das Lied weiterging, setzte sich Orson ans andere Ende der Couch. Die Art, wie er mich anstarrte, machte mich nervös. Ich hätte zu gern meine Brille aufgesetzt.

»Kann ich jetzt vielleicht meine Sachen haben?«

»Ach, meinst du die hier?« Lässig zog er meinen 357er aus der Hosentasche. »Hatte dir gesagt, dass du die Smith and Wesson mitbringen sollst?« Seine Stimme klang wütend und sarkastisch, während er die kalten Augen zusammenkniff, die mich zu durchbohren schienen.

»Tut mir leid«, murmelte ich und rutschte betreten auf der Couch herum, während ich einen trockenen Mund bekam. »Aber hättest du nicht dasselbe getan? Ich wusste doch schließlich nicht …«

»Versuch gar nicht erst, dir vorzustellen, was ich getan hätte.« Er ging zum Plattenspieler und hob die Nadel hoch. In der Hütte war es jetzt totenstill, und er stellte sich in die Mitte des Wohnzimmers.

»Du hast Mist gebaut, Andy. Ich habe dir gesagt, du sollst Kleidung und Waschzeug einpacken, und du nimmst eine Knarre und eine Schachtel voll Munition mit.« Er sagte das eher beiläufig, als würden wir uns auf der Terrasse bei einer Zigarre entspannen. »Wenn du meine Anweisungen nicht befolgst, schadet das uns beiden. Daher muss ich dir wohl zeigen, dass es nicht in deinem Interesse ist, wenn du meine Anweisungen ignorierst.«

Er öffnete die Trommel des Revolvers und zeigte mir die fünf leeren Kammern. »Du hast einmal Mist gebaut, also lade ich ihn mit einer Kugel.« Er nahm eine Patrone aus der Tasche und schob sie in eine Kammer.

Mir wurde vor Angst übel. »Das kannst du doch nicht machen, Orson.«

»Andy, Andy, Andy. Man sagt einem Mann mit einer geladenen Waffe nicht, was er tun oder lassen soll.« Er drehte die Trommel, drückte sie wieder in die Waffe und zog den Hammer zurück. »Ich werde dir erklären, warum das auch eine Strafe für mich ist, damit du nicht denkst, ich würde das nur spaßeshalber machen.

Es hat mich verdammt viel Mühe gekostet, dich hierherzubringen, und wenn du jetzt kein Glück hast und die Zwanzig-Prozent-Chance eintritt, dass die Kugel in der richtigen Kammer steckt und du draufgehst, habe ich die ganze Arbeit umsonst gemacht. Aber ich bin bereit, dieses Risiko einzugehen, um dir eine Lektion zu erteilen, damit du meine Anweisungen beim nächsten Mal auch wirklich befolgst.«

Als er die Waffe auf meine Brust richtete, hob ich sinnloserweise die Hände. Er drückte den Abzug ... klick ... und biss von seinem Apfel ab. Ich konnte kaum noch atmen, danach vergrub ich das Gesicht in meinen Handflächen, während er die Musik wieder anstellte. Er schnippte mit den Fingern im Takt und lächelte mich herzlich an, als er sich wieder zu mir auf die Couch setzte. Danach nahm er die Patrone aus der Waffe, legte den Revolver auf den Boden und drehte sich zu mir um. Mir war speiübel, und ich glaubte schon, mich übergeben zu müssen.

Heilige Scheiße, er hat den Verstand verloren. Ich werde hier sterben. Ich bin allein in der Wüste mit einem gottverdammten Psychopathen, der noch dazu mein Bruder ist. Mein scheiß Bruder.

»Jetzt kannst du dich frei im Haus und in der Wüste bewegen, Andy. Der Schuppen ist allerdings für dich tabu, und ich werde deine Tür jede Nacht abschließen, wenn du zu Bett gehst. Du musst auch nicht mehr den Nachttopf benutzen. Duschen kannst du am Brunnen neben dem Plumpsklo. Das Wasser ist kalt, aber du wirst dich schon daran gewöhnen. Ich habe hinterm Haus zwar einen neuen Generator aufgebaut, der das Haus mit Strom versorgt, aber für Klempnerarbeiten fehlte mir bisher die Zeit.«

»Kann ich jetzt aufs Klo gehen?«, fragte ich mit schwacher Stimme.

»Klar. Sag mir einfach immer Bescheid, wenn du das Haus verlässt. Ich möchte mir nicht erst die Mühe machen müssen, dich zu suchen.«

Noch immer zitternd durchquerte ich das Zimmer und öffnete die Tür, wo das Sonnenlicht auf die rotbraune Wildnis herabstrahlte. Ich erschauerte und band den weißen Bademantel, den ich jetzt seit zwei Tagen trug, etwas enger zu. Als ich mich umdrehte, um die Tür zu schließen, stand Orson hinter mir.

»Du hast mir gefehlt«, sagte er.

Ich sah ihn an, und einen Augenblick lang wirkte er verletzlich, wie der Bruder, den ich vor vielen Jahren geliebt hatte. Seine Augen schienen mich anzuflehen, aber ich war in keinem Zustand, der geeignet war, darüber nachzudenken, was er wohl von mir wollte.

»Wer war sie?«, wollte ich wissen.

Er wusste genau, wen ich meinte, antwortete jedoch nicht. Wir starrten uns nur an, und eine Verbindung lebte wieder auf, die seit sehr langer Zeit brach gelegen hatte. Zwischen uns lag ein explosives Knistern in der Luft. Da ich nicht darauf warten wollte, dass er die Tür schloss, drehte ich mich einfach um und ging weiter.

»Andy«, sagte er dann, und ich blieb auf den Stufen stehen, ohne mich umzudrehen, »nur eine Kellnerin.«

Kapitel 6

Ich stand auf der wackligen Veranda vor dem Haus im Schatten eines Blechdachs, umgeben von verwitterten Balken. Eine kräftige, stetige Brise wehte von der Wüste herüber und brachte den süßlichen, pikanten Geruch von Beifuß, angesengter Erde und mir unbekannten Blumen mit sich.

Vier wacklige Schaukelstühle, zwei auf jeder Seite der Tür, wippten kaum merklich im Wind, aber ich setzte mich auf die Treppe und schob meine nackten Füße in den lockeren Boden, der dort, im Schutz der Sonne, noch kühl war. Mein Blick wanderte zum nördlichen Horizont, an dem sich gewaltige Gebirgsausläufer und Berge abzeichneten. Aus etwa fünfzig Kilometern Entfernung ließen sich an den Abhängen keine Einzelheiten erkennen. Ich sah nur Dunkelgrün an den tieferen Stellen, was auf immergrüne Wälder hindeutete, danach zerklüftete graue Felsen und darüber wolkenartige Gletscherfelder, die niemals schmelzen würden.

Ungefähr sechzig Meter links von der Veranda befand sich ein großer Schuppen. Er sah relativ neu aus und wirkte, als wäre er hastig erbaut worden, das Blechdach und die dünnen Wände aus gelben Kiefernstämmen glänzten in der untergehenden Sonne. Eine Kette war schneckenartig um den Riegel gewickelt, mit dem die Doppeltür verschlossen war. Reifenspuren auf dem Boden führten direkt zum Schuppen.

In etwa eineinhalb Kilometern Entfernung erhob sich aus der Wüste ein rostbrauner Felskamm, der sich in Richtung Süden erstreckte und immer flacher wurde. Darauf standen dünne

Wacholderbüsche, deren zackige Silhouetten sich dunkel vor dem Himmel abzeichneten.

Ich hatte seit Sonnenaufgang in meinem Zimmer gesessen und versucht, Machiavelli zu lesen. Doch mir war heiß und ich konnte mich auf nichts anderes konzentrieren als darauf, welche Fluchtmöglichkeiten ich hatte, sodass ich schließlich nach draußen gegangen war, um frische Luft zu schnappen. Doch selbst im Wind stach mir der Schweiß in den Augen und benetzte meine Haut und meine Haare. Im Haus war wieder Jazzmusik zu hören, was hier in der Wüste irgendwie unheimlich war, da ich damit eher überfüllte Klubs in New York und Menschen in beengten Räumen assoziierte. Normalerweise hasste ich Menschenmengen und Gedränge, aber jetzt wünschte ich mir die klaustrophobische Enge eines beliebten Nachtklubs herbei.

Über eine Stunde lang saß ich auf der Treppe und sah mit an, wie sich die Wüste vor mir scharlachrot färbte. Mein Kopf war wie leer gefegt, und ich war derart versunken in meine andauernde Unbekümmertheit, dass ich zusammenzuckte, als die Tür hinter mir quietschend geöffnet wurde. Orsons Stiefel machten ein hohles Geräusch auf dem Holzboden.

»Wie sieht es aus, hast du bald Hunger?«, erkundigte er sich. Ich bekam ein flaues Gefühl im Magen, als ich seine kratzige Stimme hörte, und konnte es nicht fassen, dass wir wieder zusammen waren. Seine Anwesenheit jagte mir noch immer eine Heidenangst ein.

»Ja.«

»Ich hatte vor, uns ein paar Steaks zu grillen«, sagte er, und mir war klar, dass er lächelte und hoffte, ich wäre beeindruckt. Ich fragte mich, ob er die Tatsache wiedergutmachen wollte, dass er mich beinahe umgebracht hätte. Wenn wir uns als Kinder gestritten hatten, hatte er danach immer versucht, mich mit Geschenken, Schmeicheleien oder, wie in diesem Fall, mit einer Leckerei wieder zu besänftigen. »Willst du was trinken?«

Ja, unbedingt.

Ich drehte mich um und sah ihn an. »Ein Jack Daniel's wäre nett, wenn du einen dahast.«

Er ging wieder hinein und kam mit einer noch verschlossenen Dreiviertelliterflasche dieses wunderbaren Whiskeys aus Tennessee zurück. Das war der schönste Augenblick dieses Tages, fast so, als hätte ich ein kleines Stück Heimat wiedergefunden, mein Herz machte einen Satz. Ich brach das schwarze Siegel und trank einen großen Schluck, wobei ich die Augen schloss, als der Alkohol in meiner Kehle brannte. In dieser Sekunde, in der der Whiskey meinen leeren Magen versengte, hätte ich genauso gut auf meiner eigenen Veranda sitzen und mich alleine an einem wundervollen Abend in Carolina betrinken können.

Ich reichte Orson die Flasche, aber er lehnte ab. Dann ging er um die Ecke und zog einen Grill heran. Nachdem er die Kohlen angezündet hatte, verschwand er wieder im Haus und kam mit einem Teller in der Hand zurück, auf dem zwei grotesk dicke, mit Salz und Pfeffer bestreute rote Filets Mignon lagen. Im Vorbeigehen senkte er den Teller und meinte: »Gieß ein bisschen Whiskey über das Fleisch.«

Orson legte die benetzten Filets auf den Grill, wo sie innerhalb weniger Sekunden zu zischen begannen, als der Alkohol verbrannte. Dann setzte er sich neben mich, und während sich die Wärme des Whiskeys langsam in meinem Körper ausbreitete, lauschten wir dem Brutzeln der Steaks und sahen uns das Abendrot an, als wären wir alte Freunde.

Als die Steaks fertig waren, stellten wir unsere Teller auf den kleinen Tisch, der sich auf einer Seite der Veranda befand. Orson zündete mit seinem silbernen Zippo zwei Kerzen an, und wir verspeisten schweigend unser Abendessen. Während ich ihm gegenübersaß, schoss mir durch den Kopf: »Du bist nicht dieses Monster, das ich gestern Nacht in der Wüste gesehen habe. Allein aus diesem Grund sitze ich hier, ohne zu zittern oder zu wimmern, weil ich aus irgendeinem Grund weiß, dass du das nicht gewesen sein kannst. Du bist einfach nur Orson. Mein Bruder. Mein blauäugiger Zwillingsbruder. Ich sehe dich noch als Kind vor mir, als süßen, unschuldigen Jungen. Du bist nicht dieses Monster aus der Wüste, nicht dieser Dämon.«

Als die letzten Sonnenstrahlen am lilafarbenen Horizont verschwunden waren, überkam mich ein unheilvolles Gefühl. Das Licht hatte mir eine Art von Kontrolle gewährt, aber jetzt, als es wieder dunkel war, fühlte ich mich erneut hilflos. Aus diesem Grund hatte ich auch nichts mehr von dem Whiskey getrunken, da ich befürchtete, dass der Rauschzustand hier draußen sehr gefährlich werden konnte. Das Schweigen am Tisch hatte mir ebenfalls zu schaffen gemacht. Wir hatten zwanzig Minuten dagesessen, ohne ein Wort zu sagen, aber ich hatte nicht vor, als Erster den Mund aufzumachen. Was sollte ich ihm auch schon sagen?

Orson hatte die ganze Zeit auf seinen Teller gestarrt, aber jetzt sah er mich an und räusperte sich.

»Andy«, begann er, »erinnerst du dich an Mr Hamby?«

Ich konnte es nicht unterdrücken. Zum ersten Mal seit Tagen stahl sich ein Lächeln auf meine Lippen.

»Soll ich dir die Geschichte erzählen, als hättest du sie noch nie gehört?«, schlug Orson vor.

Als ich nickte, beugte er sich auf seinem Stuhl vor und sah mich fröhlich und mit aufgerissenen Augen an, wie der geborene Geschichtenerzähler.

»Als wir noch Kinder waren, sind wir mehrmals im Jahr aufs Land gefahren, um nördlich von Winston-Salem bei Grandma zu wohnen. Grandpa war tot, und sie hatte gern Gesellschaft. Wie alt waren wir damals? Neun vielleicht? Bleiben wir einfach bei neun …«

Du wirkst auf mich wie Orson, und ich weiß, ich hoffe, dass es nicht so bleibt, aber, großer Gott, in diesem Moment habe ich das Gefühl, bei meinem Bruder zu sein.

»Und Grandmoms Haus stand neben diesem Feld voller Apfelbäume, Joe Hambys Obstgarten. Er war Witwer und lebte ganz allein. Es war Anfang August, und jeden Tag kamen Schulklassen und Kirchengruppen in Hambys Obstgarten, um Äpfel und Kürbisse zu pflücken, Cider zu kaufen oder Ausflüge auf dem Heuwagen zu machen.

Tja, da dieser Obstgarten an Grandmoms Grundstück grenzte, konnten wir der Versuchung natürlich nicht widerstehen und sind rübergeschlichen. Wir haben Äpfel geklaut, sind auf seine Traktoren geklettert und haben in den Heubergen gespielt, die er in seinen Scheunen gelagert hat. Aber Hamby hatte etwas gegen Menschen, die unbefugt bei ihm eindrangen, also mussten wir nachts zu ihm rübergehen. Wir haben gewartet, bis Grandmom ins Bett gegangen war, und uns dann aus dem alten Farmhaus mit den knarrenden Dielen geschlichen.

An diesem ganz speziellen Oktoberabend sind wir gegen 21.00 Uhr ins Freie geschlichen und über den Zaun in seinen Obstgarten gesprungen. Ich weiß noch, dass der Mond schon fast voll war und wir nicht gefroren haben, aber die Grillen und Baumfrösche waren weg, daher war die Nacht sehr ruhig. Es war mitten in der Erntezeit. Einige Äpfel waren bereits säuerlich geworden, doch die meisten waren perfekt, und wir sind zwischen den Bäumen hindurchgeschlendert, haben die von der Sonne erwärmten Früchte gegessen und hatten einen Heidenspaß.

Hambys Grundstück umfasste einige Hundert Morgen, und in der hintersten Ecke befand sich sein Kürbisfeld, von dem wir schon viel gehört, aber immer zu große Angst gehabt hatten, um dorthin zu gehen. Doch in dieser Nacht fühlten wir uns unbesiegbar. Wir kamen am Ende des Gartens an und konnten die riesigen orangen Kürbisse im Mondlicht sehen. Wie du vielleicht noch weißt, hatte Hamby auf dem Volksfest einige Preise für seine Kürbisse gewonnen. Bei ihm wurden diese Ungetüme bis zu fünfzig Kilo schwer.

Wir konnten sein Haus am anderen Ende des Weges sehen, es brannte kein Licht, also machten wir ein Wettrennen zum Kürbisfeld und hielten die Augen nach diesen Riesenkürbissen offen. Schließlich ließen wir uns lachend und völlig außer Atem mitten auf dem Feld auf den Boden fallen.«

Orson grinste und ich ebenfalls. Wir wussten beide, was gleich kommen würde. »Auf einmal hörten wir ihn ganz in unserer Nähe stöhnen: ›Ich liebe meine orangen Muschis‹!«

Ich lachte auf und spürte, wie der Whiskey in meinen Nebenhöhlen brannte.

»Wir hätten uns vor Schreck beinahe in die Hose gemacht«, fuhr er fort. »Als wir uns umdrehten, sahen wir Mr Hamby über einen riesigen Kürbis gebeugt stehen, der in etwa so groß war wie eine dieser Seeschildkröten von den Galapagosinseln. Sein Overall hing ihm auf den Fußknöcheln, und er bestieg dieses Ding im Mondschein. Dabei redete er in einer Tour, schlug dagegen, als wäre es ein knackiger nackter Hintern, und machte hin und wieder eine Pause, um einen Schluck Pfirsichbrandy zu trinken.

Wir hatten natürlich eine Heidenangst und bemerkten nicht, dass er betrunken war. Da wir dachten, er würde uns sehen und hinterherrennen, wenn wir nach Hause liefen, legten wir uns flach auf den Boden und warteten darauf, dass er fertig war und nach Hause ging. Irgendwann war er dann auch fertig ... aber nur mit diesem Kürbis. Er raffte seinen Overall hoch und ging zum nächsten. Der Kürbis war kleiner, und nachdem er mit seinem Bohrer ein Loch hineingemacht hatte, ging er auf die Knie und fing an, das Ding zu vögeln. Wir haben ihm dabei zugesehen, wie er fünf Kürbisse gefickt hat, bevor er schließlich stinkbesoffen das Bewusstsein verlor. Dann rannten wir zurück zu Grandmoms Haus, und uns war ganz schlecht von den vielen Äpfeln und ...«

Ich habe uns an diesem kühlen Herbstabend so deutlich vor Augen, wie ich uns jetzt hier sitzen sehe, wie wir über diesen Holzzaun geklettert sind in unseren identischen Overalls und Rollkragenpullis. Damals wollten wir unbedingt gleich sein. Wir haben allen erzählt, wir wären es, und wir sahen auch noch so aus. Aber ist diese Bindung bis heute bestehen geblieben?

Als er die Geschichte zu Ende erzählt hatte, standen mir Tränen in den Augen. Unser Lachen ging mir zu Herzen, und ich nahm es mir heraus, ihm frei ins Gesicht zu sehen und zu versuchen, das zu ergründen, was sich hinter seinen Augen verbarg. Aber die Kratzer der Fingernägel auf seinen Wangen ließen erneut die furchtbaren Schreie der Frau in meinem Kopf aufleben, und schon waren der behagliche Moment und die Leichtigkeit, die ich in der letzten halben Stunde in seiner Gegenwart empfunden hatte, verflogen.

Orson spürte die Veränderung, er wandte den Blick von mir ab und sah in die nun schwarze Wüste hinaus, die uns umgab.

Ein Windstoß ließ die Kerzen erlöschen, sodass wir im Dunkeln saßen. Nun war nur noch der letzte Hauch des Abendrots am westlichen Horizont zu sehen, das in dem Augenblick verblasste, in dem ich hinsah. Der Himmel war voller Sterne – Millionen mehr, als man in den Städten sehen konnte. Selbst in den klarsten Nächten wirkten die Sterne über dem Lake Norman leicht verschwommen, als wären sie hinter einem durchsichtigen Stofffetzen verborgen. Doch hier über der Wüste glichen sie winzigen Monden und zogen sich über den ganzen Himmel.

»Mir ist kalt«, sagte ich und rieb mir die Arme, auf denen ich eine Gänsehaut bekommen hatte. Ich konnte Orson kaum noch sehen, er war bloß ein Umriss auf der anderen Seite des Tisches.

Er stand auf. »Wenn du noch mal aufs Klo willst, dann solltest du jetzt gehen. Ich sperre dich in einer Viertelstunde in deinem Zimmer ein.«

»Warum?«

Doch ich bekam keine Antwort. Er nahm die Teller und Gläser und ging ins Haus, ich saß noch einen Augenblick lang da, nachdem er gegangen war, und suchte den Himmel nach Meteoren ab. Dann rieb ich mir die Augen und stand auf. Es würde fast eine Erleichterung sein, wieder alleine in meinem Zimmer zu sein, wo ich nichts weiter tun konnte, als zu lesen und zu schlafen. Als ich das Klappern von Geschirr im Spülbecken hörte, zuckte ich zusammen und lief mit nackten Füßen über den warmen Boden zum Plumpsklo.

Kapitel 7

Die Tage in der Wüste vergingen schleppend. Die Sonne brannte gnadenlos, daher war es nach 10.00 Uhr morgens fast schon gefährlich, draußen herumzulaufen. Die Hitze war trocken und erdrückend, daher blieb ich in der schattigen, kühleren Enge meines Zimmers oder in einer anderen Ecke der Hütte, wenn ich nicht eingesperrt war.

Wir schienen jede Menge Lebensmittel zu haben. Ich hatte noch nie besser gegessen. Orson bewahrte hervorragendes Fleisch in seiner Tiefkühltruhe auf, und er bereitete mir jeden Tag drei ausgezeichnete Mahlzeiten zu. Wir aßen Steak, Lachs, Kalbfleisch, sogar einmal Hummer, und tranken zu jeder Mahlzeit flaschenweise Wein. Ich fragte ihn einmal, warum er so königlich speiste, und er erwiderte: »Weil ich es verdient habe, Andy. Das haben wir beide.«

Sobald ich ein Buch durchgelesen hatte, gab mir Orson das nächste. Nach Machiavelli kamen Seneca und dann Demokratis, sodass keine Langeweile aufkommen konnte. Obwohl ich pro Tag ein Buch las, drängte mich Orson ständig, schneller zu lesen. Ich hatte nicht die geringste Ahnung, was ich seiner Meinung nach aus diesen Klassikern lernen sollte, und er hüllte sich vorerst in Schweigen.

Ich wurde nahezu besessen davon, mir die unterschiedlichsten Fluchtszenarien auszumalen. Auch wenn ich die Gelegenheit dazu hatte, stand es völlig außer Frage, einfach wegzugehen. Ich hatte weder die Kraft noch die Ressourcen, um durch diese Wüste zu wandern, schließlich wusste ich ja nicht einmal, in welche Richtung ich überhaupt gehen sollte. Inzwischen vermutete ich, dass sein Wagen im verschlossenen Schuppen stand. Daher vertrieb ich mir die Zeit, schmiedete einen Plan und versuchte, genug Mut und Selbstvertrauen aufzubringen, um meinen Bruder zu überwältigen. Ich wollte nicht unüberlegt handeln, da mir klar war, dass ich mein Leben nur durch kluge Entscheidungen und einen reibungslosen Ablauf retten konnte.

Dabei beruhigte es mich, Tagebuch zu führen. Mehrere Stunden nach Sonnenuntergang, wenn ich nicht mehr las und mich Orson über Nacht einsperrte, saß ich auf dem Bett und schrieb die Ereignisse des vergangenen Tages nieder. Ich schrieb eine Stunde lang, oftmals länger, und schweifte dabei mehrfach ab, wenn ich an mein Zuhause und den See denken musste. Ich hatte eine genaue Aufstellung meines Besitzes angefertigt und hier in dieser einsamen Wüste die Gerüche und Geräusche am See wieder aufleben lassen. Das waren mir die liebsten Stunden des Tages, und ich sah sie als vorübergehende Oase an. Den ganzen Tag lang konnte ich an kaum etwas anderes denken, und ich lebte nur noch für diese Zeitspanne. Häufig glaubte ich, wenn ich den Stift und das Blatt Papier in die Schublade legte und das Licht ausschaltete, den See ans Ufer schwappen und die Brise in den Bäumen zu hören.

Was den genauen Tag anging, so wusste ich nur, dass es Ende Mai sein musste. Da ich unter Drogen gesetzt und entführt worden war, konnte ich nicht mit Sicherheit sagen, an welchem Tag ich in der Wüste wieder zu mir gekommen war. Es konnten mehrere Tage zwischen der stürmischen Nacht in diesem Motel und meinem Aufwachen in der Hütte gelegen haben. Daher beschriftete ich meine Tagebucheinträge mit »Tag 1«, »Tag 2«, »Tag 3« und so weiter, wobei der erste Tag der war, an dem ich das Bewusstsein wiedererlangt hatte. Mir war nicht klar, warum mir Orson diese Information vorenthielt. Sie erschien mir in meiner jetzigen Lage irrelevant und sinnlos, doch hätte ich das genaue Datum zu gern gewusst.

Auch in Bezug auf den genauen Standort der Hütte tappte ich im Dunkeln. Sie konnte irgendwo östlich der Prärie liegen.

Ich fertigte Bleistiftskizzen mit dem Ausblick von der Veranda und meinem vergitterten Zimmerfenster an und zeichnete auch die Bergkette im Norden und Osten sowie den Kamm aus roten Klippen im Westen. Außerdem skizzierte ich die Pflanzen, die hier wuchsen: Beifuß, Fuchsschwanz, Lupinen sowie mehrere andere Wüstenblumen und -sträucher, die ich bei meinen täglichen Spaziergängen sah.

In einigen Nächten sah ich nach Sonnenuntergang, wenn der Himmel nur noch schwach rot gefärbt war, Antilopen- oder Maultierhirschherden in der Wüste. Es schmerzte mich, ihre Silhouetten am Horizont zu sehen, da ich sie um ihre Freiheit beneidete, wenn sie langsam aus meinem Blickfeld verschwanden. Ich hielt diese Beobachtungen ebenfalls in meinem Tagebuch fest, wie auch die Begegnungen mit Hasen und Kängurumäusen. Schleiereulen waren jede Nacht zu hören, ließen sich jedoch nie blicken, und in der Mittagshitze kreisten häufig Geier am Himmel. Ich hoffte, dass ich diese Wüste mithilfe meiner Aufzeichnungen eines Tages wiederfinden würde, auch wenn ich tatsächlich nicht einmal wusste, ob ich hier je wieder wegkommen würde.

Ich lag wach auf dem Bett. Es war spät, ich hatte meinen Tagebucheintrag abgeschlossen, und Orson hatte den Generator über Nacht abgestellt, sodass es still in der Hütte war. Draußen im Dunkeln störte nur der Wind die Stille. Ich konnte spüren, wie er durch die Ritzen zwischen den Stämmen hereinwehte. Er schien nie nachzulassen.

Eine Erinnerung plagte mich jetzt schon seit über einer Stunde.

Orson und ich sind acht Jahre alt und spielen im Wald in der Nähe von Winston-Salem, North Carolina, unter einem blassblauen Augusthimmel. Wie viele Jungen sind auch wir von der Tierwelt fasziniert, und Orson fängt eine graue Eidechse, die über einen verrotteten Baumstamm gelaufen ist.

Begeistert über unsere Entdeckung bitte ich ihn, die Eidechse festzuhalten, was er mit frechem Grinsen tut. Ich hole eine Lupe aus meiner Tasche. Die Sonne brennt, und in kürzester Zeit erscheint ein blendender Fleck auf der schuppigen Haut der Eidechse. Das Sonnenlicht brennt sich durch, Orson und ich sehen einander an und lachen vor Freude, während wir fasziniert mit ansehen, wie die rauchende Eidechse versucht, uns zu entkommen.

»Ich bin dran!«, sagt er irgendwann. »Halt du sie jetzt fest.«

Wir verbringen den ganzen Nachmittag damit, das Tier zu quälen. Als wir genug haben, werfe ich es ins Gras, aber Orson besteht darauf, es mitzunehmen.

»Die Eidechse gehört jetzt mir«, sagt er. »Das ist meine.«

Kapitel 8

Tag 6 (nach Mitternacht?)

Ich habe heute wieder geduscht. Das Thermometer hat fünfunddrei-ßig Grad Celsius angezeigt, als ich nackt über den heißen Boden zum Brunnen gesprintet bin. Ich hasse das eiskalte Wasser. Es kommt einem vor, als würde die Temperatur nur wenige Grad über dem Gefrier-punkt liegen, und mir stockt jedes Mal der Atem, wenn es meine Haut berührt. Ich habe mich gewaschen, so schnell ich konnte, aber als ich die Seife abgespült habe, zitterte ich wie Espenlaub.

Bei Sonnenuntergang hätte ich gern noch einen Spaziergang in der Wüste gemacht, aber Orson hat mich in mein Zimmer eingesperrt. Aus meinem Schlafzimmerfenster sah ich, wie ein brauner Buick auf einer schmalen, ungeteerten Straße, die schnurgerade bis zum Horizont zu führen scheint, in Richtung Osten fuhr. Inzwischen ist er schon seit eini-gen Stunden weg, und ich fühle mich hier sicherer, wenn er nicht da ist.

»The Scorcher« ist inzwischen bestimmt längst erschienen, und Cynthia wird vermutlich wegen mir ein Magengeschwür bekom-men haben. Ich könnte es ihr nicht verdenken. Ich sollte um diese Zeit zu einer Lesereise durch zwölf Städte aufbrechen. Jetzt muss sie Signiertermine, Radiointerviews und Fernsehauftritte absagen. Das wird den Verkaufserfolg schmälern, und ich breche den Ver-trag, den ich mit meinem Verlag geschlossen habe … Aber über all das sollte ich lieber nicht nachdenken. Ich kann das alles nun mal nicht ändern, und es macht mich förmlich verrückt.

Ich lese noch immer wie ein Verrückter. Poe, Platon und McCarthy in den letzten beiden Tagen. Bis jetzt ist mir schleierhaft, was Orson damit bezweckt und was ich unbedingt begreifen soll. Eigentlich bin ich mir nicht mal sicher, dass er es selbst weiß. Er liest ebenfalls den ganzen Tag, und ich frage mich, was er in den abertausend Seiten sucht, ob er glaubt, er könne noch einen bisher unentdeckten Protagonisten, eine Geschichte oder eine Philosophie darin finden, die das erklären oder rechtfertigen kann, was ihm im Spiegel entgegenblickt. Aber ich vermute, dass er nur geringen Trost darin findet, beispielsweise die grausamen Worte aus »Der Fürst« oder den psychopathischen Richter Holden aus »Die Abendröte im Westen«.

In der Ferne kann ich einen Wagen hören, der näher kommt. Heute hat er mich zum ersten Mal allein gelassen, und das macht mir Sorgen. Vielleicht ist er ja nur einkaufen gefahren. Gute Nacht.

Ich ging vom Bett zur Kommode und legte den Stift und das Blatt Papier in die mittlere Schublade. Es wäre sinnlos zu versuchen, mein Tagebuch vor Orson zu verstecken. Außerdem hat er bisher immer einen gewissen Anstand gehalten, wenn es um das ging, was ich geschrieben habe. Zumindest bezweifle ich, dass er mein Tagebuch bereits gelesen hat. Er respektiert die ureigensten Triebe, wie er es nennt, und dazu gehört in meinem Fall eindeutig das Schreiben.

Dann kroch ich ins Bett und schaltete die Kerosinlampe aus, die auf meinem Nachttisch stand und die ich in den letzten Nächten anstelle des elektrischen Lichts benutzt hatte. Das Geräusch einer zuschlagenden Wagentür hallte durch das offene Fenster. Ich wollte nicht mehr wach sein, wenn er ins Haus kam.

Seine Stimme flüsterte meinen Namen: »Andy. Andy. Andrew Thomas.« Ich schlug die Augen auf, konnte aber nichts sehen. Das leise Flüstern ging weiter. »Hey, Kumpel. Ich hab eine Überraschung für dich. Nein, eigentlich ist sie für uns beide.« Das grelle Licht einer Taschenlampe fiel auf Orsons Gesicht – seine Wangen waren mit Blut beschmiert und er lächelte. Dann richtete er den Strahl der Lampe aufs Bett, und mir taten die Augen weh.

»Lass uns gehen. Du vergeudest Mondlicht.« Er legte die Taschenlampe auf die Kommode und riss mir die Bettdecke herunter. Ich sah aus dem Fenster und konnte erkennen, dass der Mond noch hoch am Himmel stand. So erschöpft, wie ich war, konnte ich nicht lange geschlafen haben.

Orson warf mir eine Jeans und ein T-Shirt aus meiner Reisetasche zu, die offen in der Ecke stand. Er wirkte ungeduldig, fast schon manisch, und erinnerte mich an ein Kind im Freizeitpark, als er in seinem marineblauen Mechanikeroverall und seinen Stiefeln mit Stahlkappen in meinem Zimmer auf und ab ging.

Der abnehmende Mond tauchte alles in ein bläuliches, helles Licht, die Büsche, die Klippen und sogar Orson waren fast so gut wie bei Tageslicht zu erkennen. Mein Atem bildete in der kalten Nachtluft Wölkchen. Wir gingen zum Schuppen, und als wir näher kamen, sah ich den Buick davor stehen, mit dem Heck zu uns und dem Fond vor der Doppeltür. Das Nummernschild war abgebaut worden.

Etwas schlug von innen gegen die Schuppentür, dann schrie jemand: »Hilfe!« Als ich stehen blieb, drehte sich Orson ruckartig zu mir um.

»Sag mir, was hier los ist«, verlangte ich.

»Du kommst mit mir in den Schuppen.«

»Wer ist da drin?«

»Andy ...«

»Nein. Wer ist ...« Ich starrte in den Lauf meines eigenen Revolvers.

»Geh voraus«, sagte er.

Während er mich mit der Waffe bedrohte, ging ich am Gebäude entlang. Der Schuppen war größer, als ich ursprünglich angenommen hatte, und bestimmt zwölf Meter lang, das Blechdach neigte sich zu einer Seite herab, was vermutlich zum Schutz vor dem vielen Schnee im Winter diente, falls wir uns tatsächlich so weit im Norden aufhielten. Als wir auf der Rückseite des Schuppens angekommen waren, befahl mir Orson, vor der Tür stehen zu bleiben. Er zog einen Schlüssel aus der Tasche, und als er ihn ins Schloss steckte, drehte er sich zu mir um und grinste.

»Du magst doch Buttermilch, oder nicht?«, wollte er wissen.

»Ja«, antwortete ich, auch wenn mir schleierhaft war, warum er das ausgerechnet jetzt fragte.

»Hast du die schon immer gern getrunken?«

»Nein.«

»Stimmt. Du hast sie getrunken, weil Dad sie so gern trank, aber mit der Zeit mochtest du sie immer lieber. Ich finde noch immer, dass sie widerlich schmeckt, aber du trinkst sie inzwischen gern. Genau so etwas wird hier auch passieren. Zuerst wirst du es verabscheuen. Du wirst mich deswegen noch mehr hassen, als du es jetzt schon tust. Aber du wirst dich daran gewöhnen und Gefallen daran finden, das kann ich dir versichern.« Er schloss die Tür auf und steckte den Schlüssel wieder in die Hosentasche. »Und jetzt kein Wort mehr, bis ich etwas anderes sage.« Lächelnd bedeutete er mir, zuerst einzutreten. »»Unmenschliche Grausamkeit««, flüsterte er, als ich die Tür öffnete und er mir in den Schuppen folgte.

Eine Frau lag mit verbundenen Augen und mit Handschellen gefesselt auf dem Boden. Sie trug ein braunes Lederhalsband, von dem eine eineinhalb Meter lange Kette zu einem Metallstab führte, der vom Boden bis zur Decke reichte, wo er an einem Dachsparren befestigt war. Als Orson die Tür zuknallte, rappelte sich die Frau auf und taumelte unbeholfen zu dem Pfahl, während sie zu ergründen versuchte, wo wir uns befanden.

Sie musste etwa fünfundvierzig sein, und ihr blondes Haar wirkte glanzlos. Sie hatte leichtes Übergewicht und trug ein rot-graues Bowlingshirt, eine marinefarbene Hose sowie einen weißen Schuh. Ihr Parfüm hing schwer in der Luft, und unter der Augenbinde war zu erkennen, dass ihr das Blut neben der Nase herunterlief.

»Wo sind Sie? Was haben Sie mit mir vor?«

Das alles kann doch nicht wahr sein. Das passiert nicht. Wir spielen nur ein Spiel. Das ist gar kein Mensch.

»Setz dich hin, Andy«, sagte Orson und deutete auf einen Stuhl, der im vorderen Teil des Schuppens stand. Ich ging an Metallregalen voller Werkzeuge vorbei und nahm auf einem grünen Liegestuhl Platz, der in der Nähe der Doppeltür stand. Ein weißer Schuh lag direkt an der Tür, ich fragte mich, warum die Frau ihn ausgezogen hatte. Sie sah in meine Richtung, und ihr strömten die Tränen die Wangen herunter. Orson stellte sich neben mich. Er kniete sich hin und untersuchte die Stahlkappen seiner Stiefel. Plötzlich wurde mir etwas um einen Fußknöchel gelegt.

»Entschuldige«, sagte er, »aber noch traue ich dir nicht.« Er legte mir einen Eisenring an, der neben dem Liegestuhl am Boden verankert war.

Während Orson auf die Frau zuging, schob er meinen Revolver in eine tiefe Tasche seines Mechanikeranzugs.

»Warum tun Sie mir das an?«, fragte die Frau noch einmal. Orson wischte ihr die Tränen von den Wangen und folgte ihr, als sie vor ihm zurückwich, wobei er die Kette langsam um den Pfahl wickelte.

»Wie heißen Sie?«, fragte er mit sanfter Stimme.

»Sh... Shirley«, antwortete sie.

»Und weiter?«

»Tanner.« Orson holte zwei Stühle herüber, die auf der anderen Seite des Schuppens auf dem Boden gelegen hatten. Er stellte sie nebeneinander innerhalb der Reichweite der Kette auf.

»Bitte«, sagte er und nahm ihren Arm, »setzen Sie sich.« Als sie einander gegenübersaßen, streichelte Orson ihr Gesicht. Sie zitterte am ganzen Körper, als würde sie unter Hypothermie leiden. »Bitte beruhigen Sie sich, Shirley. Ich weiß, dass Sie Angst haben, aber Sie müssen aufhören zu weinen.«

»Ich will nach Hause«, jammerte sie mit zitternder Stimme, sodass sie fast wie ein Kind klang. »Ich will ...«

»Sie können auch nach Hause, Shirley«, unterbrach Orson sie. »Ich möchte nur mit Ihnen reden. Das ist alles. Lassen Sie mich Ihnen als Einleitung ein paar Fragen stellen. Wissen Sie, was eine Einleitung ist, Shirley?«

»Ja.«

»Das ist nur so eine Ahnung, aber wenn ich Sie so ansehe, dann würde ich vermuten, dass Sie nicht gerade viel lesen. Habe ich recht?« Sie zuckte mit den Achseln. »Was haben Sie als Letztes gelesen?«

»Ähm ... ›Himmelskuss‹.«

»Ist das ein Liebesroman?«, fragte er, und sie nickte. »Oh, tut mir leid, aber das zählt nicht. Sie sollten wissen, dass Liebesromane der letzte Schund sind. Vermutlich könnten Sie selbst welche schreiben. Sind Sie zufälligerweise aufs College gegangen?«

»Nein.«

»Haben Sie die Highschool beendet?«

»Ja.«

»Puh, einen Moment lang haben Sie mir schon Angst eingejagt, Shirley.«

»Bringen Sie mich zurück«, flehte sie. »Ich will zu meinem Mann.«

»Hören Sie auf zu jammern«, entgegnete er, und sie fing wieder an zu weinen. Dieses Mal wischte Orson die Tränen nicht weg. »Mein Bruder ist heute Abend hier«, fuhr er fort, »und das ist ein glücklicher Zufall, von dem Sie profitieren können. Er wird Ihnen fünf Fragen aus beliebigen Themengebieten stellen, aus der Philosophie, Geschichte, Literatur, Geografie, was auch immer. Sie müssen wenigstens drei richtig beantworten. Wenn Sie das tun, bringe ich Sie zurück zur Bowlingbahn. Aus diesem Grund habe ich Ihnen auch die Augen verbunden. Schließlich dürfen Sie mein Gesicht ja nicht sehen, wenn ich Sie wieder laufen lassen will, nicht wahr?« Sie schüttelte eingeschüchtert den Kopf. Orsons Stimme wurde zu einem Flüstern, er beugte sich vor und sagte gerade so laut, dass ich es auch noch hören konnte, in ihr Ohr: »Aber wenn Sie weniger als drei Fragen richtig beantworten, schneide ich Ihnen das Herz raus.«

Shirley stöhnte, stand unbeholfen auf und versuchte, wegzurennen, aber als sich die Kette spannte, fiel sie zu Boden.

»Stehen Sie auf!«, brüllte Orson und sprang auf. »Wenn Sie nicht in fünf Sekunden wieder auf diesem Stuhl sitzen, dann haben

Sie den Test nicht bestanden.« Shirley rappelte sich sofort wieder auf, und Orson half ihr, sich wieder auf den Stuhl zu setzen. »Beruhigen Sie sich, meine Liebe«, sagte er dann mit süßlicher Stimme. »Holen Sie tief Luft, beantworten Sie die Fragen, und dann sind Sie bald wieder bei Ihrem Mann und … Haben Sie Kinder?«

»Drei«, bestätigte sie weinend.

»Dann sind Sie noch vor Morgengrauen wieder bei Ihrem Mann und Ihren drei wundervollen Kindern.«

»Ich kann das nicht«, jammerte sie.

»Dann werden Sie einen qualvollen Tod erleiden. Es liegt ganz bei Ihnen, Shirley.«

Die nackte Glühbirne, die im Schuppen Licht spendete, flackerte und tauchte das Innere kurzfristig in Dunkelheit. Orson seufzte und stieg auf seinen Stuhl. Nachdem er die Birne festgedreht hatte, kam er zu mir herüber und legte mir eine Hand auf die Schulter. »Schieß los, Andy.«

»Aber …« Ich schluckte schwer. »Bitte, Orson. Tu das …«

Er beugte sich vor und flüsterte mir so leise ins Ohr, dass die Frau es nicht hören konnte: »Stell ihr die Fragen oder ich erledige sie jetzt gleich vor deinen Augen. Das wird kein schöner Anblick. Du kannst die Augen schließen, aber du wirst sie trotzdem hören. Die ganze Wüste wird sie hören können. Aber wenn sie alles richtig beantwortet, lasse ich sie gehen. Ich halte mich an dieses Versprechen. Es liegt alles in ihrer Hand. Das macht die Sache ja so amüsant.«

Ich sah zu der Frau hinüber, die noch immer zitternd auf dem Stuhl saß, und spürte, wie sich die Finger meines Bruders in meine Schultern bohrten. Orson hatte hier die Kontrolle, also stellte ich die erste Frage.

»Nennen Sie mir drei Stücke von William Shakespeare«, stieß ich hölzern hervor.

»Das ist gut«, sagte Orson. »Eine faire Frage. Shirley?«

»›Romeo und Julia‹«, antwortete sie hastig. »Ähm … ›Hamlet‹.«

»Großartig«, spottete Orson. »Noch eins, bitte.«

Sie schwieg einen Augenblick und rief dann: »›Othello‹! ›Othello‹!«

»Ja!« Orson klatschte in die Hände. »Das war gut. Nächste Frage.«

»Wie heißt der Präsident der Vereinigten Staaten?«

Orson schlug mir auf den Hinterkopf. »Viel zu einfach, also stelle ich die zweite Frage. Shirley, die Theorie welches Philosophen wird mit diesem Zitat zusammengefasst: ›Handle so, als ob die Maxime deiner Handlung durch deinen Willen zum allgemeinen Naturgesetz werden sollte‹?«

»Ich weiß es nicht! Woher zum Teufel soll ich so etwas wissen?«

»Wenn Sie auch nur die geringste Ahnung von der Philosophie hätten, würden Sie wissen, dass das von Kant stammt. Eine von zwei. Andy?«

Zögernd sah ich zu Orson hinauf. »Stell die Frage, Andy!«

Ich überlegte. »Auf welchem Berg wurde Jesus gekreuzigt?« Orson nickte zufrieden.

»Golgatha«, antwortete sie leise.

»Zwei von drei«, stellte Orson fest, klang aber ganz und gar nicht zufrieden.

»Vierte Frage: Wann …«

»Ich weiß eine bessere«, unterbrach mich Orson. »Du kannst die letzte stellen, Andy. Shirley, auf welchem Kontinent liegt das Land Gabun?«

Sie antwortete schnell, als würde sie es wissen: »Europa.«

»Oh nein, tut mir leid. Die richtige Antwort ist Afrika. An der Westküste.«

»Tun Sie mir das nicht länger an«, bettelte sie. »Ich kann Ihnen Geld geben. Ich habe Kreditkarten. Ich habe …«

»Halten Sie den Mund«, fuhr Orson sie an. »Spielen Sie fair. Ich tue das auch.« Sein Gesicht war ganz rot geworden, und er knirschte mit den Zähnen. Als sein Wutausbruch abgeebbt war, meinte er: »Jetzt kommt es drauf an. Ich hoffe, du hast eine gute Frage, Andy, denn falls nicht, wüsste ich noch eine.«

»Kommen wir zur Geschichte«, sagte ich. »In welchem Jahr wurde die Unabhängigkeitserklärung unterzeichnet?« Ich schloss die Augen und hoffte, dass Orson die Frage durchgehen ließ.

»Shirley?«, fragte er nach zehn Sekunden. »Ich würde jetzt gern Ihre Antwort hören.«

Als ich die Augen öffnete, drehte sich mir der Magen um. Sie weinte noch heftiger als zuvor. »1896?«, erwiderte sie. »Oh Gott, 1896?«

»AAAAAAAHHHH! Das ist leider nicht richtig. Das geschah im Jahr 1776.« Sie sackte auf dem Betonboden zusammen. Er beugte sich vor und nahm ihr die Augenbinde ab. Dann rollte er sie zusammen und warf sie mir zu. Shirley weigerte sich, den Kopf zu heben.

»Das ist aber schade, Shirley«, erklärte er und umkreiste sie, während sie sich auf dem Boden krümmte. »Die letzte Frage war doch so einfach. Ich wollte nicht, dass mein Bruder mit ansehen muss, was ich Ihnen antun werde.«

»Es tut mir leid«, stieß sie schluchzend hervor und schnappte nach Luft, als sie ihr angeschlagenes Gesicht vom Boden hob. Zum ersten Mal sah sie Orson in die Augen, und mir fiel auf, wie ungemein gütig sie aussah. »Tun Sie mir nicht weh, Sir!«

»Es tut Ihnen leid«, wiederholte er. Er ging zu einem der drei langen Metallregale, die neben der Hintertür an der Wand standen. Aus dem mittleren nahm er eine Lederscheide und einen grauen Wetzstein. Dann schlenderte er langsam zurück in die Raummitte und schob seinen Stuhl an die Wand, sodass Shirley und ich ihn nicht mehr erreichen konnten. Er setzte sich, zog das Messer heraus und zwinkerte mir zu. »Sehen Sie her, Shirley«, forderte er sie auf. »Ich möchte Sie etwas fragen.« Wieder hob sie den Kopf, während sie fast schon wie ein Asthmatiker Luft holte.

»Wissen Sie gute Handwerkskunst zu schätzen?«, wollte er wissen. »Ich werde Ihnen etwas über dieses Messer erzählen.«

Sie brach hysterisch schluchzend am Boden zusammen, aber Orson achtete nicht auf ihr Weinen und Flehen. Für den Augenblick hatte er mich vergessen und war ganz allein mit seinem Opfer.

»Ich habe dieses Messer bei einem Messerschmied in Montana gekauft. Er stellt wirklich unglaubliche Dinge her.« Orson ließ die

Klinge methodisch auf dem Schleifstein auf und ab gleiten. »Die Klinge ist vierzehn Zentimeter lang, aus Karbonstahl und drei Millimeter dick. Es war gar nicht so einfach, dem Messerschmied zu erklären, wofür ich dieses Ding genau brauche. Denn man muss ihm schon exakt sagen, wofür man die Klinge nutzen will, damit er sie auch richtig anfertigt. Schließlich habe ich dem Mann erklärt, dass ich Großwild ausweiden will. Und das trifft es ja auch so ungefähr. Schließlich werde ich Sie ausweiden, Shirley. Würden Sie sich nicht auch als Großwild bezeichnen?«

Shirley beugte sich über ihre Knie, presste das Gesicht auf den Boden und betete zu Gott. Ich betete mit ihr, dabei war ich nicht einmal gläubig.

»Aber ich muss sagen, dass ich mit diesem Messer ausgesprochen zufrieden bin«, fuhr Orson fort. »Wie Sie sehen können, ist die Klinge leicht gezackt, sodass man damit auch dicke Brustmuskeln durchtrennen kann, aber auch so robust, um den Brustkorb aufzubrechen. Das ist eine seltene Kombination bei einer Klinge. Aus diesem Grund habe ich auch dreihundertfünfundsiebzig Dollar dafür bezahlt. Sehen Sie den Griff? Er besteht aus Elfenbein vom Schwarzmarkt.« Er schüttelte den Kopf. »Ein wirklich hervorragendes Werkzeug.

Hey, ich hätte gern Ihre Meinung zu einer Sache, Shirley. Sehen Sie mal her.« Sie gehorchte. »Sehen Sie die Verfärbung auf der Klinge? Das liegt an den Säuren in dem Fleisch, das ich damit schneide, und ich habe mich gefragt, ob es unheimlicher für Sie ist, wenn Sie wissen, dass ich Sie aufschneiden werde, und dann diese Flecken auf der Klinge sehen und begreifen, dass Ihr Blut sie auch bald beflecken wird? Oder hätten Sie größere Angst, wenn diese Klinge so sauber und glänzend wie am ersten Tag wäre? Denn dann hole ich schnell ein Poliertuch und beseitige diese Flecken.«

»Sie müssen das nicht tun«, sagte Shirley und setzte sich plötzlich auf. Sie sah Orson in die Augen und nahm ihren ganzen Mut zusammen. »Ich werde Ihnen geben, was immer Sie wollen. Alles, was Ihnen einfällt. Sie müssen es nur sagen.«

Orson kicherte. »Shirley«, meinte er völlig ernst, »ich werde es Ihnen direkt ins Gesicht sagen: Ich will Ihr Herz. Wenn Sie aufstehen und durch diese Tür gehen wollen, nachdem ich es Ihnen herausgeschnitten habe, dann werde ich Sie nicht aufhalten.« Er stand auf. »Ich muss mal pissen, Andy. Leiste ihr Gesellschaft.« Orson ging zur Tür, schloss sie auf und verließ den Schuppen. Ich konnte hören, wie er an die Seitenwand pinkelte.

»Ma'am«, flüsterte ich so leise wie möglich. »Ich weiß nicht, was ich tun soll. Es tut mir so leid. Ich würde …«

»Ich will nicht sterben«, sagte sie und sah mich mit ihren aufgewühlten Augen an. »Lassen Sie nicht zu, dass er mir wehtut.«

»Ich bin an den Boden gekettet. Ich möchte Ihnen ja helfen. Sagen Sie mir einfach …«

»Bitte töten Sie mich nicht!«, schrie sie plötzlich und schien mich gar nicht mehr zu hören. Sie wackelte hin und her wie ein autistisches Kind. »Ich will nicht sterben.«

Die Tür ging auf, und Orson kam wieder herein. »Tja, dann sind Sie am falschen Ort«, erklärte er, »denn das werden Sie nicht verhindern können.« Er hielt das Messer seitlich in der Hand und ging auf sie zu. Sie krabbelte von ihm weg, konnte ihre Hände aber nicht benutzen, weil sie noch immer hinter ihrem Rücken gefesselt waren. Die Kette hielt sie wie schon zuvor auf. Orson kicherte.

»Nein!«, schrie sie. »Das können Sie nicht machen!«

»Passen Sie gut auf«, sagte er und beugte sich mit erhobenem Messer zu ihr herunter.

»Hör auf damit, Orson!«, brüllte ich, während mir das Herz bis zum Hals klopfte. Als sich die Frau zu seinen Füßen hinkauerte, breitete sich eine Pfütze unter ihr aus. Orson drehte sich zu mir um.

Denk nach, denk nach, denk nach. »Du kannst sie … nicht einfach umbringen.«

»Möchtest du das vielleicht übernehmen? Wir können sie nicht laufen lassen. Sie kennt unsere Namen und hat unsere Gesichter gesehen.«

»Schneid sie nicht auf«, flehte ich mit einem dicken Kloß im Hals.

»Das mache ich mit allen und bei ihr mache ich bestimmt keine Ausnahme.«

»Solange sie noch am Leben sind?«

»Das macht doch den größten Spaß.«

»Sie haben ja komplett den Verstand verloren!«, schrie Shirley Orson an, aber er ignorierte sie.

»Nicht dieses Mal, Orson«, bettelte ich und stand auf. »Bitte.«

»Lassen Sie mich gehen!«, brüllte Shirley.

»Schlampe!«, fauchte Orson sie an und trat sie mit der Stahlkappe seines Stiefels seitlich gegen den Kopf. Sie brach auf dem Boden zusammen. »Wenn Sie noch einmal den Mund aufmachen, schneid ich Ihnen die Zunge raus.«

Er sah mich mit loderndem Blick an. »Jetzt, wo du da bist, ist es perfekt«, sagte er. »Ich möchte dieses Erlebnis mit dir teilen.«

»Nein«, flehte ich. »Rühr sie nicht an.«

Orson blickte auf sein Opfer herab und sah danach mich an.

»Ich überlasse dir die Entscheidung«, meinte er, ging zum Stuhl, legte das Messer darauf und zog meinen Revolver aus der Tasche. »Du kannst sie auf der Stelle erschießen und ihr den Schmerz ersparen.« Er reichte mir die Waffe. »Hier. Mit anzusehen, wie du sie schmerzfrei erlöst, wäre fast so gut, als würde ich sie auf die herkömmliche Weise umbringen.« Als er zu Shirley hinübersah, warf ich einen Blick in die Trommel. Die Waffe war geladen.

»Stehen Sie auf, Shirley. Hatte ich Ihnen nicht prophezeit, Sie würden von dem glücklichen Zufall profitieren, dass mein Bruder heute hier ist?«

Sie rührte sich nicht.

»Shirley«, sagte er noch einmal und ging auf sie zu, »stehen Sie auf.« Er stieß sie mit dem Stiefel an, und als sie sich nicht bewegte, drehte er sie auf den Rücken. Ihre Schläfe war eingedrückt, und ihr lief das Blut aus einem Ohr. Orson drückte ihr zwei Finger an die Kehle und wartete kurz. »Sie ist tot«, stellte er dann fest und sah mich ungläubig an. »Nein, warte, ich kann ihren Puls noch spüren.

Er ist schwach, aber sie lebt noch. Ich habe sie nur k. o. geschlagen. Andy, das ist deine Chance«, drängte er mich und entfernte sich einige Schritte von der Frau. »Schieß ihr ein paar Kugeln in den Kopf, bevor sie wieder zu sich kommt.«

Ich richtete die Waffe auf Orson. »Schieb mir die Schlüssel rüber«, forderte ich, aber er bewegte sich nicht. Er starrte mich einfach nur an und schüttelte betrübt den Kopf.

»Das erschüttert unsere Vertrauensbasis aber ungemein.«

Ich drückte den Abzug, und die Waffe ging los. Wieder und wieder schoss ich, und die Schüsse hallten durch den Schuppen, während der graue Rauch des Schießpulvers zu den Dachsparren aufstieg, bis der Hammer nur noch auf leere Kammern traf.

Orson hatte nicht einmal zusammengezuckt.

Ich starrte die Waffe ungläubig an.

»Platzpatronen, Andy«, erklärte er mir. »Ich dachte, du würdest mich nur bedrohen, aber du hast ohne zu zögern den Abzug gedrückt. Wow.« Er nahm das Messer vom Stuhl und kam auf mich zu. Ich bewarf ihn mit der Waffe, verfehlte jedoch seinen Kopf und traf nur die Hintertür.

»Sie ist tot, Andy«, fuhr er fort. »Ich wollte nicht, dass du mit ansehen musst, wie sie leidet. Nicht beim ersten Mal. Und so willst du es mir vergelten?« Er war mir jetzt ganz nah und umklammerte das Messer. »Ein Teil von mir würde dir das Messer jetzt gern in den Bauch rammen. Der Drang ist beinahe unwiderstehlich.« Er drückte mich wieder nach unten auf den Liegestuhl. »Aber das werde ich nicht tun«, sagte er. »Nein, das tue ich nicht.« Er ging zu seinem Stuhl zurück, legte das Messer darauf und hob dann den Revolver auf, der vor der Hintertür lag, um zwei Patronen in die Kammern zu laden. »Dieser kleine Stunt war dein zweiter Griff ins Klo.« Er drehte die Trommel. Als sie anhielt, richtete er den Lauf auf meine Brust. »Das sind keine Platzpatronen«, versicherte er mir.

Klick.

Ich konnte Orson die Erleichterung ansehen. »Zwing mich nicht dazu, das noch einmal zu machen«, bat er mich. »Es wäre verdammt schade, wenn ich dich erschießen müsste.« Er steckte die Waffe wieder in seine Tasche, zog den Schlüssel für meine Fesseln heraus und schob ihn mir über den Boden zu. »Du kannst mein Messer benutzen«, meinte er. »Ich hole das Herz später ab. Aber ruinier es nicht. Wickel sie vorher in die Plastikfolie, die da hinten in der Ecke liegt, sonst kannst du die nächsten Monate hier den Boden schrubben.«

Ich hatte meine Stimme wiedergefunden. »Orson, ich kann doch nicht …«

»Du hast vier Stunden. Wenn das bei meiner Rückkehr nicht erledigt ist, spielen wir das Spiel noch mal mit drei Kugeln.«

Er öffnete die Hintertür, und ich sah, dass es langsam hell wurde. Dabei schoss mir durch den Kopf, dass es noch nicht dämmern dürfte. Für mich hätte der Morgen nie anbrechen müssen.

Orson schloss die Tür hinter sich und verriegelte sie. Ich hatte den Schlüssel in der Hand, aber ich wollte meine Fessel nicht lösen. Wie konnte ich Shirley auch anfassen? Sie starrte mich an, und ihre gütigen Augen sahen ins Leere, als sie auf dem kalten, harten Boden lag. Ich war froh, dass sie tot war. Froh für sie.

Kapitel 9

Das ist ein Mensch. Noch vor wenigen Stunden ist sie mit ihrer Familie beim Bowling gewesen. Ich beugte mich zu ihr herunter und küsste ihre Stirn. »Es tut mir so leid«, flüsterte ich. »Sie hätten nicht …« *Reiß dich zusammen. Das wird ihr jetzt auch nicht mehr helfen. Du kannst nichts mehr tun, um sie zu retten oder um sie zurückzuholen.* Ich hatte das ungeschönte Böse mit ansehen müssen, die mentale Folter einer Frau. Ich schluchzte heftig. Als meine Tränen versiegten, wappnete ich mich, wischte mir das Gesicht ab und machte mich an die Arbeit.

Vor einigen Jahren war ich mal in den Bergen von North Carolina auf der Jagd gewesen und hatte den Hirsch ausgeweidet, den ich im Wald in der Nähe meiner Hütte geschossen hatte. *Das hier ist nichts anderes. Sie ist auch nichts anderes als ein totes Tier. Sie spürt nichts mehr. Tot ist tot, das gilt für alle Kreaturen.*

Die Arbeit war anstrengend. Aber wenn man mal einem großen Tier die Organe entnommen hat, kann man es auch bei anderen tun. Schwierig wurde die ganze Sache erst durch ihr Gesicht. Ich konnte es nicht ansehen, daher zog ich ihr das Bowlingshirt über den Kopf.

Die aufgehende Sonne bewirkte, dass es im Schuppen schnell warm wurde, schon bald war es so unerträglich heiß, dass ich an nichts anderes mehr denken konnte als an einen Schluck Wasser aus dem kalten Brunnen. Mein Durst bewirkte, dass ich mich beeilte, und als ich hörte, wie die Tür aufgeschlossen wurde, lange bevor die vier Stunden abgelaufen waren, brachte ich mein Werk schnell zu Ende. Orson kam herein und trug noch immer seinen Mechanikeroverall. Ich konnte durch die offene Tür die Morgensonne sehen, die schon gleißend hell war. Ein weiterer wundervoller Tag brach an. Bevor Orson die Tür wieder schließen konnte, wehte der Wind herein, und das fühlte sich großartig an.

»Lächeln, Andy.« Er schoss ein Polaroidfoto. Es kam mir seltsam vor, dass der schlimmste Moment meines Lebens gerade auf einem Foto festgehalten worden war.

Mein Bruder sah müde aus und hatte eine melancholische Dunkelheit in den Augen. Ich hielt inne und legte das Messer zur Seite. Da ich die meiste Zeit auf den Knien gehockt hatte, taten sie mir jetzt weh, daher setzte ich mich auf die rot befleckte Plastikfolie. Orson umkreiste die Leiche und begutachtete meine Arbeit.

»Ich dachte, du hast bestimmt Durst bekommen«, meinte er mit leiser, ausdrucksloser Stimme. »Ich bringe das hier zu Ende, es sei denn, du bestehst darauf, es selbst zu tun.«

Ich schüttelte den Kopf, während er sich ansah, wie ich sie ausgeweidet hatte. »Das ist gar nicht mal übel«, lobte er mich. Er hob das Messer hoch und wischte es an seiner Hose ab. »Zieh die Schuhe aus.« Ich stand auf, aber er hielt mich davon ab, von der Plastikfolie runterzugehen. »Wir werden deine Kleidung ohnehin verbrennen, also kannst du dich gleich hier umziehen. Ich kümmere mich darum.«

Also zog ich mich aus und legte meine Kleidungsstücke auf der Plane auf einen Haufen. Sogar meine Boxershorts und meine Socken hatten etwas abbekommen. Als ich nackt war, sah man, dass meine Arme bis zu den Ellenbogen rot befleckt waren, und ich hatte einen Blutfleck im Gesicht, aber das alles ließ sich mit einer kalten Dusche wieder abspülen.

Ich ging zur Tür und öffnete sie. Das Sonnenlicht bewirkte, dass ich die Augen zusammenkniff, als ich in die Wüste hinaussah. Bevor ich in die sengende Hitze hinaustreten konnte, rief Orson meinen Namen und ich drehte mich zu ihm um.

»Ich möchte nicht, dass du mich hasst«, sagte er.

»Was hast du denn erwartet? Nachdem du mich gezwungen hast, das mit anzusehen und sie … aufzuschneiden.«

»Ich will, dass du verstehst, was ich mache«, erklärte er. »Kannst du es wenigstens versuchen?« Ich blickte auf Shirley hinab, die reglos auf der Plastikplane lag und deren Gesicht noch immer von ihrem Bowlingshirt verdeckt war. Was für eine Erniedrigung. Ohne ein weiteres Wort zu sagen, schloss ich die Tür, und schon nach einigen Schritten brannten meine Fußsohlen, sodass ich zum Brunnen rannte. An der Seite des Plumpsklos war ein Duschkopf angebracht worden. Ich füllte den Eimer, der über meinem Kopf hing, und drehte den Hahn auf. Als das eisige Wasser auf den Boden fiel, bohrte ich meine Füße in den Schlamm. Die Haare auf meinen Armen waren mit getrocknetem Blut bedeckt. Zehn Minuten lang schrubbte ich mir die Haut, bis sie fast wund war, während der silberne Duschkopf, der hier in der Wüste irgendwie fehl am Platze wirkte, mir das kalte Wasser auf den Kopf prasseln ließ.

Dann schaltete ich das Wasser aus, ging zur Hütte und stand eine Weile nackt auf der Veranda, um mich vom sengend heißen Wind trocknen zu lassen. Gewaltige, fast schon tödliche Schuldgefühle lauerten am Rand meines Bewusstseins. Ich fühlte mich noch immer unglaublich schmutzig.

Hoch über der Wüste zog ein Jet weiße Kondensstreifen hinter sich her. Siehst du mich?, dachte ich und kniff die Augen zu, weil die Sonne sich auf der weit entfernten Metallröhre spiegelte. Schaut gerade jemand aus seinem winzigen Fenster nach unten, während ich hinaufblicke? Kannst du mich sehen und das, was ich getan habe? Als der Jet nicht mehr zu sehen war, fühlte ich mich wie ein Kind, das an einem Sommerabend bereits um 20.30 Uhr im Bett lag, obwohl es noch nicht dunkel war und die anderen Kinder auf der Straße Fangen spielten und ihr Lachen zu mir hereindrang, während ich mich in den Schlaf weinte.

Orson kam aus dem Schuppen und trug die in Plastikfolie gewickelte Frau heraus. Er ging fünfzig Meter weit in die Wüste und warf die Leiche in ein Loch. Es dauerte mehrere Minuten, bis er sie begraben hatte. Dann kam er auf die Hütte zu, und beim Näherkommen bemerkte ich, dass er eine kleine Kühltasche in der Hand hielt.

»Ist es da drin?«, erkundigte ich mich, als er die Veranda betrat. Er nickte und ging in die Hütte. Ich folgte ihm, und er blieb vor der Tür zu seinem Zimmer stehen und schloss sie auf.

»Du kannst hier nicht reinkommen«, sagte er und wollte die Tür offenbar nicht öffnen.

»Ich will sehen, was du damit machst.«

»Ich lege es in die Kühltruhe.«

»Lass mich dein Zimmer sehen«, bat ich ihn. »Ich bin neugierig. Du willst doch, dass ich dich verstehe.«

»Zieh dir zuerst was an.« Ich rannte in mein Zimmer und zog mir eine saubere Jeans und ein schwarzes Trägerhemd an. Als ich wieder rauskam, war Orsons Tür offen und er stand vor der Gefriertruhe.

»Darf ich jetzt reinkommen?«, fragte ich von der Tür aus.

»Ja.« Orsons Zimmer war größer als meins. Rechts von mir befand sich ein niedriges Einzelbett, das ordentlich gemacht und mit einer festgezurrten roten Fleecedecke bedeckt war. Daneben hatte Orson an der Wand ein weiteres, allerdings deutlich kleineres Bücherregal aufgebaut, das ebenfalls voller Bücher war. An der hinteren Wand stand die Kühltruhe unter dem nicht vergitterten Fenster. Orson griff gerade hinein, als ich hinter ihn trat.

»Was ist da drin?«, wollte ich wissen.

»Herzen«, antwortete er und klappte den Deckel herunter.

»Wie viele?«

»Noch lange nicht genug.«

»Ist das eine Trophäe?« Ich deutete auf einen Zeitungsausschnitt an der Wand neben der Kühltruhe. Als ich den Artikel überflog, stellte ich fest, dass alle Namen, Daten und Ortsbezeichnungen mit einem schwarzen Marker übermalt worden waren. »Verstümmelte Leiche auf Bauplatz gefunden«, las ich laut vor. »Mom wäre stolz auf dich.«

Orson ging durch das Zimmer, warf sich aufs Bett, streckte die Arme in die Luft und gähnte. Dann legte er sich auf die Seite und starrte die Wand an.

»So geht es mir immer, wenn sie tot sind«, sagte er. »Dann ist da so eine Leere in mir. Genau hier.« Er deutete auf sein Herz. »Das kannst du dir gar nicht vorstellen, du berühmter Autor. Ich bedeute überhaupt nichts. Ich bin ein Mann in einer Hütte mitten in der Wüste, und das ist alles. Das ganze Ausmaß meiner Existenz.« Er zog die Stiefel aus, und Sandkörner fielen auf den Boden. »Aber ich bin mehr als das, was in der Kühltruhe ist«, fuhr er fort. »Mir gehört das, was darin liegt. Sie sind jetzt meine Kinder. Ich kann mich an jede einzelne Geburt erinnern.« Ich setzte mich auf den Boden und lehnte den Rücken an die groben Holzstämme. »Nach ein paar Tagen verfliegt die Depression wieder, und dann fühle ich mich wieder normal und wie jeder andere. Aber auch das vergeht, und dann ist da an der Stelle ein Brennen, an der jetzt nichts als Leere ist. Das Verlangen, es wieder zu tun. Und ich tue es. Der Kreis schließt sich.« Er sah mich mit toten Augen an, und ich versuchte, kein Mitleid mit ihm zu empfinden, aber er war mein Bruder.

»Hörst du eigentlich, was du da sagst? Du bist krank.«

»Das habe ich früher auch gedacht. Ein Lehrsatz der Stoiker besagt, man soll entsprechend seiner Natur leben. Wenn man versucht, jemand zu sein, der man nicht ist, dann zerstört man sich nur selbst. Als ich meine Natur akzeptiert hatte, konnte ich, obwohl sie derart gewalttätig ist, meinen Frieden mit mir machen. Ich habe aufgehört zu hassen, wer ich bin und was ich tue. Früher ging es mir nach einem Mord noch viel schlechter. Ich habe oft über Selbstmord nachgedacht. Aber jetzt rechne ich bereits mit der Depression, und das ermöglicht es mir, die Verzweiflung und das Verlustgefühl zu ertragen.« Seine Laune schien sich zu bessern, als er sich selbst analysierte. »Ich fühle mich wirklich besser, weil du da bist, Andy. Das überrascht mich selbst.«

»Vielleicht beruht deine Depression auf Schuldgefühlen, die nach dem Mord an einer unschuldigen Frau zu erwarten wären.«

»Andy«, sagte er mit etwas fröhlicherer Stimme, was mich vermuten ließ, dass er das Thema wechseln würde. »Ich werde dir jetzt etwas erzählen, das mir durch den Kopf gegangen ist, als ich deinen ersten Roman gelesen habe, der übrigens ziemlich gut war. Die Kritik an deinen Büchern ist völlig ungerechtfertigt. Das sind nicht nur Metzelgeschichten. Wie dem auch sei, als ich ›Der Killer und seine Waffe‹ beendet hatte, ist mir klar geworden, dass wir beide dasselbe tun.«

»Nein. Ich schreibe, du mordest.«

»Wir ermorden beide Menschen, Andy. Nur weil du es mit Worten auf Papier tust, heißt das noch lange nicht, dass dieser Wunsch nicht in deinem Herzen vorhanden ist.«

»Zufälligerweise lesen die Leute gern meine Kriminalgeschichten«, erwiderte ich. »Wenn ich gut genug wäre, um richtige Literatur zu schreiben, dann würde ich das tun.«

»Nein, Mord und Zorn haben etwas an sich, das dich fasziniert. Du lebst diese Besessenheit durch das Schreiben aus, ich durch die Tat selbst. Wer von uns lebt denn nun entsprechend seiner wahren Natur?«

»Es besteht ein himmelweiter Unterschied zwischen der Art, wie sich unsere Besessenheit manifestiert«, stellte ich fest.

»Dann gibst du also zu, dass du vom Morden besessen bist?«

»Nur in gewissem Grad. Aber meine Bücher tun niemandem weh.«

»Das sehe ich anders.«

»Inwiefern bringen meine Bücher jemanden um?«

»Als ich ›Der Killer und seine Waffe‹ gelesen habe, fühlte ich mich nicht mehr alleine. Andy, du weißt, wie Killer denken. Warum sie morden. Als das Buch vor zehn Jahren erschienen ist, war ich verwirrt und hatte Angst vor dem, was in meinem Kopf vor sich ging. Damals war ich obdachlos und habe meine Zeit in der Bücherei verbracht. Ich hatte noch nichts getan, aber das Brennen in meiner Brust wurde immer schlimmer.«

»Wo bist du damals gewesen?«

Er schüttelte den Kopf. »Sagen wir einfach Stadt X. Ich werde dir nichts über meine Vergangenheit erzählen. Aber jedes Wort in diesem Buch bestätigt den Drang, den ich damals verspürte, insbesondere meinen Zorn. Um diesen Protagonisten so schreiben zu können, musstest du ganz genau wissen, mit welcher Wut ich lebte. Und natürlich hast du das getan«, er grinste, »du bist ja mein Zwillingsbruder. Dummerweise hatte ich nicht die Möglichkeit, meinen Zorn durch das Schreiben zu kanalisieren, daher mussten Menschen sterben. Aber dein Buch … Es war mir eine Inspiration. Wenn man es genau nimmt, ist das schon verdammt komisch. Wir leiden beide an derselben Krankheit, aber deine macht dich reich und berühmt, während mich meine zum Serienmörder macht.«

»Eins musst du mir verraten«, sagte ich, und er stützte sich auf einen Arm auf. »Wann hat das alles angefangen?«

Er zögerte und schien darüber nachzudenken. »Vor acht Jahren, im Winter neunzehnhachtundachtzig. Wir waren sechsundzwanzig, und das war das letzte Jahr, in dem ich obdachlos war. Meist schlief ich im Freien, weil ich erst um neun aus der Bücherei kam, wenn sie geschlossen wurde, und dann waren alle Unterkünfte bereits voll.

Wenn man eine kalte Nacht auf der Straße überleben will, dann muss man dahin gehen, wo die Feuer sind … Ins Industriegebiet, in die Nähe der Bahngleise. Das war eine Entladezone, daher lag da immer viel Holz rum. Die Obdachlosen stapelten die Holzscheite in Ölfässern und ließen die Feuer bis zum Morgen brennen, wenn die Büchereien und Donutläden wieder geöffnet wurden.

In dieser ganz besonderen Nacht waren die Unterkünfte voll, daher ging ich zu den Bahngleisen, als ich die Bücherei verlassen hatte. Das war ein weiter Weg, bestimmt drei Kilometer, wenn nicht mehr. Und auf dem Weg dorthin ging es mir immer schlechter. Ich wurde wütend. So hatte ich mich in letzter Zeit öfter gefühlt, insbesondere nachts. Ich wachte manchmal davon auf, dass ich fluchte oder schrie. Ich dachte nur noch an Schmerz und Folter. Ich ging diese Szenarien immer wieder im Kopf durch. Dabei konnte ich mich einfach nicht mehr konzentrieren. Ich wusste nicht, was mit mir los war.

Als ich bei den Bahngleisen ankam, waren überall Feuer, und die Leute hatten sich in engen Gruppen davorgehockt. Ich fand keinen Platz in der Nähe eines Feuers, also setzte ich mich etwas weiter weg. Um mich herum schliefen Menschen unter Pappkartons oder dreckigen Decken.

Der Tumult in mir wurde immer schlimmer. Ich wurde so wütend, dass ich nicht mehr still sitzen konnte, also stand ich auf und ging vom Feuer weg. Etwas weiter entfernt lagen die Menschen in größerem Abstand voneinander. Es war spät, schon fast Mitternacht. Die meisten schliefen. Die Einzigen, die noch wach waren, saßen am Feuer, aber sie waren zu betrunken und zu müde, um irgendwas mitzubekommen. Sie wollten es einfach nur warm haben.

In der Nähe standen einige Waggons, die seit Jahren nicht mehr benutzt wurden. Ich stand in der Nähe eines Waggons, als ich einen Mann sah, der auf dem Schotter bewusstlos geworden war. Er hatte nichts, womit er sich warmhalten konnte. Ich starrte ihn an. Er war ein Schwarzer, verwahrlost, alt und klein. Komisch, ich erinnere mich noch genau daran, wie er ausgesehen hat, bis hin zu seiner roten Strickmütze und der zerrissenen Lederjacke. Genau so, wie man sich an das erste Mädchen erinnert, mit dem man geschlafen hat. Er roch nach billigem Fusel. So haben die meisten von ihnen die Nächte überstanden.

Niemand achtete auf etwas anderes als das Feuer, und da er betrunken war, packte ich einfach seine Füße und schleifte ihn hinter den Waggon. Er ist nicht mal aufgewacht, sondern hat einfach weitergeschnarcht. Mir schoss das Adrenalin durch die Adern. So hatte ich mich noch nie zuvor gefühlt. Ich suchte mir ein scharfes Holzstück, aber dann fiel mir ein, dass er Lärm machen würde, wenn ich damit auf ihn einstach.

Als ich den Stein sah, musste ich grinsen. Der war genau richtig. Er war etwa so groß wie zwei Fäuste. Ich drehte den Mann vorsichtig auf den Bauch. Dann nahm ich ihm die Mütze ab und schlug ihm den Hinterkopf ein. Er hat keinen Laut von sich gegeben. Ich hatte einen Orgasmus. Fühlte mich wie neu geboren. Ich ließ die Leiche unter dem Waggon liegen und warf den Stein in einen Fluss. Wen würde ein toter Obdachloser schon interessieren? Ich lief die ganze Nacht durch die Straßen und hätte vor Energie platzen können. Ich habe nicht eine Sekunde geschlafen, und das war erst der Anfang.

Womit ich nicht gerechnet hatte, war, dass das Brennen so schnell zurückkehrte. Zwei Tage später war es schon wieder da und stärker als je zuvor. Es musste erneut besänftigt werden.«

Orson drehte sich auf den Rücken und starrte die Decke an. Mir war speiübel.

»Ich werde dich jetzt in deinem Zimmer einsperren, damit du ein wenig schlafen kannst, Andy.«

»Großer Gott. Spürst du denn gar meine Reue?«, wollte ich wissen.

Orson drehte sich auf die Seite und sah mich an. »Ich bin nicht bereit, mich für das zu entschuldigen, was ich bin. Ich habe vor langer Zeit gelernt, dass mich Schuldgefühle nicht aufhalten können. Mir ist nur klar geworden, dass es sinnlos ist, mich von ihnen quälen zu lassen. Du musst begreifen, dass das Morden in der Natur eines wahren Killers liegt und dass du die Natur eines Menschen nun einmal nicht ändern kannst. So ist er nun mal. Das ist seine Funktion. Ich habe nicht darum gebeten, so zu sein. Gewisse Chemikalien und bestimmte Ereignisse haben dazu geführt. Ich kann das nicht kontrollieren, Andy, also habe ich beschlossen, einfach nicht dagegen anzukämpfen.«

»Nein. Irgendetwas in dir muss dir doch sagen, dass das falsch ist.«

Er schüttelte betrübt den Kopf und murmelte ein Shakespeare-Zitat: »›Ich bin einmal so tief in Blut gestiegen, dass, wollt ich nun im Waten stillestehn, Rückkehr so schwierig war als durchzugehn.‹«

Dann sah er mich auf seltsame Weise an, als wäre ihm auf einmal etwas aufgegangen. Seine Stimme klang ehrlich, was mich nervöser machte als all das, was er an diesem Morgen bereits gesagt hatte. »Ich weiß, dass du es vergessen hast. Aber eines Tages werde ich dir etwas erzählen, und dann wird alles einen Sinn ergeben.«

»Was?«

»Heute ist nicht dieser Tag. Du bist noch nicht bereit dafür. Nicht bereit, das zu benutzen, was ich dir sagen werde.«

»Orson …«

Er stieg aus dem Bett und bedeutete mir, ich solle aufstehen. »Wir sollten erst mal ein bisschen schlafen, Bruder.«

Kapitel 10

Tag 10

Ich fühle mich wieder frei. Orson lässt mich diesen Nachmittag in Ruhe, und jetzt sitze ich auf dem Felsvorsprung, über den ich immer schreibe, und sehe auf das trockene Ödland hinaus. Ich sitze gute hundert Meter über dem Wüstenboden auf einem flachen Felsen und kann mehr als hundert Kilometer in die Ferne blicken.

Ein goldener Adler kreist hoch über meinem Kopf am Himmel. Vielleicht hat er sein Nest in einem der Wacholderbüsche am Felskamm gebaut.

Hinter mir kann ich etwa acht Kilometer hinter der Hütte eine Straße erkennen. Drei silberne Flecken, die sich schnell bewegten, sind bisher auf dem grauen Strich zu sehen gewesen, und ich vermute, dass es Autos waren. Aber das nützt mir nichts. Selbst wenn sich eine Station der Highway Patrol hinter der Hütte befinden würde, hätte ich nichts davon. Orson besitzt mich. Er hat Fotos von mir geschossen, wie ich diese Frau aufgeschlitzt habe. Sie lagen heute Morgen auf meinem Schreibtisch.

Letzte Nacht habe ich von Shirley geträumt. Ich trug sie mitten in der Nacht durch die Wüste und habe sie zu ihrer Familie gebracht. Sie lächelte, als ich sie bei ihrem Mann und ihren drei Kindern abgeliefert habe, und trug noch immer ihr rot-graues Bowlingshirt.

Im Verlauf des letzten Tages hat sich Orsons Stimmung drastisch verändert. Er ist nicht mehr mürrisch. Wie er vorausgesagt hat, be-

nimmt er sich jetzt völlig normal. Aber das Brennen wird zurückkehren, und davor fürchte ich mich am meisten.

Ich denke darüber nach, ihn einfach umzubringen. So langsam fängt er an, mir zu vertrauen. Ich könnte einfach eine der schweren Buchstützen nehmen und ihm den Schädel einschlagen, so wie er es mit dem armen Obdachlosen gemacht hat. Aber was habe ich dann davon? Ich bin mir sicher, dass Orson genug belastende Beweise gegen mich gesammelt hat, damit ich auf direktem Weg in die Todeszelle wandere, selbst wenn ich ihn vorher töte. Außerdem ist mir letzte Nacht etwas eingefallen, das mir eine Heidenangst einjagt: In einem seiner Briefe hat Orson gedroht, dass jemand ein Paket mit Beweisen zur Polizei von Charlotte bringen würde, wenn Orson nichts dagegen unternimmt – aber wer hilft ihm?

Ich warf das Klemmbrett auf den Boden, sprang von dem Stein und starrte angespannt den Abhang hinunter. Am Fuß der Anhöhe war auf dem Hügel, den man von der Hütte aus nicht sehen konnte, ein berittener Mann aufgetaucht, der zu mir hochsah. Auch wenn er nicht mehr als ein brauner Fleck auf dem Wüstenboden war, konnte ich erkennen, dass er mir zuwinkte. Da ich Angst hatte, er könnte mir etwas zurufen, winkte ich zurück, schob das Klemmbrett in meinen kleinen Rucksack und kletterte nach unten, so schnell ich konnte.

Es dauerte einige Minuten, bis ich den abschüssigen Hang bewältigt hatte, da ich an Stellen herunterkletterte, die nicht zu steil waren. Auf dem Weg nach unten knackte es in meinen Ohren, ich war völlig ausgelaugt und außer Atem und meine Beine schmerzten, als ich unten ankam. Keuchend lehnte ich mich gegen einen staubigen Felsen.

Das Pferd stand nur wenige Meter von mir entfernt. Es sah mich an, wieherte und setzte dann einen Riesenhaufen Kot ab. Der Gestank stach mir in den Augen, und ich rieb sie, bis meine Tränen den ganzen Wüstenstaub weggespült hatten. Dann sah ich zu dem Reiter hinauf.

Er trug einen dunkelbraunen Cowboyhut, eine karierte Jacke in Erdtönen und eine lohfarbene Reithose. Sein müdes, faltiges

Gesicht wirkte lebhaft, ich vermutete, dass er gar nicht so alt war, wie er aussah, sondern nur aufgrund jahrelanger harter Arbeit und vieler Ausritte durch Wind und Sonne vorzeitig gealtert war.

Ich glaubte schon, er würde etwas sagen, aber er zog stattdessen an einem Joint. Während er den Atem anhielt, um den Rauch in der Lunge zu behalten, bot er mir die Marihuanazigarette an, aber ich schüttelte den Kopf. Einige Sekunden verstrichen, dann stieß er eine Wolke aus süß duftendem Rauch aus, die vom Wind weggeweht wurde und sich in der sengenden Luft verteilte. Er kniff die braunen Augen zu, als er mich ansah.

»Ich dachte, Sie wären Dave Parker«, sagte er mit starkem Akzent. »Und Sie sehen ihm echt verdammt ähnlich.«

»Meinen Sie den Mann, dem die Hütte auf der anderen Seite des Hügels gehört?«

»Genau den meine ich.« Er zog wieder an seiner Zigarette.

»Ich bin sein Bruder«, erklärte ich. »Woher kennen Sie ihn?«

»Woher ich ihn kenne?«, wiederholte er ungläubig, wobei er den Rauch in der Lunge behielt und mit kehliger, rauer Stimme sprach. »Das war mal meine Hütte.« Er stieß den Rauch beim Reden aus. »Wussten Sie das nicht?«

»Dave hat mir nicht erzählt, wem er sie abgekauft hat, und ich bin erst seit ein paar Tagen hier. Wir hatten uns eine Weile nicht gesehen.«

»Tja, so weit Sie sehen können, ist das hier alles mein Land. Meine Ranch steht sechzehn Kilometer in diese Richtung.« Er deutete gen Norden in Richtung der Berge. »Auf diesem Land grasen vierhundert Stück Vieh.«

»In der Wüste?«

»In letzter Zeit war es sehr trocken, aber nach einem schönen Regenguss wächst hier indisches Reisgras. Außerdem treiben wir sie auch auf andere Weiden. Tja, ich wollte diese Hütte eigentlich gar nicht verkaufen, doch Ihr Bruder hat mir ein kleines Vermögen dafür geboten. Aber sie liegt mitten auf meinem Land, daher habe ich ihm die Hütte und zehn Morgen verkauft. Ich hab nicht die leiseste Ahnung, warum irgendjemand den Wunsch verspüren sollte, hier draußen zu wohnen. Hier gibt's nicht viel zu sehen, und im Winter sollte man lieber gar nicht erst hier rauskommen. Aber es ist sein Geld, und er kann damit machen, was er will.«

»Wann hat er Ihnen die Hütte abgekauft?«

»Ach, verdammt, die Jahre fließen irgendwie alle ineinander. Ich glaube, Dr. Parker hat sie 1991 gekauft.«

»Dr. Parker?«

»Er ist doch irgendein Doktor, oder nicht? Was war es doch gleich, Geschichte, oder? Ist er nicht Doktor der Geschichte? Ich habe den Mann seit zwei Jahren nicht mehr gesprochen, daher könnte ich mich da auch irren …«

»Er hat sich bei Ihnen als Doktor ausgegeben?«, unterbrach ich ihn und zwang mich, aufzulachen und den Mann von der Tatsache abzulenken, dass ich ihm so viele Fragen stellte. »Der Penner hält sich wohl für was ganz Besonderes.«

»Sieht ganz danach aus«, erwiderte der Cowboy und grinste ebenfalls. Ich lächelte und war erleichtert, dass er so ruhig blieb, auch wenn das vermutlich nicht allein mein Werk, sondern auch das des Joints war.

»Lehrt er immer noch an diesem College im Norden?«, erkundigte sich der Mann. »Mein Gedächtnis ist auch nicht mehr das, was es mal war. War es nicht Vermont? Er sagte, er würde im Herbst und Frühling dort arbeiten und den Sommer gern hier draußen verbringen. Das hat er zum letzten Mal vor zwei Jahren getan.«

»Oh. Ja, das tut er. Ganz genau.« Ich versuchte, mir den Schock nicht anmerken zu lassen. Schließlich hatte ich nicht damit gerechnet, hier in der Wüste auf einen anderen Menschen zu treffen. Das war aufregend, und ich hoffte, dass Orson den Cowboy, der seiner Hütte so nah gekommen war, nicht bemerkt hatte.

»Tja, ich muss weiter«, meinte er dann. »Ich muss noch verdammt viel Land abreiten, bevor ich Feierabend machen kann. Grüßen Sie Dr. Parker von mir. Wie war doch gleich Ihr Name?«

»Mike, Mike Parker.«

»Percy Madding.«

»Freut mich, Sie kennenzulernen, Percy«, sagte ich, trat näher und schüttelte seine behandschuhte Hand.

»Freut mich auch, Mike. Vielleicht komme ich Sie ja mal mit einer Flasche Tequila und ein paar von den Dingern hier besuchen.« Er wackelte mit dem Joint in seiner Hand, der ausgegangen war.

»Wir verschwinden allerdings in ein paar Tagen wieder in Richtung Osten.«

»Oh. Das ist aber schade. Dann wünsche ich eine gute Reise.«

»Danke«, erwiderte ich. »Ach, eine Frage hätte ich noch. Was ist das da für eine Bergkette im Norden und Osten?«

»Die Wind Rivers Range«, antwortete er. »Die schönsten Berge im ganzen Staat. Sie sind wenigstens nicht so von Touristen überlaufen wie die Tetons oder Yellowstones.«

Percy zog ein silbernes Feuerzeug aus der Tasche, zündete seinen Joint wieder an und ließ sein Pferd langsam antraben. »Auf geht's, Zachary«, sagte er, schnalzte mit der Zunge und ritt davon.

Kapitel 11

Es war mitten am Nachmittag, als ich durchgeschwitzt die Hütte betrat. Orson lag auf dem Wohnzimmerboden, drückte den nackten Rücken auf den kalten Stein und las ein Buch. Ich machte einen Schritt über ihn hinweg und ließ mich aufs Sofa sinken.

»Was liest du da?«, fragte ich und starrte seine perfekten Bauch- und Brustmuskeln an, die sich bewegten, wenn er atmete.

»Ein Gedicht, das du gerade ruiniert hast.« Er warf das Buch zur Seite und sah mir in die Augen. »Ich muss ein Gedicht von Anfang bis Ende ohne Unterbrechung lesen. Nur so funktioniert Poesie. Man genießt sie als Ganzes, nicht in kleinen Stückchen.«

»Welches Gedicht?«

»›Die hohlen Männer‹«, entgegnete er ungehalten und sah zur Decke hinauf, die von Stützbalken gehalten wurde. Auf einmal sprang er nur mit der Muskelkraft seiner Beine hoch. Er setzte sich neben mich aufs Sofa, tippte sich mit den Fingern aufs Knie und sah mich irgendwie bockig an. Ich fragte mich, ob er den Cowboy gesehen hatte.

»Geh dich waschen«, forderte er mich auf.

»Warum?« Er kniff die Augen zusammen und musste mich kein zweites Mal dazu auffordern.

Ich sah im Seitenspiegel, wie die Hütte hinter uns immer kleiner wurde. Die Sonne, die vor wenigen Augenblicken noch am Himmel gestanden hatte, tauchte den Westrand des Himmels in rötliches Licht. Der Wüstenboden war so rot, dass man fast auf die

Idee kommen konnte, man würde sich auf dem Mars befinden, und ich sah mit an, wie das Land um uns herum wieder schwarz und leblos wurde. Wir fuhren in Richtung Osten, und ich starrte durch die Windschutzscheibe nach vorn. Die Wind River Range lag dunkel vor uns.

Wir fuhren über eine unbefestigte Straße und zogen eine Staubwolke hinter uns her wie ein Jet einen Kondensstreifen. Orson hatte kein Wort gesagt, seitdem wir die Hütte verlassen hatten. Ich kurbelte das Fenster herunter und ließ mein von der Sonne erwärmtes Gesicht von der kühlen Nachtluft umwehen.

Auf einmal trat Orson auf die Bremse und hielt den Wagen an. Mehrere Hundert Meter vor uns konnte ich einen leeren Highway sehen, den ich auch schon vom Felskamm aus entdeckt hatte. Orson holte ein Paar Handschellen aus dem Fußraum und warf sie mir in den Schoß.

»Fessle dein rechtes Handgelenk an den Türgriff.«

Ich legte mir die Handschellen wie befohlen an. »Was machen wir hier?«, wollte ich wissen.

Er beugte sich zu mir herüber und überprüfte, ob die Handschellen fest genug saßen. Dann schaltete er den Motor aus. Augenblicklich wurde es still um uns herum, da der Wind bei Sonnenuntergang abgeflaut war. Ich beobachtete Orson, der geradeaus starrte. Er trug wieder einen blauen Mechanikeroverall und seine Schlangenhautstiefel. Ich hatte einen braunen Overall an, der ansonsten identisch mit seinem war. Einer der vier Kleiderschränke, die auf dem Flur zu unseren Zimmern standen, war voll mit solchen Overalls.

Orsons Bart war voller geworden, und er zeichnete sich in demselben Muster auf seinem Gesicht ab, wie er auch auf meinem wuchs. Derartige Kleinigkeiten erzeugten die stärkste Bindung zwischen Zwillingen, und während ich Orson ansah, spürte ich eine gewisse Intimität trotz meiner seit Langem erloschenen Liebe zu ihm. Aber das war nicht der Mann, den ich gekannt hatte. Der hier war ein Monster. Meinen Bruder zu verlieren, war für mich so gewesen, als hätte man mir ein Stück meines Körpers genommen, aber als ich ihn jetzt ansah, fühlte ich mich wie ein Amputierter, der einen Albtraum hatte, in dem die abgetrennte Gliedmaße wieder neu gewachsen war, allerdings dämonisch und mit einem eigenen Willen.

»Siehst du Mom häufig?«, fragte Orson, während er weiterhin den Highway anstarrte.

»Ich fahre zweimal im Monat rauf nach Winston. Dann essen wir zusammen und besuchen Dads Grab.«

»Was hat sie an?«, wollte er wissen und sah zur Straße, ohne den Blick auch nur kurz abzuwenden.

»Ich verstehe ni...«

»Ihre Kleidung. Was für Kleidung trägt sie?«

»Meistens Kleider. So wie früher.«

»Hat sie gelegentlich das blaue Kleid mit den Sonnenblumen an?«

»Keine Ahnung.«

»Wenn ich von ihr träume, trägt sie immer dieses Kleid. Ich bin einmal zu ihr gefahren«, gestand er mir. »Ich fuhr die Race Street auf und ab und habe das Haus beobachtet in der Hoffnung, sie im Vorgarten oder durch die Fenster zu sehen. Aber sie ist nicht aufgetaucht.«

»Warum bist du nicht reingegangen?«

»Was hätte ich ihr denn sagen sollen?« Er hielt inne und schluckte schwer. »Hat sie mal nach mir gefragt?«

Ich überlegte, ob ich ihn anlügen sollte, aber mir fiel kein Grund ein, warum ich ihm die Wahrheit ersparen sollte. »Nein.«

»Redet ihr beide manchmal über mich?«

»Wenn, dann nur über die Zeit, als wir noch klein waren. Aber ich glaube, dass sie diese Geschichten jetzt auch nicht mehr hören will.« Weit entfernt auf dem Highway tauchten Scheinwerfer eines Wagens auf, der in Richtung Norden fuhr, aber er war so weit entfernt, dass ich nur einen verschwommenen Lichtfleck sehen konnte.

»Dieser Wagen wird erst in zehn Minuten hier sein«, sagte er. »Er ist noch kilometerweit weg. Diese Straßen sind so lang und gerade, dass man sich da schnell täuschen kann.«

Meine rechte Hand pochte in dem engen Metallring. Das Blut konnte nicht bis in meine Finger fließen, aber ich beschwerte mich nicht, sondern massierte sie, bis das Kribbeln nachließ.

»Was willst du wirklich von mir?«, fragte ich, aber Orson starrte nur die näher kommenden Scheinwerfer an, als hätte ich überhaupt nichts gesagt. »Orson«, sagte ich. »Was willst du …«

»Das habe ich dir doch schon am ersten Tag gesagt. Ich will, dass du etwas lernst.«

»Glaubst du etwa, ich lerne was, wenn ich den ganzen Tag nur stinklangweilige Bücher lese?«

Er sah mir direkt in die Augen. »Die Bücher haben überhaupt nichts damit zu tun. So viel sollte dir inzwischen längst klar sein.«

Bei diesen Worten ließ er den Motor wieder an, und wir rollten in Richtung Highway. Inzwischen war es stockdunkel geworden, und wir fuhren unter dem finsteren Himmel auf den Standstreifen. Ich sah durch die Windschutzscheibe zu den Scheinwerfern hinüber, die nun zum ersten Mal näher gekommen zu sein schienen. Verwirrt drehte ich mich zu Orson um.

»Bleib sitzen«, sagte er. Er schaltete den Motor aus. Öffnete die Tür und stieg aus. Dann holte er ein weißes Taschentuch aus seiner Hosentasche und band es an die Antenne. Nachdem er die Tür geschlossen hatte, steckte er den Kopf noch einmal durchs Fenster. »Kein Wort, Andy«, warnte er mich.

Er setzte sich mit verschränkten Armen auf die Motorhaube. Ich kurbelte mein Fenster herunter und versuchte, mir meine Besorgnis nicht anmerken zu lassen, während ich nach vorn starrte und darauf hoffte, dass der Wagen vorbeifuhr. Nach einer Weile hörte ich das Motorgeräusch. Die Scheinwerfer kamen immer näher, und der Wagen schien nur noch Sekunden entfernt zu sein.

Ein Minivan fuhr an uns vorbei. Ich sah im Rückspiegel, wie seine Bremslichter aufleuchteten. Der Van wendete, fuhr langsam zu uns zurück und hielt am gegenüberliegenden Straßenrand. Die Fahrertür wurde geöffnet, und das Licht im Innenraum ging an. Kinder saßen auf dem Rücksitz. Ein Mann in unserem Alter stieg aus, sagte etwas zu seiner Frau und kam selbstsicher auf

Orson zu. Seine Kinder sahen durch die getönten Scheiben nach draußen.

Der Mann trug Khakishorts, Slipper und ein rotes Poloshirt mit kurzen Ärmeln. Er sah aus wie ein Anwalt, der mit seiner Familie Urlaub machte und quer durch das Land fuhr.

»Wagenprobleme?«, fragte er, überquerte die Mittellinie und blieb am Straßenrand stehen.

Mein Bruder lächelte. »Ja, kein Öl mehr.«

Ich sah durch die Windschutzscheibe, dass in der Ferne noch ein Auto näher kam.

»Kann ich Sie mitnehmen oder wollen Sie mein Handy benutzen?«, bot der Mann an.

»Es ist bereits jemand unterwegs«, erwiderte Orson. »Sie müssen sich keine Mühe machen.«

Gott sei Dank.

»Ich wollte es Ihnen nur anbieten. Das ist eine blöde Stelle, um liegen zu bleiben.«

»Das stimmt.« Orson reichte ihm die Hand. »Aber danke für das Angebot.«

Der Mann lächelte und schüttelte meinem Bruder die Hand. »Gut, dann können wir ja weiterfahren. Wir wollen vor Mitternacht in Yellowstone sein. Die Kinder sind schon ganz gespannt auf diesen dämlichen Geysir.«

»Gute Reise«, sagte Orson. Der Mann überquerte die Straße und stieg wieder in seinen Van. Mein Bruder winkte den Kindern auf dem Rücksitz zu, sie kicherten und winkten erfreut zurück. Als der Van wegfuhr, beobachtete ich im Rückspiegel, wie seine Rücklichter kleiner wurden.

Der nächste Wagen war jetzt schon viel näher. Er wurde langsamer, bevor er an uns vorbeifuhr, wendete und hielt dann keine fünf Meter vor unserer Stoßstange am Straßenrand. Es war ein schwarzer Ford Pick-up-Truck, eines dieser riesigen neuen Modelle mit grellen Lampen direkt über der Fahrerkabine, aus dem ein großer Mann mit beachtlichem Bierbauch ausstieg, der hinter dem Lenkrad gesessen hatte. Er ließ den Wagen laufen, und das Licht der

Scheinwerfer blendete mich. Ein Countrysong dröhnte aus den Lautsprechern, und als der Fahrer auf Orson zukam, konnte ich sehen, dass er betrunken war. Auf der Beifahrerseite stiegen zwei weitere Männer aus und kamen auf Orson zu.

»Hallo, die Herren«, sagte Orson, als sie ihn umringten. Sie hatten alle ein Stück Kautabak zwischen den Zähnen und der Unterlippe hängen. Die beiden Beifahrer trugen Cowboyhüte, während der Fahrer eine zerschlissene Redskins-Kappe aufhatte, unter der ihm das lange, zerzauste und fettige Haar ins Gesicht hing.

»Stimmt was nicht mit dem Wagen?«, wollte der Fahrer wissen. Er spuckte auf die Straße, wischte sich den Mund mit dem Handrücken ab und strich sich dann damit über sein schwarzes Muskelshirt, auf dem ein blau-silbernes Ford-Emblem aufgedruckt war. Er hatte sich schon ziemlich lange nicht mehr rasiert.

»Keine Ahnung«, antwortete Orson. »Ich hatte gehofft, dass jemand anhält, der etwas mehr Ahnung von Motoren hat als ich.« Die beiden Beifahrer, die ebenfalls betrunken waren, kicherten, der Fahrer warf ihnen einen Blick zu und grinste. Ihre Zähne waren vom vielen Tabakkauen ganz grau und orange geworden, aber trotz ihrer mangelnden Hygiene schien keiner von ihnen älter als dreißig zu sein.

»Wo kommst du her, Kleiner?«, erkundigte sich einer der Beifahrer.

Orson musterte den großen, dünnen Mann, der ganz links stand, und grinste. »Missouri.«

»Dann bist du aber weit weg von zu Hause«, erwiderte der Kerl und trank einen Schluck aus seiner Bierdose.

»Ja, das stimmt«, erwiderte Orson. »Und ich würde Ihre Hilfe sehr zu schätzen wissen.«

»Das wird dich aber einiges kosten«, erklärte der Fahrer. »Vermutlich sogar eine ganze Menge.« Wieder sah er seine Kumpel an, und dann lachten alle drei.

»Ich will hier keinen Ärger.«

»Wie viel Geld hast du dabei?«, fragte der stämmige Kerl in der Mitte. Mit seinen dunklen, buschigen Koteletten und dem haarigen Bauch, der über seiner schwarzen Jeans und unter dem weißen T-Shirt voller Fettflecken herausragte, sah er so widerlich aus, dass ich schon glaubte, ihn durch die Windschutzscheibe riechen zu können.

»Keine Ahnung«, erwiderte Orson. »Da muss ich erst in meiner Brieftasche nachsehen.«

Orson ging vorsichtig um den Fahrer herum zum Kofferraum, und als er an meinem Fenster vorbeikam, grinste er und zwinkerte mir zu. Ich hörte, wie er den Kofferraum öffnete und Plastik knisterte.

Der Fahrer bemerkte, dass ich ihn durch die Windschutzscheibe anstarrte.

»Was glotzt du denn so, Kleiner?«, fragte er. Orson kam wieder an meiner Tür vorbei und blieb rechts neben der Motorhaube stehen. Die drei Männer starrten ihn misstrauisch an, waren aber offenbar zu betrunken, um zu bemerken, dass er sich schwarze Handschuhe übergezogen hatte.

»Dein Freund kriegt gleich eine Abreibung, wenn er mich weiterhin so anstarrt.«

»Der ist harmlos«, erwiderte Orson. »Ich kann Ihnen zwanzig Dollar geben. Wäre das ausreichend?«

Der Fahrer starrte ihn verblüfft an. »Gib mir mal deine Brieftasche«, meinte er schließlich.

»Warum?«

»Hör mal, du Wichser, ich hab gesagt, du sollst mir deine Brieftasche geben.« Orson zögerte. »Bist du behämmert, Kleiner? Sollen wir dir erst mal in den Arsch treten?«

»Ich sagte doch, dass ich keinen Ärger will.« Orsons Stimme klang jetzt so, als bekäme er es mit der Angst zu tun.

»Dann gib mir deine Brieftasche, du Klugscheißer«, fuhr ihn der fettleibige Kerl an. »Wir brauchen mehr Bier.«

»Werden Sie meinen Wagen reparieren?« Die Männer fingen an zu lachen. »Ich habe mehr als zwanzig Dollar«, flehte Orson. »Werfen Sie wenigstens mal einen Blick unter die Motorhaube und sagen Sie mir, was los ist.«

Orson ging weiter nach vorn, griff in den Kühlergrill, zog an einem Hebel und klappte die riesige Motorhaube auf. Dann kehrte er an seine vorherige Position auf der rechten Wagenseite zurück, wo er in meiner Nähe stand. Ich konnte jetzt nur noch meinen Bruder sehen, der weiterhin mit den Männern sprach.

»Schauen Sie doch wenigstens mal rein«, beharrte Orson. »Wenn Sie allerdings nichts von Autos verstehen …«

»Ich habe Ahnung von Autos«, sagte eine Stimme. »Du dämlicher Stadtaffe. Du weißt wohl über gar nichts Bescheid, was?«

Der Buick quietschte und wackelte, als würde sich jemand gegen die Stoßstange lehnen.

»Überprüfen Sie mal den Kühler«, schlug Orson vor. »Irgendwas bewirkt, dass der Motor ständig zu heiß wird.«

Der Wagen wackelte wieder. »Nein, sehen Sie rein«, fuhr Orson fort. »Ich glaube, da ist irgendwas geschmolzen. Sie müssen näher rangehen. Na los, Männer, weg da. Sie stehen ihm ja im Licht.«

Eine gedämpfte Stimme murmelte: »Ich weiß nicht, was zum Henker …«

Orson knallte die Motorhaube zu. Die beiden Beifahrer kreischten und machten vor Schreck einen Satz nach hinten. Blut spritzte gegen die Windschutzscheibe. Im nächsten Augenblick hob Orson die Haube hoch und ließ sie ein zweites Mal runterfallen. Der Fahrer streckte unter der Motorhaube alle viere von sich und sackte auf den Boden, während noch mehr Blut auf die Motorhaube spritzte.

»Hol die Schrotflinte!«, brüllte der Fettwanst, aber keiner der Männer rührte sich.

»Die Mühe könnt ihr euch sparen, Männer«, sagte Orson mit derselben ängstlichen Stimme. »Ich habe eine Waffe.« Er richtete meinen Revolver auf die Männer. »Hoffentlich seid ihr nicht zu besoffen, um zu erkennen, was das ist. Du«, er deutete auf den schlanken Mann, »heb den Kopf deines Kumpels hoch.« Der Mann ließ seine Bierdose fallen. »Na los, der wird dich nicht beißen.« Der Mann hob den Kopf seines Partners an dessen langen, fettigen Haaren hoch. »So ist es richtig«, meinte Orson. »Geht um den Wagen rum. Genau so.« Die Männer liefen an der Fahrertür vorbei, Orson an meiner. Ich drehte mich um und wollte durch die Heckscheibe sehen, aber die Kofferraumklappe stand auf. Er hatte sie nicht geschlossen.

»Das mit der Brieftasche tut mir leid ...«

»Rein mit euch«, forderte Orson. Der Wagen bewegte sich nicht. »Muss ich euch beiden erst die Kniescheiben wegpusten und euch dann selbst reinlegen? Mir wäre es lieber, wenn ihr meinen Wagen nicht vollbluten würdet.« Als er den Hahn zurückzog, wackelte der Wagen plötzlich, da die Männer ungelenk in den Kofferraum kletterten.

»Dämliche Hornochsen«, sagte Orson. »Es wäre besser für euch gewesen, wenn ihr alle drei unter die Motorhaube gesehen hättet.« Er knallte die Kofferraumklappe zu.

Als Orson zu ihrem Truck ging, hörte ich, wie einer der Männer anfing zu weinen. Dann schrien sie, hämmerten und traten gegen die Wände des Kofferraums. Orson stieg in den Truck und schaltete sämtliche Lampen aus, und eine bemüht langsame Ballade kam aus dem schwarzen Ford, deren Gitarrensolo durch die Wüste hallte. Als sich meine Augen gerade an die Dunkelheit angepasst hatten, hörte die Musik auf. Die Fahrertür des Buick wurde geöffnet, und Orson nahm ein Kantholz und ein Seil vom Rücksitz.

Er schloss die Tür. »Wenn die so weitermachen, dann sag ihnen, dass du sie umbringen wirst.«

»Sieh mal.« Ich deutete die Straße entlang, auf der gerade das Licht von Scheinwerfern aufgetaucht war.

Orson knotete das Taschentuch von der Antenne ab und lief zurück zum Truck. Er stieg wieder ein und ließ den Wagen mehrere Meter rollen, bis er nach Osten in Richtung Wüste zeigte. Danach hantierte er mehrere Minuten lang in der Fahrerkabine herum. Die Männer stöhnten weiterhin im Kofferraum, und ihre Angst schien durch ihren Rauschzustand noch weiter gesteigert zu werden, sodass sie immer verzweifelter um Rettung flehten. Ich sagte kein Wort, und die Scheinwerfer kamen immer näher.

Der Ford raste in die Wüste. Ich sah ihm durch die Windschutzscheibe und dann durch das Fenster in der Fahrertür nach. Zehn Sekunden später war er in der Nacht verschwunden. Orson kam atemlos zum Wagen gerannt. Er zeigte mir den hochgereckten Daumen und zerrte den Fahrer hinter den Wagen. Dann stand er wieder neben meinem Fenster.

»Ich brauche deine Hilfe«, sagte er und öffnete meine Tür. Er löste die Handschellen und reichte mir die Wagenschlüssel. Als wir nach hinten gingen, konnte ich den näher kommenden Wagen bereits hören und noch immer die Rücklichter des Minivans sehen, die noch nicht ganz verschwunden waren – sie sahen aus wie ein glühendes rotes Auge, das in der Ferne immer kleiner wurde. Ich klammerte mich mit meinen Gedanken an diese glückliche Familie. Wir hatten sie laufen lassen. Wir hatten sie laufen lassen. Ich sah nach unten und stellte fest, dass noch immer kein Nummernschild am Buick angebracht war.

Orson deutete auf den am Boden liegenden Fahrer. »Wenn ich es dir sage, dann schließt du den Kofferraum auf und wirfst ihn da rein. Schaffst du das?« Ich nickte.

»Meine Herren!«, brüllte Orson. »Der Kofferraum wird gleich geöffnet, und ich richte einen 357er Revolver auf Sie. Keiner rührt einen Muskel, oder ich drücke ab.«

Orson sah mich an und nickte. Ich öffnete den Kofferraum, ohne hineinzuschauen oder die Leiche anzusehen, die ich reinlegen musste. Dann hob ich den schweren Fahrer vom Boden hoch und wuchtete seinen schlaffen, massiven Körper auf die beiden anderen Männer. Ich schlug die Kofferraumklappe zu, und wir stiegen wieder in den Wagen.

Als der Wagen an uns vorbeigefahren war, startete Orson den Buick. Das Innenlicht ging an, und ich keuchte auf, als ich bemerkte, dass mein brauner Overall derart mit Blut bedeckt war, dass es sich in den Falten sammelte und über den rauen Stoff in meine Stiefel lief. Ich brüllte Orson an, er solle den Wagen anhalten. Dann taumelte ich nach draußen, fiel auf die Knie und rollte mich herum, während ich mit meinen Händen die Erde aufwirbelte, bis das Blut getrocknet war.

Aus dem Wageninneren war Orsons Stimme zu hören. Er schlug die Hände auf das Lenkrad, und sein lautes Lachen hallte durch die nächtliche Wüste.

Kapitel 12

Während wir zurück zur Hütte fuhren, schlugen die Männer weiterhin von innen gegen die Kofferraumklappe. Orson schien den Lärm zu genießen. Immer, wenn sie schrien, machte er ihre Stimmen nach, sodass sie nicht mehr zu hören waren, und amüsierte sich über sie.

Während ich auf die ungepflasterte Straße hinausstarrte, die von den Scheinwerfern angestrahlt wurde, fragte ich Orson, was er mit ihrem Wagen gemacht hatte. Er grinste. »Ich habe das Lenkrad mit dem Seil festgebunden, damit der Truck weiterhin geradeaus fährt, und das Kantholz zwischen den Sitz und das Gaspedal geschoben.« Orson sah auf seine Uhr. »Die nächste halbe Stunde wird er mit vierzig Stundenkilometern durch die leere Wüste rollen. Wenn er zu den Bergen kommt, bleibt er stehen, es sei denn, er rammt vorher ein Tier. Aber das müsste schon ein echt großes Vieh sein, damit es den Monstertruck aufhalten kann.

Irgendwann wird man den Wagen finden, vielleicht in ein paar Tagen oder auch erst in einigen Wochen. Aber bis dahin ist das nicht mehr wichtig, weil sich die Burschen dann längst den Wacholder von unten angucken. Die Polizei wird vermutlich herausfinden, woher sie kamen und wohin sie wollten. Ihnen wird klar werden, dass auf der Straße irgendwas passiert sein muss, aber das soll uns nicht weiter stören. Morgen soll es zum ersten Mal seit Wochen wieder regnen, und dann wird das Blut weggespült. Wir wurden nur von zwei Wagen gesehen, und die kamen beide aus anderen Staaten und waren auf der Durchreise. Das Verschwinden der Männer wird nie aufgeklärt werden, und wenn ich mir die Kerle so ansehe, dann bezweifle ich, dass irgendjemand sie groß vermissen wird.«

Wir kamen bei der Hütte an, und Orson fuhr vor die Scheune. Als wir ausstiegen, rief er mich nach vorn, klappte die Motorhaube auf und deutete hinein. Die Scheinwerfer, die vor der Scheune montiert waren, leuchteten in den Motorraum.

»Was soll ich da sehen?«, fragte ich und sah mir den korrodierten Motorblock an.

»Du wärst auch drauf reingefallen. Sieh mal her.« Einige Dezimeter vom Rand der Motorhaube entfernt war ein Metallstück, das etwa einen Meter lang war, an die Unterseite geschweißt worden. »Das stammt von einem alten Rasenmäher«, erklärte mir Orson. »Rasiermesserscharf, das Ding. Insbesondere in der Mitte. Wenn sein Kopf nur etwas weiter rechts gewesen wäre, dann wäre er schon beim ersten Versuch sauber abgetrennt worden.« Vorsichtig berührte ich die Klinge mit dem Zeigefinger. Sie war scharf und ebenso wie der ganze Motorraum mit Blut bespritzt.

»Hast du das schon mal gemacht?«, wollte ich wissen.

»Gelegentlich.«

»Lass mich raus, du Wichser!«, schrie einer der Männer aus dem Kofferraum.

Orson lachte. »Wenn er schon so nett fragt, können wir sie ja rauslassen.« Er warf mir die Schlüssel zu. »Habt ihr das gehört, Männer?«, schrie er und ging zum Kofferraum. »Ich mache die Klappe jetzt auf, aber ihr rührt euch nicht.«

Ich öffnete die Klappe, während Orson die Männer mit der Waffe bedrohte. Als ich einen Schritt nach hinten machte, flüsterte er mir zu: »Hol die Handschellen.«

Das Innere des mit Plastikfolie ausgeschlagenen Kofferraums bot einen schaurigen Anblick. Sie hatten den Fahrer ganz nach hinten geschoben, doch seine Freunde waren dennoch mit seinem Blut bedeckt. Als ich an ihnen vorbeiging, sahen sie mich an und schienen mit den Blicken um Gnade zu flehen, die ich ihnen jedoch nicht gewähren konnte. Ich nahm die Handschellen, die im

Fußraum vor dem Beifahrersitz lagen, und kehrte zu Orson zurück.

»Wirf ihnen die Handschellen zu«, forderte er mich auf. »Fesselt euch aneinander.«

»Fick dich!«, brüllte der fette Kerl. Orson spannte den Hahn und schoss ihm ins Bein. Der Mann jaulte und beschimpfte Orson, der die Waffe seelenruhig auf den anderen Kerl richtete.

»Wie heißt du?«, erkundigte er sich.

»Jeff.« Der Mann zitterte und hielt sich die Hände vor das Gesicht, als könne er die Kugeln damit aufhalten. Sein Freund stöhnte und wimmerte mit zusammengebissenen Zähnen, während er sich das Bein hielt.

»Jeff«, meinte Orson. »Ich würde vorschlagen, dass du die Initiative ergreifst und dich an deinen Kumpel fesselst.«

»Ja, Sir«, erwiderte Jeff, und während er sich eine Handschelle anlegte, sprach Orson den Verwundeten an, der jetzt die Lippen zusammenpresste, um nicht zu schreien.

»Wie heißt du?«, fragte Orson.

»Wilbur«, stieß der Mann zwischen zusammengebissenen Zähnen hervor.

»Wilbur, mir ist klar, dass du große Schmerzen hast, und ich würde dir nur zu gern sagen, dass das alles bald vorbei ist. Aber das wäre gelogen.« Orson tätschelte ihm die Schulter. »Ich kann dir versichern, dass diese Nacht gerade erst begonnen hat, und je mehr du dich wehrst, desto schlimmer wird es für dich.«

Als Jeff und Wilbur aneinandergekettet waren, befahl Orson ihnen, aus dem Kofferraum zu klettern. Wilbur konnte sein Bein nicht richtig bewegen, daher wies Orson mich an, ihn aus dem Kofferraum zu zerren. Als er schrie, ließ ich ihn zu Boden sinken, Jeff stürzte auf ihn und landete auf seinem verletzten Bein.

Die beiden Männer, die ihre Cowboyhüte im Kofferraum verloren hatten, kamen langsam auf die Beine, und Orson führte sie zur Hintertür des Schuppens. Als er die Tür aufschloss, befahl er mir, den Fahrer in die Plastikfolie einzuwickeln und aus dem Kofferraum zu heben.

»Ich kriege ihn da alleine nicht raus«, entgegnete ich, »nicht, ohne eine Riesensauerei zu veranstalten.«

»Dann mach den Kofferraum einfach zu. Aber wir müssen ihn da rausholen, bevor er anfängt zu stinken.«

Ich kehrte zum Wagen zurück und schloss die Kofferraumklappe. Auf dem Weg zum Schuppen klirrten die Wagenschlüssel in meiner Tasche. Ich starrte den braunen Wagen an, der da im Licht der Scheinwerfer stand, und dachte, dass ich einfach abhauen könnte. Auf der Stelle. Ich könnte in den Wagen steigen, den Motor anlassen und zurück zum Highway fahren. Vermutlich würde ich nach fünfzig oder sechzig Kilometern in eine Stadt kommen. Ich könnte zur Polizei gehen und sie herführen. Orsons Stimme kam durch die Holzwand, und ich hörte, wie er den stöhnenden Mann in der Scheune verspottete.

Los. Ich ging zur Fahrerseite. Verdammt, die Motorhaube war noch auf. Leise ließ ich sie herab, und sie rastete mit einem metallischen Klicken ein, das Orson im Schuppen unmöglich gehört haben konnte. Mit dem Schlüssel fest zwischen Daumen und Zeigefinger öffnete ich die Wagentür, wobei meine Hände zu zittern begannen, und setzte mich auf den Fahrersitz. Steckte den Schlüssel ins Schloss. Löste die Handbremse. Schließ die Tür erst, wenn du losgefahren bist. Dreh den Schlüssel um. Lass den Wagen an.

Es klopfte ans Fenster. Ich zuckte zusammen und sah Orson an, der neben der Beifahrertür stand und durch die Scheibe mit dem Revolver auf mich zielte.

»Was in aller Welt machst du da?«, fragte er.

»Ich komme«, sagte ich. »Bin schon unterwegs.« Ich zog den Schlüssel aus dem Zündschloss und stieg wieder aus. »Hier.« Bei diesem Wort warf ich ihm die Schlüssel zu und ging in Richtung Schuppen. *Erschieß mich nicht. Bitte. Tu so, als wäre das nie passiert.* An der Hintertür hielt er mich auf.

»Ich überlege ernsthaft, dich zu erschießen«, teilte er mir mit. »Aber du hast hier die perfekte Gelegenheit, mich umzustimmen. Nach dir.«

Er folgte mir in den Schuppen und schloss die Tür hinter uns ab. Die Männer waren bereits einzeln gefesselt und an den Pfahl gebunden worden. *Du hast das schon mal gesehen. Es wird nicht so schlimm wie bei Shirley. So schlimm kann es nicht werden. Wir haben die Familie gehen lassen. Wir haben die Familie gehen lassen. Die Kinder werden sich morgen den Yellowstone-Nationalpark ansehen. Halt dich daran fest.*

Orson holte sein handgeschmiedetes Messer und legte ein Band in die Videokamera ein, die in der Ecke auf einem schwarzen Stativ stand. Ich konnte mich nicht daran erinnern, sie in der Nacht mit Shirley gesehen zu haben.

Er bemerkte, dass ich zur Kamera hinübersah. »Hey, ich muss doch was haben, woran ich mich in der Zwischenzeit festhalten kann.« Orson ging mit seinem Messer in die Mitte des Raums, während Wilson am Boden lag und stöhnte.

»Jeff«, sagte Orson, »du bist doch cleverer als dein zurückgebliebener Freund hier. Ich kenne euch erst seit vierzig Minuten, aber das ist mir längst klar geworden.« Orson warf mir einen Blick zu. »Zieh die Plane hier rüber, Andy.« Ich ging in die Ecke, wo wenigstens ein Dutzend zusammengefaltete Plastikplanen gestapelt waren. Auf einem Regal in der Nähe bemerkte ich eine Pappschachtel voller Votivkerzen, und ich fragte mich, was Orson damit wollte.

»Hören Sie mir zu«, begann Jeff, »bitte …«

»Lass gut sein, Jeff. Das bringt nichts. Normalerweise würde ich euch beide einem Test unterziehen, aber nach eurem Benehmen auf dem Highway seid ihr automatisch durchgefallen. Da diese Angelegenheit also geregelt ist, steht bitte beide auf.«

Jeff stand auf, Wilbur fiel es allerdings sehr schwer, sich aufzurappeln. Unter ihm hatte sich bereits eine Blutlache auf dem Boden gebildet. Ich breitete die Plane rings um den Pfahl aus, und die Männer setzten sich darauf, wobei Jeff das Plastik unter sich irritiert musterte.

»Jeff«, fuhr Orson fort, »wie lange kennst du Wilbur schon?«

»Mein ganzes Leben.«

»Dann wird das eine schwere Entscheidung für dich.« Ich lehnte an der Doppeltür, und Orson warf mir einen kritischen Blick zu. »Setz dich, Andy. Du machst mich nervös.«

Nachdem ich mich auf den Liegestuhl gesetzt hatte, wandte sich Orson wieder Jeff zu und hielt das Messer und den Revolver hoch. »Jeff, die schlechte Nachricht ist, dass ihr beide heute Nacht sterben werdet. Die etwas bessere Nachricht ist, dass du entscheiden kannst, wer den leichten Weg nehmen darf und wer den, der mehr Spaß macht. Option A: Mein Bruder exekutiert dich mit diesem Revolver. Wenn du dich dafür entscheidest, kommst du als Erster dran. Option B: Ich nehme dieses wunderschöne Messer und schneide dir das Herz raus, während du mir dabei zusiehst.« Orson lächelte. »Du kannst einen Augenblick darüber nachdenken.«

Mein Bruder kam zu mir, während die Männer sich auf der Plastikplane anstarrten. Jeff weinte, Wilbur war kurz davor, das Bewusstsein zu verlieren. Orson flüsterte mir ins Ohr: »Wenn du einen der beiden erschießt, tust du ihm einen Gefallen. Er wird nichts spüren. Ich werde dich heute Nacht auch nicht dazu zwingen, mir dabei zuzusehen, wie ich dem anderen das Herz rausschneide. Du kannst zurück zum Haus gehen und dich ins Bett legen.«

Orson ging zu den Männern zurück und schaute auf sie herab. »Jeff, du musst dich jetzt ...«

»Warum tun Sie das ...?«, stieß Jeff schluchzend hervor.

»Wenn die nächsten Worte aus deinem Mund nicht entweder ›Erschießen Sie mich‹ oder ›Erschießen Sie ihn‹ sind, schneide ich euch beiden das Herz raus. Also entscheide dich.«

»Erschießen Sie mich«, schrie Jeff, schürzte die Lippen und zeigte seine verfaulten Zähne. Wilbur hielt sich noch immer das Bein und starrte Orson wütend an.

Mein Bruder ging zur Hintertür. »Ich habe darüber nachgedacht, Andy, und werde nur eine Kugel im Revolver lassen. Du sollst ihnen ja nicht beiden einen Gefallen tun.« Orson leerte die Trommel und schob dann eine Patrone wieder rein.

»Schieß hinters Ohr, Andy. An einer anderen Stelle bringst du ihn möglicherweise nicht um. Dann würde er nur auf dem Boden liegen und leiden.« Orson legte die Waffe auf den Boden. »Ich würde ja hierbleiben und zusehen, aber nach dem Zwischenfall mit Miss Tanner ... Ich komme dann wieder, wenn ich den Schuss gehört habe. Spiel nicht den Helden, indem du ihn nicht erschießt oder die Waffe zerstörst. Ich habe noch mehr Knarren, und dann müssten wir unser kleines Spiel wieder spielen. Allerdings stehen die Chancen jetzt schlecht für dich, und du willst das Risiko bestimmt nicht eingehen. Und falls dich das noch nicht ermutigt, dann lass dir eins gesagt sein: Wenn irgendwas falsch geht, werde ich unsere Mutter dafür bestrafen. Also ... überlasse ich dich jetzt deiner Arbeit. Jeff«, Orson salutierte ihm spielerisch, »das ist das erste Mal für meinen Bruder, also nimm es hin wie ein Mann. Wirf dich nicht auf den Boden, um ihn anzuflehen, dich nicht zu erschießen, denn sonst könntest du ihn möglicherweise noch überzeugen, es nicht zu tun, und dann müsstest du auf meine Art sterben. Und ich kann dir versprechen«, er grinste Wilbur an, »dass das die eindeutig schlechtere Alternative ist.« Orson ging nach draußen, schloss die Tür und schob den Riegel vor. Ich war mit den beiden Männern allein.

Sofort stand ich auf, ging hinüber zu der Waffe, hob sie auf und trug sie zurück zu meinem Stuhl. Die Art, wie Jeff mich beobachtete, kam mir komisch vor. Noch nie hatte irgendjemand solche Angst vor mir gehabt.

Ich setzte mich wieder hin, um nachzudenken, und hielt den Revolver in meinen verschwitzten Händen fest. Jeff starrte mich an, und ich starrte zurück. Unsere Blicke trafen sich, und zu einer anderen Zeit und an einem anderen Ort wären sie höflich oder gleichgültig gewesen, aber jetzt waren sie das genaue Gegenteil davon. Momentan zog ich seine Qualen nur in die Länge.

Als ich aufstand, waren meine Beine butterweich wie in den Albträumen, in denen man weglaufen muss, die eigenen Beine jedoch den Dienst verweigern. Ich ging auf Jeff zu. Es war zu seinem Besten. Sei professionell, ruhig und schnell. Obwohl er starke

Schmerzen haben musste, verfluchte mich Wilbur, und ich konnte seinen stinkenden Atem riechen. *Willst du das wirklich machen?*

»Ist das ein Witz?« Jeff lachte gequält. »Das ist ein komischer Witz. Ist das nicht völlig lächerlich, Wilbur? Lassen Sie uns jetzt gehen. Wir müssen vor Mitternacht bei Charlie sein.«

Ich hob die Waffe mit der rechten Hand, richtete sie auf Jeff und versuchte zu zielen, aber meine Hand zitterte zu stark. Also machte ich einen Schritt nach vorn, sodass ich Jeffs Kopf trotz meines Zitterns nicht verfehlen konnte.

»Schießen Sie mir nicht ins Gesicht«, flehte er, als ihm wieder die Tränen in die Augen stiegen. Jeff kniete sich hin und beugte sich vor wie ein Moslem, der gen Mekka betet. Sein dunkelblondes Haar fiel ihm in die Augen, und er streckte den rechten Arm, mit dem er noch an Wilbur gefesselt war, aus. Dann berührte er eine Stelle hinter seinem Ohr. »Genau hier«, sagte er mit zitternder Stimme. »Kommen Sie näher ran, wenn es sein muss.«

Du wirst das nicht machen.

Ich ging einen Schritt auf ihn zu. Sein Gesicht war jetzt nur noch wenige Zentimeter von meinen Stiefeln entfernt, und er ballte die Fäuste, stöhnte und bereitete sich darauf vor, zu sterben. Ich hielt die Waffe in beiden Händen und legte einen Finger auf den Abzug.

Dann drückte ich ab, aber es klickte nur.

Jeff keuchte.

»Tut mir leid«, sagte ich, und als sein Kopf wackelte, weil er zu hyperventilieren begann, machte ich einen Schritt nach hinten. Die Trommel einer Smith and Wesson dreht sich gegen den Uhrzeigersinn. Orson hatte die Patrone in die Kammer auf elf Uhr und nicht auf zwei Uhr geladen. *Das hast du mit Absicht gemacht, du Arschloch.* Ich schob die Patrone in die richtige Kammer, hielt den Lauf hinter Jeffs Ohr und drückte den Abzug.

Er erschlaffte und fiel auf die linke Seite. Ich hatte den Schuss nicht gehört und auch nicht gespürt, dass sich mein Finger bewegt hatte, aber ein Schwall dunkelrotes Blut floss auf die Plastikplane. Innerhalb von fünf Sekunden lag Jeff bis zu den Schultern in einer Blutlache, die aussah wie ein purpurner Heiligenschein und im

Licht der nackten Glühbirne glänzte. Ich konnte erkennen, dass er das rechte Auge geöffnet hatte, das jetzt ins Leere starrte. Als sich die Lache auf dem Plastik ausbreitete, zuckte Wilbur zurück, zog dabei Jeffs Leiche mit sich und kreischte seinen Namen. *Analysier diesen Moment jetzt nicht. Das würdest du nicht ertragen.*

Die Hintertür ging auf, und Orson kam herein, auf dessen Gesicht sich Ehrfurcht abzeichnete, als er auf die Plane sah. Er zog die Polaroidkamera aus der Tasche und machte ein Foto von mir, wie ich auf Jeff herunterblickte.

»Dieser Moment …«, begann er, brachte diesen Gedankengang jedoch nicht zu Ende. »Großer Gott, Andy.« Er kam zu mir und nahm mir die Waffe ab. Dann umarmte er mich mit Tränen in den Augen und strich mir über den Rücken. »Das ist Liebe, Wilbur«, sagte er. »Das ist wahre Liebe.« Orson ließ mich los und wischte sich über die Augen. »Du kannst jetzt gehen, wenn du willst, Andy«, erklärte er. »Natürlich darfst du auch gern bleiben, aber ich weiß, dass du das vermutlich nicht sehen willst. Und ich werde dich nicht dazu zwingen.«

Als Orson Wilbur musterte, konnte ich sehen, dass er nicht mehr über das nachdachte, was ich getan hatte. Stattdessen hatte sein nächstes Opfer jetzt Vorrang, und seine Augen glänzten, als er sich wie ein Raubtier darauf konzentrierte. Er ging durch den Raum und kam mit dem Wetzstein zurück. Dann setzte er sich auf den Betonboden und zog das Messer über den Stein, sodass es wieder so rasiermesserscharf wurde, wie es vor Shirley Tanner gewesen war. *Du hast einen Menschen getötet. Nein, hör auf damit. Hör auf zu denken.*

»Bleiben oder gehen?«, fragte er und sah mich an.

»Ich gehe«, antwortete ich und beobachtete Wilbur, der mit ansah, wie das Messer für ihn geschärft wurde. Dabei fragte ich mich, ob Orson wieder die Geschichte des Messers erzählen würde, nachdem ich gegangen war. Er legte das Messer auf den Boden und begleitete mich zur Tür. Als er sie aufschloss, ging ich erleichtert nach draußen. Wilbur reckte den Hals, um in die Wüste zu schauen, was Orson mitbekam.

»Interessierst du dich für irgendwas da draußen, Wilbur?«, fragte er und drehte sich um, während ich auf der Schwelle stand. »Na, dann sieh ruhig hin«, fuhr er fort. »Wirf einen langen Blick auf den Nachthimmel, die Sterne und den Mond, weil du all das nämlich nie wieder sehen wirst. Nie wieder.«

Orsons eisiger Blick kehrte zu mir zurück. »Wir sehen uns morgen früh, Bruder.«

Er knallte mir die Tür vor der Nase zu und verriegelte sie. Ich ging langsam zur Hütte, während das Geräusch des Messers, das über den Schleifstein gezogen wurde, noch leise durch die Wand zu hören war.

Vor mir zeichnete sich die Hütte vor dem dunkelblauen Nachthimmel ab. Die Wüste war im Mondlicht wieder blau geworden. Ich dachte an mein stilles Zimmer. In dieser Nacht würde ich schlafen. Diese entsetzliche Benommenheit war meine Rettung.

Als ich die Veranda betrat und die Tür öffnete, hallte der erste Schrei aus dem Schuppen herüber und störte die Nachtruhe. Ich konnte mir nicht einmal vorstellen, welche Schmerzen ihn hervorgerufen hatten. Als ich ins Haus ging und die Tür hinter mir schloss, betete ich, dass die Hüttenwände dick genug waren, um die Klänge von Orsons Werk nicht bis zu mir durchzulassen.

Kapitel 13

Am elften Tag blieb ich in meinem Zimmer. Orson kam irgendwann am Nachmittag herein. Ich schlief nicht, sondern hatte seit Tagesanbruch wach gelegen. Er brachte mir ein Schinkensandwich und ein Glas Portwein und stellte beides auf den Nachttisch. Ich lag auf der Seite, hatte ihm das Gesicht zugewandt und starrte ins Nichts. Die Verzweiflung, die er hinterher immer spürte, war ihm an seinem benommenen Blick und seiner leisen Stimme anzumerken.

»Andy«, sagte er, aber ich ignorierte ihn weiter. »Das gehört dazu. Diese Depression. Aber du warst darauf vorbereitet.« Er hockte sich hin und sah mir in die Augen. »Ich kann dir da durchhelfen.«

Regentropfen fielen auf das Blechdach. Ich war noch nicht aufgestanden, um einen Blick nach draußen zu werfen, aber das Licht, das sich verstohlen zwischen den Gitterstäben hereinstahl, war weit von dem Strahlen eines üblichen Wüstennachmittags entfernt, sondern wirkte eher weich und grau und hing in den Ecken. Der terpentinartige Geruch von nassem Beifuß hing schwer in der Wüste und meinem Zimmer.

»Jetzt bin ich mit dir fertig«, sagte er. »Du kannst nach Hause gehen.«

Auf einmal kam Hoffnung in mir auf, und ich sah ihm in die Augen.

»Wann?«

»Wenn du heute packst, kannst du morgen gehen.« Ich setzte mich auf dem Bett auf und stellte den Teller auf meinen Schoß. »Fühlst du dich besser?« Ich biss vom Schinkensandwich ab und nickte. »Das dachte ich mir«, meinte er und ging zur Tür. Als er sie öffnete, drang ein kalter Lufthauch ins Zimmer. »Ich schließe die Tür jetzt ab. Heute Abend bringe ich dir dein Abendessen. Das Einzige, was ich verlange, ist, dass du gepackt hast, bevor du heute Abend einschläfst.«

Als er weg war, schloss ich die Augen und sah den Lake Norman vor mir. Mücken sausten über das Wasser, in dem sich der blaue Himmel spiegelte. Ich konnte die Pinien wieder riechen und die reichhaltige, lebendige Erde. Fast glaubte ich, in der toten Luft in der Hütte das Zwitschern der Spottdrosseln und das Lachen von Kindern über den See hallen zu hören. All das konnte ich in einen Traum verwandeln. Noch war ich nicht zu Hause. Ich öffnete die Augen wieder und nahm die traurige Realität wahr, während Orson in der Hütte herumging und der Regen die Wüste überflutete.

Tag 11

Es muss ungefähr Mitternacht sein. Heute hat es den ganzen Tag geregnet, und Gewitterwolken verdecken den Mond, daher ist die Wüste nur zu sehen, wenn ein Blitz über den Himmel zuckt. Aber es ist kein Donner zu hören. Das Zentrum des Sturms ist kilometerweit weg.

Meine Reisetasche ist gepackt. Wahrscheinlich wartet Orson darauf, dass ich einschlafe. Ich habe in der letzten Stunde mehrmals gehört, wie er an meine Tür kam, und mir war, als würde er lauschen, ob ich noch wach bin. Das macht mich ein wenig nervös, vor allem, da er heute so nett zu mir gewesen ist. Aber seltsamerweise vertraue ich ihm. Ich kann das nicht erklären, aber ich glaube nicht, dass er mir wehtun würde, erst recht nicht nach letzter Nacht. Das hat ihn wirklich gerührt.

Hoffentlich ist das der letzte Eintrag, den ich je in dieser Hütte machen werde. Indem ich Tagebuch geführt habe, konnte ich mir einen Teil meiner geistigen Gesundheit und Autonomie bewahren, aber ich habe hier nicht alles aufgeschrieben, was sich zugetragen hat, weil ich vieles davon lieber vergessen möchte. Einige Menschen sind feige genug, um ganze Jahre ihrer Kindheit zu verdrängen. Sie schieben die Erinnerungen in ihr Unterbewusstsein, damit sie nur gelegentlich und weniger schmerzhaft an ihnen nagen können.

Ich bin da eher für die Unterdrückung. Mein Ziel ist es, die unaussprechlichen Ereignisse der letzten elf Tage zu vergessen. Den Preis dafür zahle ich gern mit Zeiten voller Depression, Wut und Verleugnung, die mich in den kommenden Jahren gewiss häufiger heimsuchen werden. Aber nichts kann so schlimm sein wie die tatsächliche Erinnerung an all das, was ich gesehen und gehört habe.

Ich unterzeichnete den Eintrag und faltete das Blatt Papier zusammen. Dann steckte ich es zu den anderen Einträgen zwischen meine Schmutzwäsche. Ich schaltete die Laterne aus und ging ins Bett. Der Regen, der auf das Blechdach trommelte, war wirkungsvoller als eine Schlaftablette und lullte mich sehr schnell ein.

Ein Lichtstrahl erhellte die Dunkelheit, und ich sah das Weiße in Orsons Augen. Er stand in meinem Zimmer, und das Wasser tropfte von seiner Kleidung auf den Boden. Als es wieder dunkel wurde, raste mein Puls und ich setzte mich auf dem Bett auf.

»Orson, du machst mir Angst.« Ich musste lauter sprechen, da der Regen so laut auf das Dach prasselte.

»Du musst keine Angst haben«, versicherte er mir. »Ich bin hier, um dir etwas zu injizieren.«

»Was?«

»Etwas, das dich besser schlafen lässt. So wie in dem Motel.«

»Wie lange stehst du schon da?«

»Schon eine Weile. Ich habe dich im Schlaf beobachtet, Andy.«

»Könntest du bitte das Licht anmachen?«

»Ich habe den Generator ausgeschaltet.«

Mein Herz wollte einfach nicht langsamer schlagen, also nahm ich die Streichhölzer vom Nachttisch und zündete die Kerosinlampe wieder an. Als ich die Flamme hochdrehte, wurden die Wände in warmes Licht getaucht und meine Angst ließ ein wenig nach. Orson trug eine Jeans und einen klitschnassen grünen Poncho.

»Ich muss dir das geben«, sagte er und zeigte mir die Spritze. »Es ist Zeit zu gehen.«

»Ist das wirklich nötig?«

»Allerdings.« Er machte einen Schritt auf mich zu. »Zieh deinen Ärmel hoch.«

Ich schob den Ärmel meines T-Shirts bis über die Schulter und wandte den Kopf ab, als Orson mir die Nadel in den Arm rammte. Der Schmerz war stechend, ließ aber schnell nach, und ich spürte nicht einmal, wie er die Nadel wieder rauszog. Als ich Orson wieder ansah, verschwamm bereits alles um mich herum und ich ließ den Kopf unwillkürlich wieder auf das Kissen sinken.

»Du hast jetzt nicht mehr viel Zeit«, erklärte Orson, als sich meine Augen schlossen, und seine Stimme klang ebenso weit entfernt wie das Donnern. »Wenn du wieder aufwachst, liegst du in einem Motelzimmer in Denver. Auf der Kommode wird ein Flugticket liegen, und dein Revolver steckt in deiner Reisetasche. Ab diesem Moment kannst du dir sicher sein, dass Mom nichts passieren wird und dass die Beweise, die ich gegen dich in der Hand habe, an einem geschützten Ort und in meinem Besitz sind. Du hast deinen Teil der Vereinbarung eingehalten, und ich werde dasselbe tun.

Ich glaube zwar, dass wir diese Phase in unserer Beziehung hinter uns haben, aber ich sage es lieber noch mal: Erzähl niemandem, was du getan hast oder wo du deiner Meinung nach gewesen bist. Rede nicht über mich, Shirley Tanner, Wilbur oder die anderen. Du warst die ganze Zeit in Aruba und hast dich entspannt. Und vergeude deine Energie nicht, indem du hierherkommst und nach mir suchst. Du kannst dir inzwischen möglicherweise denken, wo sich diese Hütte ungefähr befindet, aber ich versichere dir, dass ich die Wüste zusammen mit dir verlassen werde.

In den kommenden Monaten könnten Dinge geschehen, die du nicht verstehst und die du dir vielleicht niemals erträumt hast. Aber vergiss eines nicht, Andy: Alles, was passiert, passiert aus einem guten Grund, und ich habe die Kontrolle darüber. Daran darfst du niemals zweifeln.

Wir werden uns wiedersehen, aber ich schätze, das wird eine Weile dauern. Leb dein Leben so weiter wie bisher. Solltest du Schuldgefühle haben, dann musst du sie unterdrücken. Schreib deine Bücher, genieß deinen Erfolg, aber behalt mich immer im Hinterkopf.«

Sein Gesicht verschwamm vor meinen Augen, aber ich sah ihn lächeln. Das Geräusch des Regens wurde leiser, und selbst Orsons Stimme, dieses eloquente, leise Flüstern, war kaum noch zu verstehen.

»Du bist fast weggetreten«, murmelte er, »das sehe ich an deinen Augen. Ich möchte dir noch etwas mitgeben, da wir uns jetzt verabschieden und du gleich ins wunderbare Land der Träume übersiedeln wirst.

Ich weiß, dass du Gedichte magst. Du hast in unserem ersten Jahr auf dem College Frost studiert. Ich habe ihn damals gehasst, aber jetzt liebe ich ihn. Ganz besonders eines seiner Gedichte. Bei diesem Gedicht glaubt jeder, es würde sich auf ihn beziehen. Es wird bei Abschlussfeiern aufgesagt und in Jahrbücher gedruckt, und obwohl alle denselben Weg einschlagen, halten sie sich für einzigartig, weil sie dieses Gedicht lieben. Ich werde jetzt schweigen, dann kann dich Bob in den Schlaf wiegen.«

Ich schloss die Augen und hätte sie auch nicht mehr öffnen können, wenn ich es gewollt hätte. Orsons Stimme drang an mein Ohr, und obwohl ich das Ende nicht mehr hörte, musste ich, als ich dem Betäubungsmittel erlag, daran denken, dass »Der Weg, den ich nicht nahm« zweifellos perfekt zu ihm passte.

»Ein Weg ward zwei im gelben Wald. Betrübt, dass ich nicht beide gehn und Einer sein kann, macht ich Halt und sah dem einen nach, der bald im Dickicht war nicht mehr zu sehn.

Ich nahm ... den andern dann. Sein gutes Recht gewährt' ich ihm: Das Gras stand dort schon wieder lang ... durch der Leute Gang genauso ausgetreten schien. Auf beiden ... das Laub von Tritten nicht zerdrückt.«

TEIL II

Kapitel 14

»9th Street Books« war nicht größer als ein Café, daher war ich erstaunt, dass so viele Menschen hier versammelt waren. Das Geschäft gehörte zu der aussterbenden Art von Buchläden im Privatbesitz, und ich kam mir eher vor wie in der Bibliothek eines Herrenhauses. Das zweite Stockwerk diente vor allem als Regalfläche, und in drei Metern Höhe führte ein Laufsteg einmal um das Geschäft, über den man Zugang zu den zahlreichen Büchern über unseren Köpfen hatte.

Ich nahm meine Brille mit Goldrahmen ab und kaute auf dem Gummiüberzug eines Bügels herum, während ich mich vorbeugte, die Ellenbogen auf das hölzerne Lesepult stützte und den letzten Satz aus »The Scorcher« vorlas: »Sizzle starb und fuhr zufrieden in die Hölle.‹ Vielen Dank.«

Als ich das Buch zuklappte, applaudierte das Publikum. Adrienne Phelps, die Besitzerin von »9th Street Books«, stand von ihrem Stuhl in der ersten Reihe auf. »Es ist einundzwanzig Uhr«, sagte sie fast lautlos und tippte auf ihre Uhr. Ich trat vom Lesepult zurück, als die kleine, schmallippige Frau mit dem kurzen pechschwarzen Haar und dem ebenso süßen wie bedrohlichen Gesicht das Mikrofon vor ihren Mund hielt.

»Leider ist unsere Zeit um«, sagte sie zum Publikum. »Vorne finden Sie eine Auswahl von Mr Thomas' Büchern, und er war so freundlich, fünfzig Ausgaben von ›The Scorcher‹ für uns zu signieren, die ebenfalls zum Verkauf stehen. Und jetzt bitte ich um Applaus für unseren Autor.« Sie drehte sich zu mir um und klatschte lächelnd in die Hände. Die Menge fiel ein, und zehn Sekunden lang war nichts als der laute Applaus in dem alten Laden zu hören, der letzten Station auf meiner Lesereise durch zwölf Städte in den Vereinigten Staaten.

Als sich das Publikum langsam zerstreute und den Laden verließ, stand auch meine Agentin Cynthia Mathis auf und kam auf mich zu. Ich wich einem Fan aus, der ein Autogramm haben wollte, und kam ihr entgegen.

»Du hast dich heute Abend selbst übertroffen, Andy«, sagte sie, nachdem wir uns umarmt hatten. Sie trug ein Parfüm, das nach Lilien duftete, und verkörperte in jeder Hinsicht das, was eine elegante, erfolgreiche New Yorkerin als erstrebenswert ansah. Trotz ihrer fünfzig Jahre sah sie nicht einmal aus wie vierzig. Ihr Haar, das langsam grau wurde, war lang, aber sie hatte es zu einem Knoten gebunden, den sie tief im Nacken trug. Ein Hauch von Rouge schimmerte auf ihren glatten Wangen und bildete einen starken Kontrast zu ihrem schwarzen Hosenanzug.

»Es ist so schön, dich zu sehen«, sagte ich, als wir uns voneinander lösten. Ich hatte Cynthia nicht mehr gesehen, seit ich mit der Arbeit an »The Scorcher« begonnen hatte, und es kam mir fast schon komisch vor, sie jetzt vor mir zu sehen.

»Ich habe für uns einen Tisch im ›Il Piazza‹ reserviert«, sagte sie.

»Gott sei Dank, ich bin schon am Verhungern.« Aber wir waren noch von wenigstens fünfzig Personen umringt, die ein persönliches Autogramm haben und kurz mit mir plaudern wollten. Die Türen des Buchladens, durch die ich zu meinem Abendessen gelangen würde, schienen sehr weit weg zu sein, aber ich rief mir ins Gedächtnis, dass es das war, wofür ich so lange gearbeitet hatte. Also setzte ich ein höfliches Lächeln auf, holte tief Luft und ging zur wartenden Menge, während ich darauf hoffte, dass sie mich nicht zu lange aufhalten würde.

Der große italienische Sommelier reichte mir einen rubinfarbenen Korken, und ich befühlte die Feuchtigkeit an einem Ende, während er mir etwas von dem Wein einschenkte. Ich schwenkte ihn in meinem Glas, probierte, und als ich wieder nickte, füllte er beide

Gläser mit dem dunkelroten Latour, der vierzehn Jahre lang auf diesen Moment gewartet hatte.

Danach kam unser Kellner an den Tisch und beschrieb uns ausführlich mehrere Gerichte. Dann reichte er uns die burgunderfarbene Speisekarte. Ich kämpfte mich durch das Italienisch, nippte an dem samtenen Wein und dachte an purpurrote Trauben, die auf einem französischen Weinberg und dann in unterirdischen Kellern heranreiften.

Die Lichter der Innenstadt trugen zu der ruhigen, glitzernden Atmosphäre im »Il Piazza« bei. Das Restaurant lag im fünfunddreißigsten Stock des Parker-Lewis-Gebäudes und besetzte eine Ecke des Wolkenkratzers, daher standen die besten Tische an den beiden Fensterseiten, da man von dort auf die Stadt herunterblicken konnte. Wir saßen an einem dieser Tische im Kerzenschein, und ich starrte auf das Wasser des East Rivers herab, der weit unter uns glitzernd unter der Brooklyn Bridge hindurchfloss. Mein Blick folgte den Lichtern eines Kahns, der flussaufwärts gegen die schwarze Strömung ankämpfte.

»Du siehst müde aus«, stellte Cynthia fest.

Ich sah sie an. »Früher mochte ich die Lesungen, aber inzwischen bin ich danach völlig erschöpft und will nur noch nach Hause.«

»Andy«, sagte sie, und ich konnte mir bei ihrem ernsten Tonfall schon denken, was gleich kommen würde. Ich kannte Cynthia sehr gut, und mein Verschwinden im Mai hatte ihr Vertrauen in mich erschüttert. »Ich habe versucht, mit dir über das zu reden, was passiert ist, aber du tust es immer nur ab und …«

»Cynthia …«

»Andy, lass doch einfach zu, dass ich mir alles von der Seele rede, dann können wir dieses Thema endlich abhaken.« Als ich darauf nichts erwiderte, fuhr sie fort. »Dir ist klar, warum ich mich so geärgert habe, dass du dich einfach in den Südpazifik abgesetzt hast?«

»Ja«, gestand ich und strich mit dem Daumen und dem Zeigefinger über den Stiel meines Glases.

»Wenn du einfach abtauchst, obwohl du gerade dabei bist, ein Buch zu schreiben, dann ist mir das egal. Ich bin nicht deine Mutter. Aber du warst verschwunden, als dein Buch erschienen ist. Ich muss dir ja wohl nicht erzählen, wie wichtig es ist, dass du in der ersten Woche erreichbar bist. Du bist ein präsenter Schriftsteller, Andy. Die Interviews und die Lesungen sorgen erst dafür, dass das Interesse an deinen Büchern wächst. Die ersten Verkaufszahlen blieben hinter denen von ›Blue Murder‹ zurück. Eine Zeit lang sah es fast so aus, als würde dein neues Buch floppen.«

»Cynthia …«

»Ich will damit nur sagen, dass du so etwas nicht noch einmal abziehen kannst. Abgesehen von den Lesungen in Buchläden, die dein Verlag absagen musste, habe ich verdammt viele Medienvertreter angerufen, um ihnen zu erklären, warum du nicht da sein würdest. Auch wenn ich nicht einmal wusste, wie deine Gründe dafür aussahen. Bring mich nie wieder in eine solche Lage.« Der Kellner kam auf uns zu, aber Cynthia bedeutete ihm, er solle wieder gehen. »Du hast mich noch nicht einmal angerufen, um mir Bescheid zu sagen, dass du wegfährst«, flüsterte sie erzürnt, runzelte die Stirn und stieß erbost die Arme vor. »Wie schwer ist es denn bitte schön, mal das gottverdammte Telefon in die Hand zu nehmen?«

Ich beugte mich vor. »Ich war ausgebrannt«, erwiderte ich ruhig. »Ich brauchte mal eine Pause, und mir war nicht danach, irgendjemanden um Erlaubnis zu bitten. Das waren damals meine Gründe, aber jetzt ist mir klar, dass es falsch war, und es tut mir leid. Es wird nie wieder passieren.« Sie trank einen Schluck Wein. Ich hatte mein Glas bereits geleert und spürte, wie mir die Wärme in die Wangen stieg. Als ich ihre Hand berührte, riss sie erstaunt die Augen auf.

»Cynthia, es tut mir leid, okay? Wirst du mir verzeihen?«

»Du solltest dich lieber auch mal mit deiner Lektorin aussprechen.«

»Wirst du mir verzeihen?«

Ein schwaches Lächeln zeichnete sich auf ihren Lippen ab. »Ja, Andy.«

»Gut. Dann lass uns jetzt was zu essen bestellen.«

Cynthia hatte sich für geschmorte Lammkeule mit Paprikasoße entschieden, und als der Kellner den Teller vor sie stellte, leuchteten ihre Augen auf. Dann sah ich zufrieden zu, wie mein Hauptgang, Mostaccioli, sonnengetrocknete Tomaten, Kapern und angebratene Muscheln, aufgetragen wurde. Unter dem Nudelbett schimmerte eine rosafarbene Wodkasoße. Bevor er uns wieder verließ, entkorkte der Kellner eine zweite Flasche Bordeaux und füllte unsere Gläser wieder auf.

Die Muscheln hatten den Geschmack der süßen Tomaten angenommen, und als mir eine auf der Zunge zerging, knirschte ein Sandkorn zwischen meinen Zähnen. Ich nippte am Wein, der nach Pflaume und Tabak schmeckte und wie Samt die Kehle herunterfloss. Ich genoss das Gefühl, das perfekte Gleichgewicht zwischen Hunger und seiner Befriedigung zu erleben, und wollte es so lange wie möglich auskosten.

Im Verlauf des Abends faszinierte mich die Stadt immer mehr. Ich trank einen hervorragenden Wein in einem der besten Restaurants von New York, sah die Vielzahl der Lichter in den Wolkenkratzern und Häusern und verbrachte einen verdammt angenehmen Abend. Das ständige Glitzern der Lichter gab mir zu verstehen, dass sich um mich herum Millionen von Menschen befanden, und auf diese Weise wurde die Stadt zum Bollwerk gegen die Einsamkeit und die Angst, die mich bedrohten.

»Andrew?« Cynthia sprach mit gekünstelt englischem Akzent und kicherte. »Du hast zu viel Wein getrunken.«

Ich drehte mich langsam vom Fenster zu Cynthia um, und das Restaurant schien vor meinen Augen zu wanken. Ich war offenbar ziemlich angetrunken. »Das ist eine wunderschöne Stadt«, erklärte ich begeistert.

»Du solltest dir hier eine Wohnung kaufen.«

»Um Himmels willen.«

»Willst du damit andeuten, dass du ein Problem mit meiner Stadt hast?«

»Ich muss es nicht andeuten, ich kann es dir direkt ins Gesicht sagen. Ihr Yankees habt es immer viel zu eilig.«

»Und dieser Lebensstil ist schlechter als die komatöse Existenz im Süden?«

»Wir Südstaatler wissen auch den Wert eines nicht stressigen Arbeitstages zu schätzen. Das darfst du uns nicht vorwerfen. Ich denke, das ist bloß der Neid der Yankees …«

»Ich finde, das Wort ›Yankees‹ ist schon ziemlich beleidigend.«

»Das liegt nur daran, dass du eine seltsame Definition davon im Kopf hast.«

»Dann klär mich bitte auf.«

»Okay. Yankee: ein Nomen, das jemanden beschreibt, der nördlich von Virginia lebt, vor allem unhöfliche, pedantische Nordstaatler, die viel zu schnell reden, das Konzept von süßem Tee und Grillfesten nicht begreifen und als Rentner nach Florida ziehen.« Cynthia lachte, und ihre braunen Augen glänzten. Ich sah tief hinein.

Doch plötzlich sahen sie blutunterlaufen aus, und ich drehte mich zum Fenster, während mein Herz unter meinem Oberhemd und der safrangelben Krawatte schneller schlug.

»Andy?«

»Mir geht es gut«, sagte ich und versuchte, wieder ruhig zu atmen.

»Was ist los?«

»Nichts.« Ich starrte aus dem Fenster auf Queens hinaus, rang um Fassung und redete mir erneut die Lüge ein.

»Du wirkst in letzter Zeit so verändert«, stellte sie fest und hob das Weinglas an ihre Lippen.

»Wie das?«

»Keine Ahnung. Aber da wir uns heute zum ersten Mal seit einem Jahr sehen, könnte meine Beurteilung vielleicht etwas unfair sein.«

»Bitte«, sagte ich und spießte eine Muschel mit der Gabel auf, »sag mir trotzdem, was du denkst.«

»Seit deinem Urlaub scheinst du irgendwie verändert. Es ist nichts Drastisches, aber ich glaube, ich kenne dich lange genug, um zu erkennen, wann mit dir was nicht stimmt.«

»Was stimmt deiner Meinung nach nicht mit mir, Cynthia?«

»Es fällt mir schwer, es in Worte zu fassen«, erwiderte sie. »Das ist nur so ein Bauchgefühl. Als du mich angerufen hast, nachdem du im Sommer zurückgekehrt warst, war irgendwas anders. Ich bin davon ausgegangen, dass du einfach Angst vor der Lesereise hattest. Aber ich spüre auch jetzt dieselbe distanzierte Aura, die dich umgibt.« Wieder trank ich mein Weinglas leer. »Rede mit mir, Andy«, bat sie mich. »Bist du noch immer ausgebrannt?«

»Nein. Ich weiß, dass dir das wirklich Sorgen bereitet.«

»Wenn es eine Frau ist, dann kannst du es mir ruhig sagen und das Thema ist beendet. Ich möchte mich nicht in deine persönlichen Ange…«

»Es ist keine Frau«, versicherte ich ihr. »Hör mal, mir geht es gut. Du kannst nichts für mich tun.«

Sie hob ihr Weinglas und sah aus dem Fenster.

Unser Kellner kam und räumte die Teller ab. Er beschrieb uns ein teuflisch gutes Himbeer-Schokoladen-Soufflé, aber es war schon spät und mein Flieger ging am nächsten Morgen um 8.30 Uhr von La Guardia. Also zahlte Cynthia, und wir fuhren mit dem Fahrstuhl nach unten. Inzwischen war es fast Mitternacht, und ich konnte mir nicht vorstellen, dass ich am nächsten Morgen gut aus dem Bett kommen würde, da ich so viel getrunken hatte.

Ich rief ein Taxi für Cynthia und küsste sie auf die Wange, bevor sie einstieg. Sie bat mich, sie in der kommenden Woche anzurufen, und ich versprach, es zu tun. Als ihr Taxi wegfuhr, sah sie durch das Heckfenster, und ihre ernsten Augen schienen mich zu durchbohren, um den Grund für meine Ruhelosigkeit zu ergründen.

Du hast ja keine Ahnung.

Als der Wagen nicht mehr zu sehen war, ging ich den Bürgersteig entlang und lief an mehreren Blocks vorbei, ohne einer Menschenseele zu begegnen. Der dreckige East River, den man hier nicht mehr sehen konnte, floss in der Nähe in den Atlantik, und ich konnte den Gestank des verschmutzten Wassers riechen. Vier Krankenwagen rasten an mir vorbei, und der Klang ihrer Sirenen hallte von den Gebäuden wider. Da mein Hotel nur zehn Blocks weiter im Norden lag, hoffte ich, durch den Spaziergang in der kühlen Septembernacht wieder etwas nüchterner zu werden.

Ich hatte Angst davor, nach Hause zu fahren. Seit Mitte Juni reiste ich durch das Land und war den ganzen Tag lang mit Auftritten und Lesungen beschäftigt, die mich in der Gegenwart verwurzelten. Ich wollte auch keinen Augenblick allein sein. Meine Gedanken machten mir Angst. Und jetzt kehrte ich nach North Carolina zurück und wusste, dass die wahre Folter erst losgehen würde. Ich musste kein neues Buch schreiben. Ich hatte nichts weiter zu tun, als in meinem Haus am See zu wohnen. Zu existieren. Meine größte Sorge war nun, dass die zwei Wochen, deren Existenz ich den ganzen Sommer über geleugnet hatte, mich dort wieder heimsuchen würden.

Als ich an die Wüste denken musste, zwang ich mich, mir das jadegrüne Meer, den weißen Strand und das angenehme Sonnenlicht vorzustellen. Ganz schwach tauchten in meiner Vorstellung das mit Stuck verzierte Strandhaus und die Veranda auf, von der aus ich die blutigen Sonnenuntergänge am Meer beobachtet hatte. Mir war bewusst, dass ich mir selbst etwas vormachte, aber ein Mensch tat nun mal alles, um mit sich selbst leben zu können.

Kapitel 15

Anfang Oktober erlebte ich kalte, klare Tage am Lake Norman und unerträgliche Nächte in meinem Bett. Jeden Morgen und jeden Abend saß ich eine Stunde an meinem Pier und angelte. Am frühen Nachmittag ging ich schwimmen und tauchte in das trübe blaue Wasser, das immer kühler wurde, da der Winter nicht mehr weit war. Manchmal schwamm ich nackt, um das Gefühl der Freiheit zu spüren, wie ein Kind in einer kalten Gebärmutter, ungeboren und unwissend. Wenn ich nach dem Tauchen wieder zur Oberfläche aufstieg, bildete ich mir ein, dass dieses schreckliche Wissen, das sich in den hintersten Winkeln meines Bewusstseins verbarg, verschwinden würde, sobald ich wieder an die goldene Luft kam. Es ist nur unter Wasser real, sagte ich mir und stieg vom Grund des Sees wieder nach oben. Die Luft wird mich reinigen.

An einem Nachmittag hockte ich am Ende meines Piers, trank einen Jack Daniel's mit Zitronenlimonade und sah zu einem Fischköder hinüber, der auf der Wasseroberfläche tanzte. Der frühe Oktober in North Carolina grenzte an Perfektion, und der Himmel wurde azurblau, als die Sonne sich dem Horizont entgegenneigte. Ich hatte eine Angelrute in der Hand und wartete darauf, dass der rot-weiße Schwimmer untertauchte, als ich hinter mir Schritte im Gras hörte.

Ich legte die Angelrute zur Seite, drehte mich zum Ufer um und sah, wie Walter den Pier betrat. Er trug eine Sonnenbrille und einen hellbraunen Anzug, hatte sich die Jacke jedoch über die linke Schulter geworfen und die Krawatte gelockert.

Seit zwei Wochen war ich wieder zu Hause. Walter hatte zwar häufiger angerufen, aber ich hatte nur zweimal mit ihm gesprochen und mich bei unseren Unterhaltungen immer kurz gefasst. Jedes Mal hatte ich so schnell wie möglich wieder aufgelegt, mein Verschwinden im Mai nicht erwähnt und war seinen Fragen ausgewichen. Bislang hatte ich mich immer nach Einsamkeit und Selbstvergessenheit gesehnt, doch als ich meinen besten Freund mit finsterer Miene über den Pier marschieren sah, wurde mir klar, dass ich ihn verletzt hatte.

Als er noch zwei Meter von mir entfernt war, blieb er stehen und warf einen Umschlag auf das von der Sonne ausgebleichte Holz. Walter sah auf mich herab, und ich konnte mein Spiegelbild in seiner Sonnenbrille sehen. Er setzte sich neben mich an den Rand des Piers und ließ seine Beine ebenfalls über dem Wasser baumeln.

»Dein Roman verkauft sich gut«, sagte er. »Das freut mich für dich.«

»Ja, ich bin sehr erleichtert.«

Ich fummelte an dem Umschlag herum. »Ich habe ihn nicht aufgemacht«, erklärte Walter.

»Das musst du mir nicht extra sagen.«

»Da hat was angebissen.«

Ich riss meine Angelrute hoch, aber der Schwimmer tauchte wieder auf, ohne dass sich die Schnur anspannte. Als ich sie wieder einzog, bewegte sich der Schwimmer nicht.

»Mist, das war ein dicker Brocken. Bestimmt ein Barsch.« Ich ließ die Angelrute auf den Pier fallen und nahm meinen Drink in die Hand. »Komm mit«, meinte ich dann und stand auf. Obwohl die Luft mild war, hatte der viele Sonnenschein das Holz des Piers derart aufgewärmt, dass es sich wie Beton im Hochsommer anfühlte und mir die Fußsohlen röstete. »Lass uns ins Haus gehen. Ich hole dir ein Bier.«

In meinen Schwimmshorts lief ich ans Ufer, sprang ins Gras und wartete. Walter schlenderte hinter mir her, wie es seine übliche Gangart war. Dann gingen wir zusammen über den Rasen und den Abhang hinauf, der sich vom Ufer bis zum Haus erstreckte. Ich hatte das Gras in den letzten beiden Wochen nicht gemäht, sodass es einen weichen, dichten Teppich bildete und mir bis über die Knöchel reichte.

Als wir die Stufen zur Veranda hinaufgingen, warf ich einen Blick nach rechts in den Wald und dachte an die Leiche, die dort begraben lag und durch die mein Leben in dieses Chaos gestürzt worden war. Einen kurzen Moment lang erinnerte ich mich daran, was ich bei ihrer Entdeckung gespürt hatte, an den Geruch, die Angst und das Entsetzen.

Walter holte sich eine Flasche Bier aus dem Kühlschrank, und wir gingen ins Wohnzimmer. Da ich noch nicht so angetrunken war, wie ich sein wollte, mixte ich mir noch einen Jack Daniel's mit Zitronenlimonade, während er sich aufs Sofa fläzte.

»Entschuldige, dass ich noch nicht vorbeigekommen bin«, sagte ich von der Bar aus.

»Die Lesereise war ganz schön anstrengend, was?«

»Ich war einfach nicht in der Stimmung, um ständig vor Menschen zu sprechen und die ganze Zeit ansprechbar zu sein.« Nachdem ich mehrere Eiswürfel in das Glas geworfen und es halb mit Limonade und halb mit Whiskey gefüllt hatte, rührte ich meinen Drink um, ging durchs Wohnzimmer und setzte mich in den braunen Ledersessel Walter gegenüber.

Sein Blick hing an »Brown No. 2«, dem Kunstwerk, das in all seiner protzigen Pracht über dem Kaminsims hing. Er grinste, aber die Spannung, die in der Luft lag, sorgte dafür, dass er sich einen Kommentar verkniff.

»Ich weiß«, meinte ich. »Das ist echt Schrott. Am liebsten würde ich diesem Pisser in den Arsch treten. Ich weiß selbst nicht, wieso ich es nicht längst abgenommen habe. Es ist ja nicht so, als würde ich langsam Gefallen daran finden. Eigentlich verabscheue ich es von Tag zu Tag mehr.«

»Tief im Inneren muss er gewusst haben, dass er ein Stümper war. Anders kann ich es mir nicht erklären. Du hättest auf mich hören sollen, Mann.«

»Ich weiß, ich weiß.« Ich gähnte und wusste, dass ich vermutlich einschlafen würde, sobald Walter gegangen war. »Was macht die Familie?«

»Ah. Die obligatorische Frage. Es geht allen gut. Ich versuche, mehr Zeit mit ihnen zu verbringen und weniger zu arbeiten. In zwei Stunden muss ich bei einer Schulaufführung sein. Dreißig Sechsjährige auf einer Bühne. Kannst du dir das vorstellen?«

»Was spielen sie denn?«

»Mamet.« Wir lachten. Wir lachten immer viel, wenn wir zusammen waren. »Die arme Kleine. Jenna ist total aufgeregt. Sie ist gestern Nacht weinend zu mir und Beth ins Bett gekrochen, und wir mussten sie trösten. Heute Morgen lagen wir noch immer zu dritt im Bett, und das war verdammt eng.«

»Oh.« Ich erschauerte. »Die Freuden des Elterndaseins. Das wäre überhaupt nichts für mich.«

»Ist das dein Ernst?«, erwiderte Walter, zog seine Schuhe aus und balancierte die Bierflasche auf der Brust.

»Aber klar. Viele Leute haben Mitleid mit mir, wenn ich ihnen sage, dass ich weder heiraten noch Kinder kriegen will. Aber das ist keine aus der Not geborene Resignation. Ich weiß zufälligerweise ganz genau, dass es da draußen keinen einzigen Menschen gibt, neben dem ich jeden Tag aufwachen möchte. Du bist da die einzige Ausnahme. Dich würde ich heiraten, Walter. Ganz im Ernst.«

Er lachte amüsiert. »Karen hat dir ziemlich übel mitgespielt, aber du wirst nicht ewig so verbittert sein.«

»Woher zum Henker willst du wissen, wie ich mich bis in alle Ewigkeit fühlen werde?«

»Ich weiß einfach, dass man sich im Leben immer mal wieder verliebt.«

Wie traurig. Er dachte wirklich, ich würde ihn um sein Leben beneiden. Ich wäre der Gatsby für seine Daisy. Vielleicht hatte er ja recht.

»Ich habe Karen wirklich geliebt«, sagte ich und schluckte den Kloß herunter, der mir die Kehle zuschnüren wollte. »Und was hatte ich davon? Ich habe sie geliebt und gedacht, ich würde den Rest meines Lebens mit ihr verbringen. Zwei Jahre lang habe ich so empfunden, und aus heiterem Himmel hat sie ihre Meinung geändert und wollte nichts mehr mit mir zu tun haben. Sie wollte nicht einmal mehr mit mir befreundet sein. Sie sagte, ich wäre nur eine Phase gewesen. Eine gottverdammte Phase. Somit hatte ich zwei Jahre meines Lebens vergeudet. Wenn ich mir überlege, was ich in der Zeit alles hätte schreiben können … Das macht mich richtig wütend.« Ich schüttelte den Kopf und nippte an meinem Drink. »Ich sage dir eins: Es wäre ein wahres Wunder, wenn ich je heiraten würde, denn das habe ich ganz bestimmt nicht vor. Ich glaube einfach nicht, dass es je passieren wird, und nach den beiden Jahren mit Karen … Da ist mir das auch ganz recht. Ich wäre ein hundsmiserabler Ehemann.«

»Du hast in einen sauren Apfel gebissen und glaubst jetzt, dass alle sauer wären, aber dem ist nicht so«, erklärte er mir im Tonfall eines Menschen, der weiß, dass er recht hat.

»Vielleicht essen einige Menschen einfach gern saure Äpfel.« Er verzog das Gesicht. »Entschuldige. Ich weiß nicht, warum ich heute so auf Krawall gebürstet bin. Aber ich bin schon ein bisschen besoffen.«

»Hey, Menschen machen nun mal Phasen durch. Wenigstens bist du nicht so ein ausgemachtes Riesenarschloch wie Bill York.«

»Arbeitet der Penner noch immer als dein Lektor?«

»Ja. Er ist echt ein Idiot und hat mir heute die Hölle heißgemacht, weil ich früher abgehauen bin.«

»Du leitest das Magazin. Feuer ihn doch einfach.«

»Wenn er nicht so ein guter Lektor wäre, dann hätte ich ihn schon längst auf die Straße gesetzt. Aber ich bezahle ihn nicht dafür, ein anständiger Mensch zu sein. Solange er dafür sorgt, dass die Grammatik perfekt ist, kann er sich auch als Fürst der Finsternis aufspielen.«

»Mann, deine Prinzipien sind echt zu bewundern.« Wieder mussten wir lachen. Danach schwiegen wir eine Weile, doch da die Stimmung vorher gut gewesen war, machte es nicht den Eindruck einer betretenen Stille. Walter sah mich über seine Bierflasche hinweg an.

»Andy«, meinte er dann. »Willst du mir nicht erzählen, was los ist?«

Ich sah Walter in die Augen und hätte mir am liebsten alles von der Seele geredet. Der Drang, einem anderen Menschen zu beichten, wo ich gewesen war und was ich getan hatte, war beinahe übermächtig.

»Ich weiß es doch selbst nicht.«

»Hat das irgendwas mit der Reise zu tun, die du im Mai gemacht hast?«

Ich hielt den Atem an und dachte angestrengt nach. »Das könnte man so ausdrücken.«

»Ist es wegen der Steuern?«, hakte er nach. »Hast du Ärger mit dem Finanzamt? Das sollte man nicht auf die leichte Schulter nehmen.«

»Natürlich nicht«, erwiderte ich lachend.

»Was kannst du mir nicht anvertrauen?« Er kniff die Augen zusammen, und ich zuckte mit den Achseln. »Rede einfach mit mir.«

»Wärst du bereit, ins Gefängnis zu wandern oder deine Sicherheit aufs Spiel zu setzen, nur um zu erfahren, was ich erlebt habe?«

Er setzte sich auf und stellte seine halb geleerte Flasche auf den Boden. »Ich weiß, dass du das für mich tun würdest.«

Mein Magen zog sich zusammen, als ich an die Wüste zurückdachte. Ich leerte meinen Drink und sah in Walters haselnussbraune Augen. Sein Haar war seit Mai sehr viel länger geworden. »Wusstest du, dass ich einen Zwillingsbruder habe?«

»Du hast es mal erwähnt. Er ist verschwunden, nicht wahr?«

»Als wir zwanzig waren. Er marschierte einfach eines Abends aus unserem Zimmer und meinte: ›Du wirst mich jetzt erst mal eine Weile nicht sehen.‹«

»Das muss hart für dich gewesen sein.«

»Ja, das war es auch. Er hat sich diesen Mai bei mir gemeldet. Walter, das darfst du niemandem erzählen, nicht Beth und auch nicht …«

»Ich werde schweigen wie ein Grab.«

»Erinnerst du dich an die farbige Lehrerin, die letzten Frühling verschwunden ist?«

»Rita Jones?«

Ich schluckte schwer. *Wenn du es jetzt sagst, steckt er da mit drin. Du hast zu viel getrunken, um so eine Entscheidung zu treffen.*

»Sie ist in meinem Wald begraben worden.« Walter wurde blass. »Mein Bruder Orson hat sie dort verscharrt. Er hat mich erpresst und mir gesagt, mein Blut würde sich an ihrer Leiche befinden und das Messer, mit dem er sie ermordet hatte, wäre in meinem Haus versteckt. Er schwor, er würde die Polizei rufen, wenn ich ihn nicht aufsuche. Und er hat meine Mutter bedroht.«

»Du bist ja betrunken.«

»Soll ich dir die Leiche zeigen?«

Walter starrte mich an, und in seinen Augen zeichnete sich seine Skepsis ab. »Er hat sie umgebracht?«

»Ja.«

»Warum?«

»Er ist ein Psychopath«, erwiderte ich und stützte mich auf meine Hände.

»Was wollte er von dir?« Mir stiegen die Tränen in die Augen, und ich konnte nicht verhindern, dass sie mir über die Wangen liefen. Als ich sie wegwischte und Walter erneut ansah, musste ich wieder weinen.

»Es war schrecklich«, murmelte ich mit zitternden Lippen, während mir die Tränen über das Gesicht liefen und am Kinn heruntertropften.

»Wo bist du gewesen?«

»In der Wüste von Wyoming.«

»Warum?« Ich antwortete ihm nicht, und Walter gab mir einen Moment, damit ich mich wieder sammeln konnte. Er wiederholte seine Frage nicht. »Wo ist er jetzt?«

»Das weiß ich nicht. Er könnte überall sein.«

»Und du bist nicht zur Polizei gegangen?«

»Er hat gedroht, meiner Mutter was anzutun!« Meine Stimme wurde so laut, dass man sie im ersten Stock noch hören konnte.

»Was hätte ich ihnen denn auch sagen sollen? ›Mein Zwillingsbruder hat Rita Jones ermordet und in meinem Wald vergraben. Ach ja, und die Leiche ist mit meinem Blut beschmiert, sie wurde mit meinem Schälmesser ermordet, und mein Bruder ist verschwunden, aber ich schwöre, dass ich es nicht getan habe.‹«

»Welche andere Wahl hast du denn?«, fragte er, und ich zuckte mit den Achseln. »Wenn das stimmt, was du sagst, dann werden weiterhin Menschen sterben, bis er gefasst wird. Wer weiß, vielleicht sind Beth oder John David als Nächste dran. Macht dir das denn keine Sorgen?«

»Was mir die größten Sorgen macht«, gestand ich, »ist, dass selbst dann, wenn ich Orson finde, dafür sorge, dass er verhaftet wird, und ihnen sage, was er getan hat, es passieren kann, dass er als freier Mann wieder rausspaziert. Ich habe keine Beweise, Walter. Vor einem Gericht ist es völlig belanglos, dass ich Orson für einen Psychopathen halte oder dass ich Zeuge geworden bin, wie er Menschen gefoltert und ermordet hat. Fakt ist nun mal, dass mein Blut an Rita Jones' Leiche klebt.«

»Du hast gesehen, wie er jemanden umgebracht hat?«, fragte Walter. »Du hast ihm tatsächlich dabei zugesehen?« Wieder stiegen mir die Tränen in die Augen. »Wen hat er …«

»Ich will nicht mehr darüber reden.«

»Aber du hast doch gesagt …«

»Ich will nicht mehr darüber reden!« Ich stand auf und ging zum Fenster, durch das man auf den Rasen und den See dahinter hinausschauen konnte. Am Waldrand färbten sich die Blätter der gelben Pappeln langsam golden, und die Scharlacheichen und Rotahornbäume würden den Wald mit ihren welkenden Blättern bald in ein Farbenmeer tauchen. Ich lehnte die Stirn ans Fenster, sodass meine Tränen über das Glas liefen und verschmierte Spuren zurückließen.

»Was kann ich tun?«, wollte Walter wissen, dessen Stimme jetzt wieder sanft klang.

Ich schüttelte den Kopf. Ich hatte auch gemordet. Ich hatte einer Frau das Herz rausgeschnitten und einen Mann in den Kopf geschossen, weil Orson es mir befohlen hatte. Die Worte hallten durch meinen Kopf, aber ich konnte Walter einfach nicht gestehen, was ich getan hatte. Es musste ausreichen, dass er von Orson wusste und erfahren hatte, wo ich gewesen war.

»Ich habe jede Nacht Albträume. Ich kann nicht mehr schreiben. Die Dinge, die ich gesehen habe …«

»Du musst mit jemandem reden. So eine Sache kann dich derart beeinflussen, dass du …«

»Ich rede doch mit dir«, unterbrach ich ihn und beobachtete ein Boot, das einen Schlauch über den See zog, während ich mich fragte, was Walter wohl gerade durch den Kopf ging.

Er kam zum Fenster und lehnte sich wie ich an die Scheibe.

»Sie ist gleich da draußen«, sagte ich und deutete in Richtung Wald, »in einem flachen Grab.«

Wir standen eine Ewigkeit am Fenster. Ich dachte schon, er würde weiter nachbohren, aber er schwieg, und ich war sehr dankbar dafür.

Schon bald musste er allerdings aufbrechen und zur Schulaufführung seiner Tochter gehen. Ich stellte mir Jenna auf der Bühne vor, wie sie strahlte, während Walter und Beth im Publikum saßen. Auch wenn dieses Gefühl nur eine Sekunde lang anhielt, war ich sehr kurz verdammt neidisch auf ihn.

Kapitel 16

Jeanette Thomas lebte alleine in einem Viertel in Winston-Salem, North Carolina, aus dem immer mehr Menschen wegzogen, in demselben Haus im Ranchstil, in dem ihre Söhne aufgewachsen waren und in dem ihr Mann gestorben war. Als ich noch ein Kind war, hatte hier reges Treiben geherrscht, aber jetzt fuhr ich mit meinem roten Jeep CJ-7 langsam über die Race Street und staunte darüber, wie sehr sich die Gegend verändert hatte. Verrostete Maschendrahtzäune umgaben die Gärten, und einige der Häuser sahen verlassen aus. Fast kam es mir so vor, als würde auf jeder zweiten Veranda ein Rentner im Schaukelstuhl sitzen und den Wagen zuwinken, die hin und wieder vorbeifuhren. Dieses Viertel schien die letzte Zone der Unabhängigkeit für viele seiner Einwohner zu sein, die nur noch wenige Jahre vom Umzug ins Pflegeheim entfernt waren.

Als ich zum Haus meiner Mutter kam, musste ich daran denken, wie es hier früher ausgesehen hatte. Während meiner Kindheit hatten immer Kinder auf den Straßen gespielt, und ich sah sie jetzt vor mir, wie sie Fahrrad fuhren oder in klapprigen, aus Sperrholz zusammengezimmerten Seifenkisten über die Straße rollten, lachend, sich streitend und dem Eiswagen hinterherjagend, der an heißen Sommernachmittagen seine Runde drehte. Es war ein Wunderland aus schattigen grünen Bäumen gewesen, in dem die jugendliche Energie in der Luft hing, und Orson und ich hatten uns hier pudelwohl gefühlt. Wir waren auf Bäume geklettert, hatten die kühle Finsternis der Kanalisationsrohre erkundet und den verbotenen Wald erforscht, der an den Nordrand der Siedlung grenzte. Wir hatten geheime Klubs gegründet, wacklige Baumhäuser gebaut und die erste Zigarette hier in einer Winternacht auf einem verlassenen Baseballplatz geraucht. Da ich meine gesamte Kindheit hier gewohnt hatte, waren die Erinnerungen zahlreich vorhanden und überlagerten einander. Sie kehrten jedes Mal zurück, wenn ich hierherkam, und jetzt, wo dieses Viertel mehr und mehr zu einer Geisterstadt wurde, kam mir meine Kindheit immer spektakulärer vor. Im Gegensatz zu dem allgegenwärtigen trostlosen Verfall wirkten meine Erinnerungen farbenprächtig und großartig.

Meine Mutter parkte ihren Wagen immer unten auf der Auffahrt, damit sie nicht versehentlich beim Rausfahren den Briefkasten umwerfen konnte. Als ich ihren Wagen sah, der ein kleines Stück auf die Straße ragte, musste ich grinsen und parkte vor ihrem Haus am Straßenrand. Ich schaltete den Motor aus und hörte auf einmal das nervige Jaulen eines Laubbläsers. Ich stieg aus und knallte die Tür zu.

Auf der anderen Straßenseite saß ein Mann auf der Veranda, rauchte Pfeife und beobachtete einige Teenager, die die Blätter auf seinem Rasen zu einem braunen Haufen zusammenpusteten. Er winkte mir zu, und ich winkte zurück. *Mr Harrison. Wir waren zwölf, als wir herausfanden, dass Sie den »Playboy« abonniert hatten. Drei Monate nacheinander haben wir Ihnen die Zeitschrift geklaut. Wir sahen jeden Tag auf dem Heimweg von der Schule in Ihrem Briefkasten nach, ob das Heft schon da war. Im vierten Monat haben Sie uns erwischt. Sie haben die ganze Woche lang hinter dem Vorhang gelauert und darauf gewartet, die Diebe endlich zu erwischen. Sie kamen aus dem Haus gerannt und wollten uns schon zu unserer Mutter zerren, bis Ihnen auf einmal einfiel, dass sie dann wissen würde, was Sie für ein lüsterner alter Bock sind. »Tja, drei habt ihr ja schon!«, haben Sie gebrüllt und dann geflüstert: »Ich lege die Hefte für euch auf die hintere Veranda, wenn ich sie durchgelesen habe. Was haltet ihr davon? Lasst sie mich wenigstens vorher lesen, wenn ich sie schon bezahle.« Damit waren wir natürlich einverstanden.*

»Hey!«, rief ein Mann aus einem grauen Honda, der mitten auf der Straße stehen geblieben war. Ich ging zu dem Wagen hinüber.

»Kann ich Ihnen helfen?«, erkundigte ich mich. Der Mann musste etwa sechs- oder siebenundzwanzig sein. Er hatte schwarzes Haar, und sein schmales Gesicht war babyglatt und weiß. Der Innenraum seines Wagens roch, als wäre er gerade mit Windex gereinigt worden. Seine Augen gefielen mir nicht.

»Sind Sie Andrew Thomas?«, wollte er wissen.

Jetzt wurde es interessant.

Seit der Veröffentlichung meines ersten Romans zählte ich mit, und dies war, Konferenzen, Buchmessen und andere öffentliche Auftritte einmal ausgenommen, das dreiunddreißigste Mal, dass man mich erkannte.

Ich nickte.

»Ist ja nicht zu fassen! Ich lese gerade Ihr Buch. Ähm, ›Der Verbrenner‹ ... Nein, Mist, ich komme nicht drauf ...«

»›The Scorcher‹.«

»Genau. Es ist großartig. Ich habe es sogar dabei. Könnten Sie vielleicht ...«

»Soll ich es für Sie signieren?«

»Würden Sie das tun?«

»Aber gern.« Er griff nach hinten, holte mein neuestes Hardcover hervor und reichte es mir. Wahrscheinlich sah ich so aus, als hätte ich immer einen Stift in der Tasche. Manchmal war die Begegnung mit Fans auch enttäuschend. »Haben Sie einen Stift dabei?«, fragte ich.

»Verdammt, ich ... Nein, warten Sie.« Er öffnete das Handschuhfach und holte einen kurzen, stumpfen Bleistift heraus. Offenbar war er vor Kurzem Minigolf spielen gewesen. Als ich den Stift entgegennahm, musterte ich kurz den Umschlag, aus dem ein böse grinsendes Gesicht inmitten von Flammen zu sehen war. Ich hatte dieses Cover nie sonderlich gemocht, aber die Meinung des Autors war in dieser Hinsicht unwichtig gewesen.

»Soll ich es einfach nur unterschreiben?«

»Könnten Sie ... eine Widmung für meine Freundin rein-schreiben?«

»Natürlich.« *Verrätst du mir auch ihren Namen oder muss ich erst danach fragen?* Ich musste fragen. »Wie heißt sie denn?«

»Jenna.«

»Wie man es spricht?«

»Ja.« Ich legte das Buch auf das Wagendach und schrieb ih-ren Namen und eine der drei Widmungen hinein, die ich immer nahm: »Für Jenna. Auf dass deine Hände zittern und dein Herz schneller schlägt. Andrew Z. Thomas.« Ich klappte das Buch zu und gab es ihm zurück. »Da wird sie sich aber freuen«, sagte er und legte den Gang ein. »Vielen Dank.« Ich schüttelte seine kalte, dünne Hand und machte einen Schritt nach hinten.

Nachdem er weggefahren war, ging ich über den ungemähten Rasen meiner Mutter zur Haustür. Ein kühler Wind wehte durch die Bäume und kitzelte mich am Rücken. Der Morgenhimmel war bedeckt und voller dicker Wolken, die in den kommenden Mona-ten für sehr viel Schnee sorgen würden. In der Mitte des Rasens stand eine Silbereiche, deren orangefarbene Blätter sich drastisch vom grauen Oktoberhimmel abhoben.

Je näher ich dem Haus kam, desto mehr stach dessen trostlose Erscheinung ins Auge. Die Regenrinnen lösten sich langsam und waren voller Blätter, und die Seitenverschalung war nicht mehr richtig fest und beulte sich an einigen Stellen aus. Selbst der Garten war zu einem Dschungel geworden, und ich vermutete, dass Mom den Gärtnerdienst, den ich für sie organisiert hatte, nicht mehr in Anspruch nahm. Sie weigerte sich hartnäckig, sich in irgendeiner Weise finanziell helfen zu lassen. Ich hatte versucht, ihr ein neues Haus zu kaufen, nachdem ich die Filmrechte zu »Der Killer und seine Waffe« verkauft hatte, aber sie wollte es nicht. Sie ließ auch nicht zu, dass sie ihre Rechnungen bezahlte, ihr einen neuen Wa-gen kaufte oder ihr eine Kreuzfahrt spendierte. Ich war mir nicht sicher, ob sie es aus Stolz tat oder ob ihr einfach nicht klar war, wie viel Geld ich verdiente, aber es ärgerte mich ungemein. Sie bestand weiterhin darauf, von der Sozialhilfe, ihrer Lehrerinnenrente und der winzigen Lebensversicherung meines Dads, von der fast nichts mehr da war, über die Runden zu kommen.

Ich betrat die Veranda und klingelte. Bob Barkers Stimme von »Der Preis ist heiß« drang durch ein gekipptes Fenster. Dann hörte ich, wie meine Mutter einen Stuhl vor die Tür zog, damit sie durchs Guckloch sehen konnte.

»Ich bin's, Mom«, sagte ich durch die Tür.

»Andrew, bist du das?«

»Ja, Ma'am.« Drei Riegel wurden zur Seite geschoben, und die Tür ging auf.

»Liebling!« Sie strahlte, als wäre die Sonne aufgegangen. »Komm doch rein«, sagte sie lächelnd. »Und nimm deine Mom in den Arm.« Ich betrat das Haus, und wir umarmten uns. Sie war jetzt fünfundsechzig Jahre alt und schien bei jedem Besuch kleiner geworden zu sein. Ihr Haar wurde langsam weiß, aber sie trug es lang, wie sie es immer getan hatte, und band es zu einem Pferdeschwanz zusammen. Ein grünes Kleid mit weißen Blumen, das ihr inzwischen viel zu groß war, hing an ihrem schmalen Körper wie eine Tapete aus einer anderen Zeit.

»Du siehst gut aus«, erklärte sie und musterte meine Taille. »Wie ich sehe, bist du diesen Rettungsring wieder losgeworden.« Grinsend kniff sie mir in den Bauch. Sie schien eine Heidenangst davor zu haben, dass ich auf einmal dreihundert Kilo zunehmen könnte und dann in meinem Haus festsitzen würde. Es war die Hölle, in ihrer Nähe zu sein, wenn ich nur ein bisschen zugenommen hatte. »Ich habe dir doch gesagt, dass du das schnell wieder loswerden kannst. Das sieht wirklich nicht schön aus. Aber so etwas passiert, wenn man den ganzen Tag nur am Schreibtisch sitzt.«

»Der Garten sieht nicht gut aus, Mom«, erwiderte ich, ging ins Wohnzimmer und setzte mich aufs Sofa. Sie ging zum Fernseher und schaltete ihn leiser. »Kommt der Gärtnerdienst denn nicht mehr vorbei?«

»Den habe ich gefeuert«, erklärte sie und stellte sich mit in die Hüften gestemmten Händen vor den Fernseher. »Diese Leute haben viel zu viel Geld verlangt.«

»Du hast das doch gar nicht bezahlt.«

»Ich brauche deine Hilfe nicht«, erwiderte sie. »Und ich werde mich deswegen nicht mit dir streiten. Ich habe dir einen Scheck über die Summe ausgestellt, die du mir gegeben hast. Erinnere mich daran, dass ich ihn dir nachher gebe, bevor du gehst.«

»Ich werde ihn nicht annehmen.«

»Dann lasse ich ihn einfach liegen.«

»Aber der Garten sieht schlimm aus. Es sollte sich wirklich mal jemand …«

»Das Gras wird sowieso bald braun und stirbt ab. Da muss sich jetzt auch niemand mehr drum kümmern.«

Ich seufzte und lehnte mich auf dem staubigen, durchgesessenen Sofa zurück, während meine Mutter in der Küche verschwand. Das Haus roch nach Schimmel, altem Holz und angelaufenem Silberbesteck. Über dem gemauerten Kamin hing ein Familienfoto, das in dem Sommer entstanden war, in dem Orson und ich den Highschoolabschluss gemacht hatten. Es war sechzehn Jahre alt, und das sah man ihm auch an. Der Hintergrund lief rötlich an, und unsere Gesichter sahen eher rosa als fleischfarben aus.

Ich konnte mich nur noch schwach an diesen Tag erinnern. Orson und ich hatten uns darum gestritten, wer Dads braunen Anzug tragen durfte. Wir hatten uns beide derart darauf versteift, dass Mom schließlich eine Münze warf und ich gewann. Orson war so sauer gewesen, dass er sich nicht fotografieren lassen wollte, daher sind Mom und ich alleine ins Fotostudio gegangen. Ich trug den braunen Anzug meines Vaters und meine Mom ein lilafarbenes Kleid, das auf dem alten Foto inzwischen schwarz aussah. Es war irgendwie unheimlich, wie meine Mom und ich da vor dem nackten roten Hintergrund standen, wie eine halbe Familie. Sechzehn Jahre später hatte sich nichts verändert.

Sie kam mit einem Glas süßen Tee zurück aus der Küche.

»Hier, bitte sehr, Schatz«, sagte sie und reichte mir das kalte Glas. Ich trank einen Schluck und wurde wieder daran erinnert, dass sie den besten Tee zubereitete, den ich je getrunken hatte – nicht bitter, nicht zu schwach und von durchsichtiger Mahagonifarbe. Sie setzte sich in ihren Schaukelstuhl und legte sich eine Decke über ihre Beine, deren hervorstehende Venen unter fleischfarbenen Leggings versteckt waren.

»Warum bist du seit vier Monaten nicht hier gewesen?«, wollte sie wissen.

»Ich war beschäftigt, Mom«, antwortete ich und stellte den Tee auf den Glastisch, der vor dem Sofa stand. »Ich war auf Lesereise und hatte viel um die Ohren, daher war ich sehr lange nicht in North Carolina.«

»Es kränkt mich schon, dass mein Sohn in seinem ach so wichtigen Terminkalender keine Besuche bei seiner Mutter einplant.«

»Es tut mir leid«, gestand ich. »Ich hätte wirklich eher kommen sollen.«

»Du musst rücksichtsvoller sein.«

»Das wird nicht wieder vorkommen. Entschuldige.«

»Du musst dich nicht ständig entschuldigen«, fauchte sie. »Ich habe dir schon verziehen.« Dann drehte sie sich wieder zum Fernseher um. »Ich habe mir dein Buch gekauft.«

»Das hättest du nicht kaufen müssen, Mom. Ich habe dreißig Exemplare zu Hause und hätte dir eins mitbringen können.«

»Das wusste ich doch nicht.«

»Hast du es gelesen?«

Sie runzelte die Stirn, und damit hatte ich meine Antwort bereits. »Ich möchte deine Gefühle ja nicht verletzen, aber es ist genauso wie die anderen. Ich habe nicht einmal das erste Kapitel geschafft, sondern musste es vorher zur Seite legen. Du weißt, dass ich keine Obszönitäten mag. Und dieser Sizzle ist einfach furchtbar. Ich lese doch nichts über einen Mann, der andere Menschen in Brand steckt. Ich weiß wirklich nicht, wie du so etwas schreiben kannst. Die Leute werden noch denken, ich hätte dich misshandelt.«

»Mom, ich …«

»Ich weiß, dass du Romane schreibst, die sich verkaufen lassen, aber das heißt noch lange nicht, dass sie mir gefallen müssen. Mir wäre es lieber, wenn du zur Abwechslung mal was Nettes schreiben würdest.«

»Was denn? Was soll ich denn deiner Meinung nach schreiben?«

»Eine Liebesgeschichte, Andrew. Ein Buch mit einem Happy End. Du solltest doch wissen, dass Liebesgeschichten auch viel gelesen werden.«

Ich musste lachen und griff nach dem Teeglas. »Du findest also, ich sollte lieber Liebesgeschichten schreiben? Ich höre schon die Begeisterungsstürme meiner Fans.«

»Jetzt bist du aber gemein«, erwiderte sie, während ich an dem Tee nippte. »Du solltest dich schämen, dass du dich über deine eigene Mutter lustig machst.«

»Ich mache mich nicht über dich lustig, Mom. Ich finde, du bist saukomisch.«

Sie verzog das Gesicht und sah wieder zum Fernseher. Obwohl meine Mutter einen eisernen Willen besaß und leicht reizbar sein konnte, war sie unter ihrer rauen Schale äußerst empfindlich.

»Bist du schon an Dads Grab gewesen?«, fragte sie nach einem Moment.

»Nein. Ich wollte zusammen mit dir hingehen.«

»Heute Morgen standen frische Blumen neben dem Grabstein. Ein sehr schöner Strauß. Er sah frisch aus. Warst du wirklich nicht …«

»Mom, ich würde mich daran erinnern, wenn ich heute Morgen Blumen auf Dads Grab gestellt hätte.«

Ihr Kurzzeitgedächtnis ließ immer mehr zu wünschen übrig. Vermutlich hatte sie die Blumen gestern selbst dorthin gebracht.

»Ich war heute Morgen erst da«, meinte sie, »bevor es sich zugezogen hat. Ich habe eine Stunde an seinem Grab gesessen und mit ihm geredet. Er hat da ein schönes Fleckchen unter der Magnolie.«

»Ja, das stimmt.«

Ich starrte den olivfarbenen Teppich unter meinen Füßen an, den schiefen Esstisch neben der Küche und die erste Tür auf dem Flur, durch die man in den Keller gelangte, und erinnerte mich daran, wie wir vier hier in diesem jetzt toten Raum, diesem alten Haus gewohnt hatten – und ich spürte meinen Vater und Orson ebenso wie meine Mutter, als würden sie in Fleisch und Blut vor mir sitzen. Seltsamerweise war es der Geruch von angebranntem Toast, der mich am meisten bewegte. Meine Mutter mochte geröstetes Brot, und obwohl ihr Frühstück schon einige Stunden her war, bewirkte dieser Duft, dass dieses Haus für drei Sekunden wieder mein Zuhause und ich wieder ihr kleiner Junge war.

»Mom«, sagte ich. Beinahe hätte ich Orsons Namen ausgesprochen. Er lag mir schon auf der Zungenspitze. Ich wollte, dass sie mich daran erinnerte, wie wir sorgenfreie Kinder gewesen waren, die miteinander gespielt hatten.

Sie wandte den Blick vom stumm geschalteten Fernseher ab.

Aber ich fragte sie nicht danach. Sie hatte ihn aus ihren Gedanken verbannt. Wann immer ich in den letzten Jahren den Fehler begangen hatte, ihn zu erwähnen, hatte sie sich sofort zurückgezogen. Es schmerzte sie noch immer, dass er gegangen war, dass Orson vor dreizehn Jahren den Kontakt zu unserer Familie abgebrochen hatte. Anfangs hatte sie den Schmerz bewältigt, indem sie leugnete, dass er ihr Sohn gewesen war, und jetzt, Jahre später, war er für sie nie geboren worden.

»Ach, vergiss es«, meinte ich, und sie wandte sich wieder ihrer Gameshow zu. Ich beschwor eine eigene Erinnerung herauf. *Orson und ich sind elf und alleine im Wald. Es ist Sommer, und die Bäume sind voller Blätter. Wir finden ein zerschlissenes altes Zelt, das feucht und schimmlig ist, aber wir lieben es. Wir räumen die Zweige und Blätter aus dem Inneren und verwandeln es in unsere geheime Festung, in der wir jeden Tag spielen, selbst wenn es regnet. Da wir keinem der Nachbarkinder davon erzählt haben, gehört es uns allein, und wir schleichen uns mehrmals nachts mit Taschenlampen und Schlafsäcken aus dem Haus und jagen bis zum Morgen Glühwürmchen. Dann laufen wir nach Hause und gehen schnell ins Bett, bevor unsere Eltern aufwachen. Sie erwischen uns nie, und als der Sommer zu Ende geht, haben wir ein ganzes Marmeladenglas voller Gefangener, ein Luziferin-Nachtlicht, das auf der Spielzeugkiste zwischen unseren Betten steht.*

Mom und ich saßen da und sahen uns bis zum Mittag die Show an. Ich behielt die Erinnerung für mich.

»Andrew«, sagte sie, als die Sendung zu Ende war, »ist es noch kalt draußen?«

»Es ist kühl«, antwortete ich, »und recht windig.«

»Wollen wir einen Spaziergang machen? Die Blätter sehen um diese Zeit so schön aus.«

»Gerne.«

Als sie in ihr Schlafzimmer ging, um ihren Mantel zu holen, stand ich auf und schlenderte durch das Esszimmer zur Hintertür. Ich öffnete sie und betrat die hintere Veranda, deren grüne Farbe abblätterte.

Mein Blick strich über den überwucherten Garten und die umgestürzte Schaukel, die wir zusammen mit unserem Vater gebaut hatten. Er wäre nicht stolz darauf, wie ich mich um seine Frau kümmerte. *Aber sie ist nun mal sehr dickköpfig, und das weißt du auch. Du weißt es besser als jeder andere.* Ich lehnte mich ans Geländer und sah zum dreißig Meter entfernten Waldrand hinüber, wo die Bäume abrupt begannen, sobald das Gras endete.

Etwas in mir zuckte. Es war, als würde ich die Welt als Negativ eines Fotos sehen, in Schwarz- und Grautönen. Zwei Jungen liefen durch den Wald auf etwas zu, das ich nicht erkennen konnte. Auf einmal hatte ich ein flüchtiges Bild vor Augen: eine glühende Zigarette in einem Tunnel. Da war jemand im Wald, in meinem Kopf, und ich war verblüfft.

Mich ließ das Gefühl nicht mehr los, dass ich etwas vergessen hatte.

Kapitel 17

Ich verließ das Haus meiner Mutter vor Sonnenuntergang, und auf dem fünfundsechzig Kilometer langen Weg zwischen Winston-Salem und meinem Haus in der Nähe von Davidson dachte ich an Karen. Normalerweise verbannte ich sie aus meinen Gedanken, sobald die Erinnerung an sie in mir aufstieg, aber an diesem Abend ließ ich es zu, und während sich die vertrauten Straßen durch die Wälder und Wiesen schlängelten, stellte ich mir vor, sie würde neben mir sitzen.

Wir fahren nach Hause, und zwischen uns herrscht dieses angenehme Schweigen, und nach einer Stunde betreten wir zusammen mein Haus. Du wirfst deinen Mantel auf die Klavierbank, und als ich in die Küche gehen will, um eine Flasche Wein zu holen, sehe ich dir in die Augen und mir wird klar, dass Wein das Letzte ist, woran du gerade denkst. Also verzichten wir auf Musik, Kerzen oder darauf, uns frisch zu machen, sondern gehen direkt ins Schlafzimmer und lieben uns, schlafen ein, wachen auf, tun es noch einmal und schlafen wieder ein. Ich wache in der Nacht noch einmal auf und höre dich neben mir atmen, und dann muss ich lächeln, als ich daran denke, wie wir am nächsten Morgen zusammen Frühstück machen. Du bist mir morgens die liebste Gesellschaft, wenn wir im Bademantel Kaffee trinken und der See in der Morgensonne glänzt ...

Ich sprach laut mit dem leeren Sitz, während Davidson noch zwanzig Kilometer weit entfernt war.

Das Letzte, was ich von Karen gehört hatte, war, dass sie ein kleines Haus in Boston kaufen wollte und mit einem Patentanwalt zusammenlebte. Sie wollten Weihnachten auf den Bermudas heiraten. Versuch's mal damit, Andy: Gegen 20.30 Uhr schließt du die Haustür auf, gehst hinein und direkt nach oben ins Bett. Allein. Du wirst nicht mal mehr Lust auf einen Drink haben.

Ich wachte durch einen ohrenbetäubenden Schrei auf, der aus der Stereoanlage unten im Wohnzimmer kam. Aus den Lautsprechern dröhnte Miles Davis in voller Lautstärke durch das Haus. Es war zwei Uhr früh. Ich lag reglos unter der Decke im Bett und dachte: »Da ist jemand im Haus. Wenn du das Licht einschaltest, wird er wissen, dass du wach bist, und dich umbringen. Bitte, Gott, lass das eine Stromschwankung sein oder irgendein Fehler in der Elektronik.« Aber ich besaß gar keine Scheibe von Miles Davis.

Als die Musik die Fensterscheiben klirren ließ, streckte ich die linke Hand aus und zog die Nachttischschublade auf, während ich jeden Moment darauf wartete, vom Licht geblendet zu werden und kurz darauf unerträgliche Schmerzen zu spüren. Meine Hand ertastete meine neue Pistole, eine kompakte Glock Kaliber 40. Ich konnte mich nicht erinnern, ob sie geladen war, daher öffnete ich unter der Bettdecke die Trommel und spürte, dass eine Patrone drinsteckte.

Zwei Minuten lang lag ich im Bett, während sich meine Augen auf die Lichtverhältnisse einstellten. Dann öffnete ich sie nur halb, damit er das Weiße in meinen Augen nicht sehen konnte, und sah mich um. Auf den ersten Blick schien niemand im Zimmer zu sein. Es sei denn, er war im Kleiderschrank. Ich rollte mich auf die andere Seite des Bettes und griff zum Telefon, um die Polizei anzurufen, aber aus dem Hörer kam ebenfalls Miles Davis. Großer Gott.

Ich stellte die Füße auf den Teppich und schlich zur Tür, während ich dachte: »Geh nicht da runter. Orson könnte überall im Haus sein. Ich weiß, dass er es ist. Bitte lass es ein Traum sein.«

Der offene Flur im ersten Stock erstreckte sich über die gesamte Länge des Wohnzimmers, und mein Schlafzimmer lag am anderen Ende. Ich blieb an der Tür stehen und sah in den leeren

Flur hinaus. Es war zu dunkel, um unten im Wohnzimmer etwas zu erkennen. Aber ich sah die roten und grünen Lämpchen an der Stereoanlage neben der Treppe leuchten. Durch die hohen Wohnzimmerfenster konnte ich den Wald und den See und sogar die blaue Lampe am Ende von Walters Pier erkennen. *Vielleicht werde ich heute Nacht sterben.*

Mein Finger lag auf dem Lichtschalter, aber ich konnte mich nicht entscheiden, ob ich das Licht anschalten sollte. Vielleicht wusste er noch nicht, dass ich aufgestanden war, und ich machte ihn damit erst darauf aufmerksam.

Auf der rechten Seite des Flurs waren drei offene Türen, die in schwarze Zimmer führten, und auf der linken lag das Geländer aus Eichenholz. Mein Herz hämmerte wie ein Schmiedehammer. *Geh zur Treppe.* Ich lief durch die Halle, und die Musik übertönte meine Schritte. Als ich die Treppe erreichte, hockte ich mich hin und starrte durch das Geländer auf das große Wohnzimmer herab, während mir der kalte Schweiß in den Augen brannte. Die Couch, das kleine Klavier, die Bar und der Kamin waren als unklare, verschwommene Formen im Schatten zu erkennen. Dann waren da die Stellen, die ich nicht sehen konnte: die Küche, die Diele, mein Arbeitszimmer. Er konnte überall sein. Während ich nur mit Mühe ein hysterisches Zittern zurückhalten konnte, das so heftig war, dass ich lieber den Finger vom Abzug nahm, dachte ich: »Das macht er nur, damit ich Angst habe. Das geilt ihn auf.«

Meine Furcht verwandelte sich in Wut. Ich stand auf, rannte die Treppe herunter und stürzte ins Wohnzimmer.

»Orson!«, schrie ich über die Musik hinweg. »Sehe ich aus, als ob ich Angst habe? Komm schon raus!«

Ich ging zur Stereoanlage und schaltete sie aus. Die darauffolgende Stille schien mich zu erdrücken, daher schaltete ich die Lampe neben der Anlage ein, und das sanfte, weiche Licht wirkte sehr beruhigend. Ich lauschte und sah mich um, aber ich hörte und sah nichts, also holte ich fünfmal tief Luft und lehnte mich an die Wand, um meine wiederauflebende Angst in den Griff zu bekommen. *Geh durch die Küche und auf die Veranda. Mach, dass du hier rauskommst. Vielleicht verarscht er dich ja nur. Möglicherweise ist er längst weg.*

Als ich zur Hintertür gehen wollte, stach mir etwas ins Auge, das in dem Alkoven zwischen Küche und Wohnzimmer stand, und ich erstarrte. Eine nicht beschriftete Videokassette lag auf dem Glastisch. Ich hob sie hoch, schaute über die Schulter zum Flur über mir und sah dann in die Diele. Noch immer war nirgendwo eine Bewegung zu sehen. Am liebsten hätte ich mein Arbeitszimmer und die drei Gästezimmer oben durchsucht, aber mir fehlte die Ruhe, um mein Haus auf den Kopf zu stellen, da ich davon ausging, dass er in irgendeiner Ecke oder einem Winkel lauerte und nur darauf wartete, dass ich blind an ihm vorbeilief.

Ich kehrte zur Stereoanlage zurück, neben der auch der Videorekorder stand, schob die Videokassette hinein, schaltete den Fernseher an und setzte mich so auf das Sofa, dass ich den Bildschirm, aber auch den größten Teil des Wohnzimmers im Blick hatte.

Der Bildschirm ist blau, dann schwarz. In der rechten unteren Ecke der Zeitstempel: 30.10.96. 11.08 Uhr. Das ist heute. Nein, gestern.

Ich höre eine Stimme, dann eine zweite, aber sie sind so leise und gedämpft, dass ich den Fernseher lauter stellen muss.

»Soll ich es für Sie signieren?« … »Würden Sie das tun?« … »Aber gern.« … »Haben Sie einen Stift dabei?« … »Verdammt, ich … Nein, warten Sie.« … »Soll ich es einfach nur unterschreiben?« … »Könnten Sie … eine Widmung für meine Freundin reinschreiben?« … »Natürlich.« … »Wie heißt sie denn?« … »Jenna.« … »Wie man es spricht?« … »Ja.« … »Da wird sie sich aber freuen. Vielen Dank.«

Der Bildschirm war noch immer dunkel, und der Klang eines wegfahrenden Wagens kam aus dem Lautsprecher, dann das erste Bild: Durch die Heckscheibe eines fahrenden Wagens sieht man, wie ich in über hundert Metern Entfernung die Treppe zum Haus meiner Mutter hinaufgehe. Dann wird der Bildschirm wieder schwarz, und es ist nichts mehr zu hören.

Noch immer 30.10.96, jetzt 11.55 Uhr. Das Bild wird langsam schärfer, und die Kamera fährt durch einen dunklen Raum. Oh Gott. Wände und Boden aus Beton. Die Gegenstände sind jedoch verräterisch: zwei rote Fahrräder, ein ruiniertes Trampolin, ein künstlicher weißer Weihnachtsbaum, bergeweise Pappschachteln und mehrere Schallplattenstapel. Das ist der kleine, fensterlose Keller im Haus meiner Mutter.

Der Kameramann filmt die vierzehn Treppenstufen, die nach oben führen, und als er nach oben geht, kippt das Bild auf einmal, dass mir beinahe schlecht wird. Die Kellertür geht quietschend einen Spaltbreit auf, und die Kamera zoomt auf mein Gesicht, als ich auf dem Sofa meiner Mutter sitze und auf den stumm geschalteten Fernseher starre. »So ein braver Sohn, dass er sie besucht«, flüstert er. Dann schließt der Kameramann die Tür und schleicht wieder die Treppe nach unten.

Nachdem er die Kamera auf die Schallplatten unseres Vaters gestellt hat, hockt sich Orson davor, sodass die Treppe hinter ihm ist, und das Bild wird dunkel.

Die nächste Einstellung ist aus demselben Blickwinkel. 30.10.96. 19.25 Uhr. Orson beugt sich vor die Linse und flüstert: »Du bist gerade gegangen, Andy.« Er lächelt. Er trägt einen Mechanikeroverall, aber ich kann in dem schwachen Licht nicht erkennen, welche Farbe er hat. »Du musst dir keine Sorgen machen, Andy«, flüstert er. »Ich werde dir nur kurze Zeit folgen. Wenn du das hier um zwei Uhr früh in deinem Wohnzimmer siehst, werde ich schon mehrere Hundert Kilometer weit weg sein und in die Hauptstadt dieses wundervollen Landes fahren. Und wenn ich da fertig bin, verschwinde ich wieder für lange Zeit in der gesichtslosen Menge.« Orson niest zweimal.

»Weil du den Mund nicht halten konntest, denke ich darüber nach, einen Freund zu Walter und seiner wunderbaren Familie zu schicken. Würde dich das ärgern? Ich glaube, du hast Luther schon kennengelernt.« Er grinst. »Er ist ein Fan von dir.« Orson zieht einen langen Draht aus der Tasche. »In einer Minute wird dir aufgehen, dass du all das auf Band hast. Tja, du hattest es auf Band. Vergiss das nicht. Sollen wir?« Orson hebt die Kamera hoch und flüstert weiter, als er die Treppe nach oben geht. »Der Zorn, den du gleich spürst, wird dich befreien, Andy. Sieh es doch mal so. Ach ja, noch was: Du solltest morgen früh die Nachrichten gucken.«

Er öffnet die Kellertür. Irgendwo im Haus singt meine Mutter. Orson knallt die Tür zu, öffnet sie und schlägt sie noch einmal zu, bevor er die Treppe wieder runterrennt. Er stellt die Kamera auf den Schallplattenstapel und verschwindet aus dem Bild ins Halbdunkel irgendwo zwischen den unzähligen Pappkartons. Ich kann jetzt nur noch die Treppe und einen Teil der nackten Betonwand sehen.

Stille. Oben wird die Kellertür geöffnet.

»Bist du noch mal reingekommen, Andrew?« Die Stimme meiner Mutter dringt in den Keller, und ich fange an zu zittern. Mein Kopf schwankt immer wieder vor und zurück. Sie geht fünf Stufen nach unten und bleibt dann stehen. Ich kann ihre Beine sehen. »Nein«, murmelte ich leise, als könnte ich sie so dazu bewegen, wieder nach oben zu gehen.

»Andrew?«, ruft sie noch einmal. Keine Antwort. Nach drei weiteren Stufen beugt sie sich nach unten und sieht in den Keller. Einige Sekunden lang streift ihr Blick über das Gerümpel, dann streckt sie sich und geht zögernd wieder nach oben. Aber ihre Schritte verharren, bevor sie an der Tür ankommt, und dann geht sie wieder dorthin, wo sie eben schon einmal stand, und sieht direkt in die Kamera. Verwirrung zeichnet sich auf ihrem Gesicht ab, aber noch keine Furcht.

Vorsichtig geht meine Mutter ganz nach unten und bleibt vor der Kamera stehen. Sie trägt noch immer ihr grünes Kleid, aber ihr weißes Haar hängt locker herunter. Neugierig sieht sie in die Linse, dann zeichnet sich die Falte zwischen ihren Augenbrauen ab.

»Hi Mom!«, schreit Orson. Sie sieht hinter die Kamera. Die Angst in ihrem Gesicht bringt mich beinahe um, und als sie kreischt und zur Treppe rennt, fällt die Kamera zu Boden.

Nachdem der Bildschirm wieder blau geworden war, saß ich fünf Sekunden lang völlig schockiert da. Er hat unsere Mutter nicht getötet. Er hat … Ich roch Windex. Ein hartes metallisches Objekt donnerte gegen meinen Hinterkopf.

Ich lag auf dem Rücken neben der Couch und starrte durch die Fenster. Der Morgen würde in wenigen Stunden anbrechen, und die purpurblaue Morgendämmerung begann bereits, die Dunkelheit vom Himmel zu vertreiben. Als ich taumelnd aufstand, pochte die schmerzhafte Stelle an meinem Hinterkopf gnadenlos.

Der Fernseher lief noch. Ich kniete mich hin und wollte die Videokassette auswerfen, aber das Band war bereits entfernt worden.

Nachdem ich das Telefon in der Küche wieder aufgelegt hatte, ging ich die Treppe hinauf und in mein Schlafzimmer. Ich legte die Glock wieder in die Schublade, legte mich aufs Bett und wartete darauf, dass mich die Verzweiflung übermannte. Ich schloss die Augen und versuchte zu weinen, aber der Schmerz war zu intensiv und zu surreal. War das vielleicht nur ein neuer Albtraum? Vielleicht war ich im Schlaf aufgestanden und hatte mir den Kopf gestoßen. Möglicherweise hatte ich diesen ganzen Mist nur geträumt. Das wäre doch möglich. *Halt dich daran fest. Sie schläft. Ich könnte sie jetzt anrufen und aufwecken. Sie würde ans Telefon gehen und mich ausschimpfen, weil ich sie um diese Uhrzeit anrufe. Aber sie würde ans Telefon gehen, und das ist alles, was zählt.*

In der Dunkelheit griff ich nach dem Hörer und wählte die Nummer meiner Mutter.

Es klingelte und klingelte.

TEIL III

Kapitel 18

An einem kalten, klaren Halloweenmorgen sah die Welt nach Washington, D. C., als die Polizei, das FBI, der Secret Service und eine Vielzahl von Medienvertretern ums Weiße Haus wimmelten. Alles hatte vor dem Morgengrauen angefangen.

Um 4.30 Uhr hatte eine Joggerin auf der East Street einen Haufen Pappkartons gesehen, die auf dem mit Raureif bedeckten Gras des Ellipse-Parks in der Nähe des nationalen Weihnachtsbaums gestapelt waren. Als sie wieder zu Hause war, hatte sie die Polizei angerufen.

Als die Beamten dort ankamen, war der Secret Service bereits vor Ort, und es wurde der Verdacht ausgesprochen, dass die Kartons Sprengstoff enthalten könnten. Daher wurde der Präsident an einen sicheren Ort ausgeflogen, der Stab des Weißen Hauses evakuiert und die East Street vierhundert Meter vom Weißen Haus entfernt abgesperrt.

In Washington sprechen sich schlechte Nachrichten schnell rum. Um 8.00 Uhr kampierten die lokalen und überregionalen Nachrichtensender entlang des Perimeters, den die Polizei zweihundert Meter von den Schachteln entfernt gezogen hatten. Die Story kam auf jedem Nachrichtensender des Landes, und als um 9.00 Uhr das Bombenkommando eintraf und ein Roboter auf den unheilvollen Kartonstapel zurollte, sah die ganze Welt zu.

Zwei Stunden lang zoomten die Kameras auf Techniker in Schutzanzügen, die jeden einzelnen Karton mithilfe des Roboters und einer Röntgeneinheit untersuchten. Sobald ein Karton freigegeben wurde, verfrachtete man ihn in einen gepanzerten Wagen.

Dort drin wurden sie geöffnet, aber die Kameras waren zu weit entfernt, als dass man erkennen konnte, ob sich etwas darin befand, und wenn ja, was. Auf dem Rasen standen wenigstens ein Dutzend Kartons, und das Bombenräumkommando behandelte jeden so, als würde sich darin eine Atombombe befinden. Aufgrund dieser Präzision dauerte das Ganze sehr lange, erst um kurz nach elf war der letzte Karton untersucht worden und der Panzerwagen fuhr davon.

Die Spekulationen begannen. Was hatte sich in den Kartons befunden, wenn es keine Bombe war? War das alles nur ein Scherz? Ein versuchtes Attentat auf den Präsidenten? Gerüchte und unbestätigte Berichte wurden verbreitet, bis das FBI um 13.30 Uhr eine Pressekonferenz abhielt, als die East Street wieder freigegeben wurde.

Special Agent Harold Trent wandte sich an die Reportermenge und sprach in ein Dutzend Mikrofone, während die Rückseite des Weißen Hauses vor dem Oktoberhimmel hinter ihm zu sehen war. Zwölf Kartons, die meisten mit einem Volumen zwischen dreißig und fünfundachtzig Litern, waren vom FBI beschlagnahmt worden. Es wurde kein Sprengstoff gefunden. Stattdessen lag in jedem Karton ein Herz, das offenbar von einem Menschen stammte, und ein Zettel mit dem dazugehörigen Namen.

Die Reporter bombardierten den Mann mit Fragen: Waren das Namen von vermissten Personen? Würde man die Namen veröffentlichen? Gab es schon Verdächtige? Warum hatte man die Kartons in der Nähe des Weißen Hauses hingestellt? Agent Trent weigerte sich, irgendwelche Spekulationen von sich zu geben. Die Ermittlungen hatten begonnen, und eine Spezialeinheit des FBI würde in Zusammenarbeit mit der Bundes- und städtischen Polizei nicht ruhen, bis der oder die Verantwortlichen in Gewahrsam genommen wurden.

Agent Trent holte tief Luft, und man konnte ihm die Erschöpfung deutlich ansehen. Er sah in die Kameras und sagte die Worte, die in den kommenden Tagen immer wieder zu hören sein würde.

»Vor uns liegt noch viel Arbeit«, sagte er. »Es wird einige Zeit dauern, bis wir bestätigt haben, dass dies tatsächlich die Herzen vermisster Personen oder bekannter Mordopfer sind. Ich bete, dass das nicht der Fall ist, aber dies scheint das Werk eines Serienmörders zu sein. Und wenn dem so ist, dann wird er weitermorden, bis wir ihn gefasst haben.« Dann drehte sich der stämmige farbige Agent um und ging von den Mikrofonen weg, während ihm die Reporter weiterhin Fragen hinterherriefen, die er ignorierte.

Die Nation war gefesselt, und die Medien heizten die Besessenheit noch weiter an. Wilde Theorien wurden verbreitet, während das Land mit seiner Furcht kokettierte. Noch bevor das FBI bestätigt hatte, dass die Herzen tatsächlich von Mordopfern stammten, hatten die Medien bereits ein Monster geschaffen und in die Welt gesetzt.

Zur Verärgerung der Ärzte nannten sie es den »Herzchirurgen«, und dieser Name blieb von diesem Tag an hängen. Niemand konnte das Wort aussprechen, ohne an FBI-Agenten und das Bombenkommando von Washington, D. C., zu denken, die Kartons mit dem Werk eines Verrückten in einen Panzerwagen luden.

Es fühlte sich seltsam an, der Einzige zu sein, der die Wahrheit kannte.

Kapitel 19

Nebel wehte mir ins Gesicht, als mein Boot in die Mitte des Sees fuhr. Ich konnte nichts als das gurgelnde Knattern des Außenbordmotors hören, der am Heck meines lecken Ruderboots befestigt war. Der Abendhimmel sah nach Regen aus, als ich über das bleifarbene Wasser glitt und nach Walters Boot Ausschau hielt.

Achthundert Meter von meinem Pier entfernt schaltete ich den Motor aus. Die Kälte und die Stille drangen auf mich ein, und ich fragte mich, ob ich es noch nach Hause schaffen würde, bevor es anfing zu regnen. Obwohl ich nur ungern auf den See rausfuhr, konnte ich nicht mehr in meinem Haus mit Walter sprechen, ohne Angst davor zu haben, dass uns Orson belauschte.

Ich hörte Walters Boot, bevor ich es sehen konnte. Meine Nerven spielten verrückt, und ich bereute es, nichts getrunken zu haben, damit ich das herausbringen konnte, was ich zu sagen hatte. Walter lenkte sein ebenso altersschwaches Boot neben meins, warf mir ein Seil rüber und ich band die Boote aneinander.

»Was ist los?«, fragte er, nachdem er den Motor ausgeschaltet hatte.

»Hast du die Nachrichten gesehen?«

»Ja.«

Er holte eine Schachtel Marlboro Lights aus der Tasche seines braunen Regenmantels und steckte sich eine Zigarette in den Mund. Ich zog ein Benzinfeuerzeug aus meinem blauen Regenmantel und warf es ihm zu. »Danke«, sagte er, stieß den Rauch aus und reichte mir das Feuerzeug zurück. »Die Medien drehen förmlich durch«, meinte er. »Das sieht man an den ambitionierten Gesichtern der Reporter. Ich wette, denen ist einer abgegangen, als sie den Tipp gekriegt haben.«

»Glaubst du wirklich, die hätten einen Tipp gekriegt?«

»Derjenige, der die Kartons da abgestellt hat, wusste genau, was er tat. Vermutlich hat er ein Dutzend Zeitungen und Fernsehsender angerufen, als die Dinger da standen, und ihnen gesagt, er hätte eine Bombe hinter dem Weißen Haus deponiert. Dann rief diese Joggerin die Polizei an und bestätigte die Geschichte, und bumm … ein Medienspektakel.« Walter zog an seiner Zigarette, und beim Sprechen kräuselte sich der Rauch aus seinem Mund. »Ja, die einzige Person, die noch glücklicher über diese Herzen ist, das ist das kranke Schwein, das sie da deponiert hat. Vermutlich sitzt der Kerl jetzt vor dem Fernseher, holt sich einen runter und sieht mit an, wie die Nation abgeht wegen seiner …«

»Es ist Orson«, unterbrach ich ihn. Walter hatte den Mund voller Rauch und versuchte, unbeeindruckt auszusehen.

»Woher weißt du das?«, fragte er und musste beim Ausatmen husten.

»Er behält die Herzen. In seiner Hütte in Wyoming hatte er eine ganze Gefriertruhe voll davon. Sie sind seine Trophäen, seine kleinen Andenken.«

»Andy …«

»Hör mir nur einen Augenblick lang zu, Walter.«

Ein Windstoß ließ unsere Boote zusammenprallen, und mir fiel ein Regentropfen ins Gesicht.

Wie sagt man einem Mann, dass man seine Frau und seine Kinder in Gefahr gebracht hat?

»Das, was da in Washington passiert ist, das sind Peanuts. Meine Mutter ist tot. Orson hat sie letzte Nacht erwürgt. Er hat es auf Video aufgenommen … Es ist …« Ich musste innehalten, da ich kurz davor war, die Fassung zu verlieren. »Es tut mir schrecklich leid, aber ich glaube, ich habe dich in Gefahr gebracht.« Er legte fragend den Kopf schief. »Ich weiß nicht, wieso er das tut, aber Orson weiß oder vermutet, dass ich dir von der Wüste erzählt habe.«

»Großer Gott.« Walter schnippte seine Zigarette ins Wasser, und es zischte, während er die Hände vors Gesicht schlug.

»Ich hätte dir nie irgendetwas von ...«

»Da hast du verdammt noch mal recht!«

»Hör mal ...«

»Was hat er genau gesagt?«

»Walter ...«

»Was zum Teufel hat er gesagt?« Seine Stimme hallte über den See. Ein Fisch platschte in der Nähe im Wasser.

»Die genauen Worte weiß ich ...«

»Verdammt noch mal.« Er wischte sich die Tränen aus dem Gesicht. »Was hat er gesagt?« Ich schüttelte den Kopf. »Hat er meine Familie erwähnt?« Mir strömten die Tränen über die Wangen, die ersten an diesem Tag, als ich nickte. »Er hat meine Familie erwähnt?« Walter hyperventilierte.

»Es tut mir so ...«

»Wie konntest du das zulassen, Andy?«

»Ich wollte doch nicht ...«

»Was hat dein Bruder gesagt? Ich will jedes Wort wissen, jede einzelne Silbe, und jetzt erzähl mir nicht, dass der genaue Wortlaut unwichtig wäre, sondern sag es mir einfach.«

»Er sagte, weil ich den Mund nicht halten konnte ...« Ich schloss die Augen und wäre am liebsten gestorben.

»Red weiter.«

»Er würde darüber nachdenken, einen Freund bei dir vorbeizuschicken. Und bei deiner ›wunderbaren Familie‹.«

Walter sah zurück zu seinem Pier und seinem Haus, das hinter orangefarbenen Blättern verborgen war. Inzwischen nieselte es, daher setzte ich die Kapuze meiner Regenjacke auf. In meinem Boot stand das Wasser bereits mehrere Zentimeter hoch.

»Wer ist dieser Freund?«, wollte er wissen.

»Das weiß ich nicht.«

»Ist das ...« Er hyperventilierte wieder.

»Walter, ich werde mich darum kümmern.«

»Wie denn?«

»Ich werde Orson umbringen.«

»Woher weißt du, wo er ist?«

»Ich habe da so eine Ahnung.«

»Dann gib dem FBI einen Tipp.«

»Nein. Orson kann noch immer dafür sorgen, dass ich im Gefängnis lande. Aber ich gehe nicht in den Knast.«

Unsere Boote schaukelten auf dem rauen Wasser. Mir wurde leicht übel.

»Wenn ich Orson finde«, fuhr ich fort, »wirst du mich dann begleiten?«

»Um dir dabei zu helfen, ihn umzubringen?«

»Ja.«

Er lachte sarkastisch auf. »Ist das dein Ernst oder hast du jetzt völlig den Verstand verloren?«

»Kann schon sein.«

Es regnete immer stärker, und ich erschauerte.

»Ich muss nach Hause«, sagte Walter. »Ich wollte mit John David und Jenna die Halloweentour machen.«

»Wirst du mich begleiten?«

»Rate mal.«

»Das kann ich verstehen.«

»Nein. Nein, das kannst du nicht. Du verstehst überhaupt nichts.« Er fing wieder an zu weinen, schaffte es jedoch, sich einen Augenblick zusammenzureißen. »Lass uns eine Sache klarstellen, ja? Du wirst mich nie wieder anrufen. Du wirst nie wieder zu meinem Haus kommen. Mir keine E-Mails schicken. Du wirst nicht einmal mehr an mich denken. Tu absolut nichts, was dieses Monster auf die Idee kommen lässt, wir wären Freunde. Hast du verstanden?«

»Ja, Walter. Ich möchte …«

»Sag am besten gar nichts mehr. Gib mir das Seil.«

Ich band die Boote auseinander und warf ihm das Ende des Seils zu. Er warf den Außenbordmotor an und fuhr in einem großen Bogen zurück zu seinem Pier.

Es war schon fast dunkel, und der Regen fiel immer heftiger auf den See. Ich ließ den Motor ebenfalls an und tuckerte zu meinem Pier. Wären Walter und seine Familie nicht in Gefahr gewesen, dann wäre ich nach Hause gegangen und hätte mich umgebracht.

Kapitel 20

Die Wände meines Arbeitszimmers sind fast vollständig verglast, und da der Raum aus dem Haus herausragt und zwischen den Bäumen hängt, fühle ich mich darin, als würde ich stundenlang mitten im Wald sitzen und schreiben. Mein Schreibtisch steht an der größten Glaswand, sodass ich in den Wald hinaussehen kann und nur von einem gelegentlich vorbeitrabenden Reh oder Graufuchs von der Arbeit abgelenkt werde. Ich kann nicht einmal den See vom Schreibtisch aus sehen, und das ist auch so beabsichtigt, da mich das Wasser fasziniert und es mir nur meine Zeit stehlen würde.

Überall liegen Bücher, sie stapeln sich auf den unordentlichen Regalen oder liegen stapelweise auf dem Boden. In einer Ecke befindet sich ein erschreckend hoher Haufen aus Manuskripten von Fans und Möchtegernautoren. Ein riesiges, halb geöffnetes Wörterbuch ruht auf dem Lesepult. Ich habe sogar einen Schaukasten, in dem ich die Erstausgaben und Übersetzungen meiner Romane aufbewahre und der auf einer Seite der Tür steht, während auf der anderen Seite ein kleiner goldener Bilderrahmen mit der Fotokopie meines ersten, mageren Autorenhonorars hängt.

Ich starrte in den dunklen Wald hinaus, während der Regen sturzbachartig an den Fensterscheiben herunterlief, saß an meinem Schreibtisch und wartete darauf, dass die Webseite aufgerufen wurde. Das war schon die fünfte College-Webseite, die ich überprüfte.

Ich konzentrierte mich bei meiner Suche auf die Geschichtsfachbereiche an Schulen in New Hampshire und Vermont, aber als ich immer wieder scheiterte, fragte ich mich schon, ob sich der Cowboy vielleicht geirrt hatte. Franklin Pierce, Keene State, die Universität von New Hampshire und Plymouth waren Sackgassen gewesen. Vielleicht nutzte Orson den Namen Dave Parker ja nur in der Wüste.

Als die Homepage des Woodside Colleges geladen war, klickte ich auf »Abteilungen«, dann auf »Geschichte« und schließlich »Fachbereich Geschichte (alphabetische Liste)«.

Während ich wartete, sah ich auf die Uhr. Es war 19.55 Uhr. Sie war jetzt seit vierundzwanzig Stunden tot. Hatte er sie einfach in dem dreckigen Keller liegen gelassen? Ich konnte mir nicht vorstellen, dass sich Orson die Mühe gemacht hatte, meine Mutter mit nach Washington zu nehmen. Ihren Körper außerhalb des Hauses zu entsorgen, wäre auch viel zu langwierig und riskant gewesen. Außerdem war meine Mutter eine Einzelgängerin, die manchmal tagelang mit keiner Menschenseele sprach. Großer Gott, sie konnte eine Woche in ihrem Keller liegen, bevor sie jemand fand.

Die Polizei würde mich benachrichtigen. Ich hatte nicht einmal darüber nachgedacht, den Mord zu melden, da ich mir nicht sicher war, ob Orson mir diese Tat nicht auch anhängen wollte. Muttermord. Das war selbst bei Tieren unnatürlich. Ich wollte lieber nicht darüber nachdenken, warum das so war, sondern bevorzugte es, weiterhin diese lähmende Benommenheit zu spüren.

Die Webseite begann mit einem Abschnitt, in dem die Brillanz und die überragenden Qualifikationen der vierzehn Professoren gelobt wurde, die diesem Fachbereich angehörten. Ich überflog den Text und scrollte dann durch die Liste.

Heilige Scheiße.

»Dr. David L. Parker« stand da.

Obwohl der Name mit einem Link unterlegt war, wollte die Seite nicht aufgehen, als ich darauf klickte. Bist du das? Habe ich dich gerade gefunden, nur weil ich mich kurz mit einem benebelten Cowboy aus Wyoming unterhalten habe?

Die Türklingel ließ mich zusammenzucken. Ich erwartete keinen Besuch. Nachdem ich die Pistole vom Schreibtisch genommen hatte, die ich jetzt immer bei mir trug, ging ich durch den langen Flur, der mein Arbeitszimmer von der Küche und dem Rest des Hauses trennte. Als ich vom Wohnzimmer zur Diele lief, schob ich die erste Patrone in die Trommel und blieb dann vor dem undurchsichtigen Fenster neben der Tür stehen.

Es klingelte erneut.

»Wer ist da?«, fragte ich.

»Süßes oder Saures!« Kinderstimmen. Ich ließ die Waffe sinken und schob sie mir hinten in den Hosenbund meiner feuchten Jeans. Da mein Haus abgelegen am Ende einer langen Auffahrt auf zehn Morgen Waldland stand, kamen zu Halloween nur selten Kinder an meine Tür. In diesem Jahr hatte ich nicht einmal Süßigkeiten gekauft.

Ich öffnete die Tür. Ein kleiner als Zorro verkleideter Junge richtete eine Waffe auf mich. Seine Schwester war ein Engel – in einem weißen Bademantel, mit Flügeln aus Pappe und einem Heiligenschein aus silbernem Lametta. Hinter ihnen stand ein missmutiger Mann in einem braunen Regenmantel, der einen Regenschirm in der Hand hielt: Walter. *Warum zum Teufel ...*

»Gib mir Süßigkeiten oder ich erschieß dich«, krähte John David. Die blonden Haare des Vierjährigen ragten unter dem schwarzen Bandana hervor. Seine Maske saß schief, sodass er nur durch ein Augenloch sehen konnte, aber er behielt seine Verkleidung auf. »Ich erschieß dich«, warnte er mich noch einmal und drückte den Abzug, bevor ich reagieren konnte. Als der Plastikhahn wieder und wieder klickte, zuckte ich beim Aufprall jeder Kugel zusammen, taumelte nach hinten in die Diele und ging in die Knie.

»Warum nur, John David? Warum hast du das getan?«, keuchte ich, hielt mir den Bauch und brach auf dem Boden zusammen, wobei ich darauf achtete, dass meine Glock nicht herausfiel. John David kicherte.

»Sieh mal, Dad, ich hab ihn erwischt. Jetzt muss ich nachsehen, ob er tot ist.«

»Nein, J. D.«, erwiderte Walter, während ich mich aufrichtete. »Geh nicht ins Haus.«

Ich ging zurück zur Tür, sah Walter kurz in die Augen und musterte dann den siebenjährigen Engel.

»Du siehst wunderschön aus, Jenna«, sagte ich. »Hast du dein Kostüm selbst gebastelt?«

»Ja, heute in der Schule«, entgegnete sie. »Gefällt dir mein Zauberstab?« Sie hielt eine lange Zuckerstange in die Luft, an deren Ende ein glitzernder Stern aus Pappe klebte.

»Geh ein Stück mit uns«, sagte Walter. »Ich habe den Wagen am Briefkasten stehen lassen.«

»Lass mich erst mal nachsehen, ob ich noch Süßigkeiten …«

Er wackelte mit der Tüte, die er in der rechten Hand hielt. »Sie haben genug zu naschen. Komm schon.« Ich zog mir ein Paar Stiefel an, nahm meine Jacke und meinen Schirm und schloss die Tür hinter mir.

Dann gingen wir vier zur Auffahrt, wo Walter Jenna seinen Schirm reichte. »Schätzchen, geh doch mit J. D. ein Stück voraus, ja?«

»Warum, Daddy?«

»Ich muss mit Onkel Andy reden.«

Sie nahm den Schirm. »Du musst mit mir mitkommen, J. D.«, sagte sie in Befehlston zu ihrem kleinen Bruder.

»Neiiiin!«

»Geh mit ihr mit, Junge. Wir sind direkt hinter euch.« Jenna lief voraus, und John David rannte hinter ihr her und wollte mit unter den Schirm. Sie lachten, und ihre fröhlichen Stimmen hallten durch den Wald. Er feuerte seine Spielzeugpistole dreimal ab.

Walter kam mit unter meinen Schirm, und wir gingen langsam die Auffahrt herunter, während die hohen Kiefern rechts und links neben uns aufragten. Ich wartete, dass er etwas sagte. Der Regen trommelte auf die Blätter, und die Nacht roch nach nassen Bäumen.

»Beth packt«, flüsterte er. »Sie bringt die Kinder weg.«

»Wohin?«

»Ich habe ihr gesagt, dass ich es nicht wissen will.«

»Weiß sie von …«

»Nein. Sie weiß, dass die Kinder in Gefahr sind. Mehr muss sie nicht wissen.«

»Lass das!«, fuhr John David seine Schwester an.

»Kinder!«, rief Walter grimmig. »Benehmt euch.«

»Dad, Jenna …«

»Ich will es nicht hören, Junge.«

Ich fragte mich, warum Walters Wut auf mich plötzlich verraucht war.

»Weißt du wirklich, wo er sich aufhält, Andy?«, flüsterte er.

»Ich habe einen möglichen Decknamen in New England gefunden. Ich weiß es natürlich erst mit Sicherheit, wenn ich dort bin, aber ich glaube, dass er es ist.«

»Und du fährst auf jeden Fall hin?«

»Ja.«

Er drehte sich zu mir um. »Du fährst dorthin, weil du ihn umbringen willst? Um ihn in einem Loch zu verscharren, in dem ihn nie jemand finden wird?«

»Genau das ist der Plan.«

»Hast du denn keine Gewissensbisse, dass du deinen eigenen Bruder töten willst?«

»Nein.«

Wir gingen weiter. Ich hatte eine böse Vorahnung.

»Du hast doch nicht etwa die Polizei gerufen, oder?«, fragte ich.

»Was?«

»Du hast ihnen von Orson erzählt.«

»Nein, Andy.«

»Aber du wirst es tun.«

Er schüttelte den Kopf.

»Warum nicht?«, wollte ich wissen.

»Komm her, Jenna!«, brüllte Walter. Seine Kinder drehten sich um und kamen angelaufen, wobei sie den Regenschirm so tief hielten, dass ich sie nicht sehen konnte. Walter nahm Jenna den Schirm ab und hob ihn hoch.

»Jenna, zeig Onkel Andy das Tattoo, das du in der Schule bekommen hast.«

»Oh ja!«, rief sie, als es ihr wieder einfiel. »Sieh mal, Andy, ist das nicht cool?«

Jenna zog den Ärmel ihres Bademantels hoch und zeigte mir die Unterseite ihres rechten Unterarms. Meine Knie wurden weich. In rosa Schrift stand da zwischen ihrem Ellenbogen und ihrem winzigen Handgelenk:

W – Pssst. O

Ich sah Walter an, dem die Tränen in den Augen standen.

»Okay, Kinder.« Er zwang sich zu lächeln. »Hier. Geht schon mal voraus, dann können wir uns unterhalten.« Jenna nahm den Schirm und rannte mit John David voraus, während wir weiter auf meinen Briefkasten zugingen.

»Das stand auf ihrem Arm, als sie von der Schule nach Hause kam«, berichtete Walter. »Beth hat es bemerkt, als sie ihr das Kostüm angezogen hat. Ihr verdammter Lehrer hatte überhaupt nichts mitbekommen. Jenna sagte, ein netter Mann hätte bei ihrem Halloweenfest alle Kinder bemalt. Sie hatte ihn noch nie zuvor gesehen.«

»Großer Gott, Walter. Ich …«

»Ich will weder deine Entschuldigungen noch dein Mitleid«, flüsterte er. »Ich begleite dich. Ich bin hier, um dir das zu sagen. Wir werden Orson gemeinsam begraben.«

Die Kinder hatten den weißen Cadillac erreicht. Wir blieben drei Meter vor dem Ende der Auffahrt stehen, und Walter drehte sich zu mir um. »Wann willst du aufbrechen?«, fragte er.

»In ein oder zwei Tagen. Ich muss hier weg sein, bevor die Leiche meiner Mutter gefunden wird.«

Sein Blick wurde sanfter. »Andy, du sollst wissen, dass es mir …«

»Ich will dein Mitleid auch nicht«, fiel ich ihm ins Wort. »Es wird keinem von uns bei dem helfen, was wir tun müssen.«

Er nickte und sah über die Schulter zu Jenna und John David hinüber. Sie bewarfen meinen Briefkasten mit Kieseln von der Auffahrt, die jedoch weit danebengingen.

Kapitel 21

Der Tag, bevor wir aufbrachen, war unser fünfunddreißigster Geburtstag. Orson schickte mir eine selbst gebastelte Karte. Auf der Vorderseite war eine Collage aus Fotos, die alle in dem widerlichen orangen Licht in seinem Schuppen entstanden waren. Da war ein Bild von Shirley Tanners entstelltem Gesicht, eine Ganzkörperaufnahme von Jeff in einem Loch in der Wüste und ein Foto von Wilburs ausgeweidetem Oberkörper auf einer roten Plastikfolie.

Darunter stand in Orsons eindeutig erkennbarer Handschrift: »Was schenkt man einem Mann, der schon alles hat?« Im Inneren stand geschrieben: »Absolut gar nichts. Herzlichen Glückwunsch zum Geburtstag wünschen Shirley und die Gang.«

Woodside ist eine Gemeinde an den Ausläufern der Berge in Vermont, die von den großen Städten im Norden durch die grünen Berge im Osten und die Adirondack Mountains im Westen getrennt wird. An einem Herbsttag sieht es hier genauso aus, wie man sich das ländliche Amerika vorstellt, und man hat einen atemberaubenden Blick auf die Hügellandschaft, die endlosen Bergketten und die kleine Collegestadt, die sich in das Tal kuschelt.

Laut dem Mann an der Tankstelle kamen wir drei Wochen zu spät, um bestaunen zu können, dass die Wälder so bunt erstrahlten, wie sie es seit dreißig Jahren nicht mehr getan hatten. Jetzt waren die Blätter braun und tot, die meisten Bäume hatten ihr Laub abgeworfen, und der blaue Himmel strahlte über der winterlich kargen Landschaft. Vermont im November wirkte in etwa so reizvoll wie ein für die Totenwache hergerichteter Leichnam.

Am Stadtrand von Woodside, direkt an den Ausläufern der grünen Berge, stand das Gasthaus, das Walter und ich ansteuerten. Als wir die lange, gewundene Auffahrt hinauffuhren, sah ich ein großes weißes Haus am Berghang stehen. Auf der Veranda, die rings um das Haus führte, war Bewegung – leere Schaukelstühle schwankten in der frischen Brise.

Walter lenkte seinen Cadillac auf den mit Schotter bedeckten Parkplatz, der an den gelblichen Rasen hinter dem Haus angrenzte. Dort standen nur sieben weitere Autos, und ich war erleichtert, dass wir uns für ein Hotel außerhalb der Stadt entschieden hatten. Beinahe wären wir in einem Motel in der Stadtmitte von Woodside abgestiegen, das sehr nah am Campus lag, aber dort wäre das Risiko zu groß gewesen, Orson über den Weg zu laufen.

Wir trugen unsere Koffer die Treppe hinauf und ließen uns auf zwei Schaukelstühle sinken. Der Berg fiel vor uns gute dreihundert Meter nach unten ab, und die spätnachmittägliche Sonne schien auf die nackten Bäume im Tal unter uns. Die kahlen Äste wiegten sich im Wind, und ich stellte mir vor, wie drei Wochen zuvor die Blätter daran geraschelt haben mussten. Auf der anderen Seite des Tals, das sich dreißig Kilometer in Richtung Westen erstreckte, konnte ich in den Staat New York hineinsehen und die höheren Berge der Adirondacks bewundern.

Der Wald roch nach verbranntem Holz, und als ich da in der Kälte saß, lauschte und mich umsah, spürte ich Walters Unruhe.

»Es ist zu kalt, um hier draußen rumzusitzen. Lass uns einchecken«, sagte er nach einem Augenblick, stand auf und hob seinen Koffer wieder hoch. »Bleibst du noch sitzen?«, erkundigte er sich, während er zur Tür ging.

»Ja.«

Unser Zimmer lag am Ende eines Flurs mit knarrenden Bodendielen im ersten Stock. Darin standen zwei Doppelbetten an den gegenüberliegenden Wänden, und durch das Mansardenfenster dazwischen blickte man auf die Berge hinaus. Die Decke war zu beiden Seiten abgeschrägt, und die Dachschrägen trafen genau in der Raummitte aufeinander, darunter standen auf dem Hartholzboden zwei breite Sessel mit Paisleymuster an einem flachen, eckigen Tisch. Für fünfundsiebzig Dollar die Nacht war das ein sehr schönes Zimmer. Auf jedem Nachttisch standen sogar ein paar frische Schwertlilien in Glasvasen, die ihren Duft im Zimmer verbreiteten.

Walter saß auf seinem Bett und packte seinen Koffer aus, ich lag auf meinem und hatte mein Gepäck ungeöffnet auf den Boden gelegt. Durch die Wände waren Stimmen zu hören, und die Treppe knarrte, als jemand nach oben kam. Dann klopfte es an der Tür.

Ich ging durch das Zimmer und blieb vor der geschlossenen Tür stehen. Darin war kein Guckloch, also fragte ich: »Wer ist da?«

»Melody Terrence.« Ich öffnete die Tür und stand einer gut aussehenden, langhaarigen Brünetten gegenüber, die viel zu jung und hübsch war, um hier die Geschäftsführerin zu sein.

»Hallo«, sagte ich.

»Haben Sie alles, was Sie brauchen?«, erkundigte sie sich.

»Ja.«

»Ich wollte Ihnen nur Bescheid sagen, dass das Abendessen in dreißig Minuten serviert wird, falls Sie Hunger haben. Danny hat mal wieder vergessen, das Schild aufzustellen.«

»Danke für die Information.«

»Werden Sie heute hier essen? Wir haben einen gemütlichen Speisesaal im Erdgeschoss, und Danny hat schon seit Stunden einen Braten im Ofen. Außerdem gibt es frisches Gemüse, selbst gebackene Kekse ...«

»Das klingt großartig«, versicherte ich ihr. »Wir kommen dann nachher runter.«

»Sehr schön.« Sie lächelte mich an und ging dann durch den Flur zum nächsten Zimmer. Ich schloss die Tür.

Walter hatte einen Stapel Shirts in eine Schublade gelegt, knallte diese jetzt zu und sah mich wütend an. »Du willst Krimiautor sein? Sollen wir wirklich da runtergehen und die anderen Gäste kennenlernen? Was ist, wenn dich jemand erkennt, Andy? Falls jemals rauskommt, dass Orson, der Herzchirurg«, diesen Beinamen flüsterte er, »dein Bruder war und in Woodside gelebt hat, dann könnte es passieren, dass jemand zwei und zwei zusammenzählt und sich daran erinnert, dass du dich etwa um die Zeit hier in Vermont aufgehalten hast, in der David Parker verschwunden ist. Und du weißt, dass das schon ausreicht, um das FBI am Hals zu haben.« Walter ging zum Fenster, wandte mir den Rücken zu und blickte auf den Wald hinaus, der jetzt, nach Sonnenuntergang, im Dunkeln lag. Falls der Mond schon aufgegangen war, dann musste er noch über die Berggipfel aufsteigen, damit sein schwaches Licht auch im Tal ankommen konnte.

Ich ging durchs Zimmer zu meinem Freund.

»Walter«, sagte ich, aber er drehte sich nicht um. »Was ist? Hast du Angst?«

»Wir dürfen keinen Fehler machen«, erwiderte er. »Nicht einen einzigen.«

Ich starrte ins nächtliche Vermont hinaus, und die fremde Dunkelheit ließ in meinem Herzen leichtes Heimweh aufsteigen. Fast kam ich mir vor wie ein Kind, aber ich nahm den nostalgischen Schmerz zur Kenntnis und er verging wieder.

»Danke, dass du mitgekommen bist«, erklärte ich und legte ihm eine Hand auf die Schulter. »Du hättest das nicht tun müssen, Walter. Ich werde das nie vergessen.«

Er drehte sich zu mir um. »Das hat nichts mit dir zu tun. Nicht das Geringste.«

An einem kalten, wolkigen Donnerstag parkte ich Walters Cadillac um elf Uhr vormittags in der Stadtmitte von Woodside und ging mit schnellen Schritten in Richtung Campus. Zwei- und dreistöckige Gebäude standen an beiden Straßenseiten, und für eine Kleinstadt herrschte reger Verkehr. Menschen liefen über die Gehwege, saßen auf Bänken, glitten auf Rollerskates vorbei oder machten einen Schaufensterbummel. Die meisten waren Studenten, und sie hauchten der Stadt Leben ein. Anhand ihrer Rucksäcke und der ungezügelten, fröhlichen Apathie in ihren Gesichtern waren sie leicht zu erkennen.

Ich kam an einer Drogerie, dem Woodside General Store, dem Valley Café, mehreren Kleidungsgeschäften und einem weiteren Café namens »Beans 'n Bagels« vorbei, vor dem einige Tische unter Sonnenschirmen auf dem Gehweg standen. Hier war am meisten los, und aus dem mit Koffein-Junkies gefüllten Laden drang seltsame Musik. In dem offenen Eingang vermischte sich der intensive Geruch der Kaffeebohnen mit der Außenluft, und ich hätte mir beinahe noch einen Kaffee geholt, wenn ich nicht schon zwei im Woodside Inn getrunken hätte. Walter schlief noch immer in unserem Zimmer, da er erschöpft war von der langen Fahrt.

Dann kamen keine Gebäude mehr, und der Gehweg führte von der Innenstadt auf den Campus mit seinen Holzgebäuden. Ich konnte von hier aus die Berge sehen, die die Stadt umgaben und deren höchste Gipfel bereits mit Schnee bedeckt waren. Dabei fragte ich mich, wie oft die Studenten wohl schwänzten, um Skifahren zu gehen. Der eisige Wind ließ meine Augen tränen, ich zog den Reißverschluss meiner Lederjacke bis oben hin zu und steckte die Hände in die warmen Jackentaschen.

Vom Hauptbürgersteig führte ein gepflasterter Weg zu einer Reihe von Ziegelsteingebäuden. Ich folgte ihm und erreichte wenige Minuten später eine sechseckige weiße Plattform. Sie schien sich genau in der Mitte des Campus und der Gebäude zu befinden, von denen keines mehr als vierzig Meter weit entfernt war. An jeder Seite der Plattform hing eine Plakette mit der Inschrift: »WOODSIDE COLLEGE, GEGRÜNDET 1800«.

Ich ging unter dem Säulenvorbau eines Gebäudes hindurch, des größten der zehn in der Nähe, und die Treppe hinauf. Unter dem Dach hing eine große Uhr, umgeben von einem Gerüst, deren schwarze Zeiger verdächtigerweise auf 4.20 Uhr stehen geblieben waren.

Im Gebäude war es nicht sehr hell, und die Luft war schal. Der Boden bestand aus poliertem Marmor, und an den Holzwänden des Foyers, die mit Schnitzereien verziert waren, hingen große Porträts ehemaliger Dekane, Gründer und toter Professoren. In der Mitte des runden Raums stand eine lebensgroße Statue und starrte mich mit leerem Blick an. Ich blieb nicht stehen, um festzustellen, wer das sein sollte.

Eine Doppeltür aus Glas führte in das Büro des Studentensekretariats. Ich erhaschte mein Spiegelbild, als ich sie öffnete: Mein Haar und mein Bart, den ich mir seit Kurzem stehen ließ, waren jetzt braun, und ich hatte eine Brille mit Drahtgestell auf der Nase. In der Jeans und dem ausgeblichenen Jeanshemd sah ich völlig anders aus als sonst.

In dem hellen, fensterlosen Raum gab es mehrere Arbeitsbereiche mit Schreibtischen, die nicht allzu dicht nebeneinanderstanden. Ich ging zu dem, der mir am nächsten stand. Eine Frau tippte wie wild auf ihrer Computertastatur herum. Sie wandte den Blick vom Bildschirm ab und lächelte, als ich näher kam.

»Kann ich Ihnen helfen?«, erkundigte sie sich. Ich setzte mich auf den Stuhl, der vor ihrem Schreibtisch stand. Das ständige Tippen auf den Tastaturen hätte mich wahnsinnig gemacht.

»Ich brauche eine Karte vom Campus, einen Kursplan für dieses Semester und eine Liste der Telefonnummern hier auf dem Campus.«

Sie zog die Schublade eines Aktenschranks auf und holte ein Büchlein und ein blaues Faltblatt heraus.

»Hier haben Sie schon mal die Karte und die Telefonliste«, sagte sie und legte beides auf ihren aufgeräumten Schreibtisch. »Den Kursplan muss ich Ihnen eben holen.« Sie ging durch den Raum und sagte im Vorbeigehen etwas zu einer anderen Sekretärin. Ich sah mir das kleine Telefonbuch an. Es hatte nur fünfzig Seiten, auf den ersten zehn waren die Fachbereiche aufgeführt, während sich auf den folgenden vierzig die Nummern der zweitausend Studenten befanden. Rasch blätterte ich zum Buchstaben P.

Ich ließ die Einträge für Page und Paine aus und entdeckte »Parker, David L.« Die Informationen daneben waren mager, da standen nur eine Büronummer (Gerard 209) sowie die dazugehörige Telefonnummer.

Die Frau kam zurück und reichte mir eine Übersicht der angebotenen Kurse. »Bitte sehr, Sir.«

»Vielen Dank. Sind die Studenten heute alle in den Kursen?«, fragte ich und stand auf.

Sie schüttelte den Kopf und wirkte skeptisch. »Sie sollten es eigentlich sein, aber da es heute zum ersten Mal kalt geworden ist, werden vermutlich viele schwänzen und Skifahren gehen.«

Ich dankte ihr noch einmal und ging dann aus dem Büro und ins Foyer, wo ich an drei Collegestudentinnen vorbeikam, die vor der Statue standen und miteinander flüsterten. Nachdem ich das Gebäude verlassen hatte, ging ich durch ein leichtes Schneetreiben zurück zu der Plattform und setzte mich auf eine der Bänke, die an ihrem Rand standen. Zuerst faltete ich die Karte auseinander und suchte die Gerard Hall. Ich konnte das zweistöckige Gebäude, das aus denselben uralten Ziegelsteinen bestand wie alle anderen, von meiner Position aus sehen.

Nachdem ich mir in die Hände gehaucht hatte, um sie zu wärmen, schlug ich das Kursverzeichnis auf, ein dickes Heft, das auf den ersten zehn dicht beschriebenen Seiten eine alphabetische Liste der Klassen und Kurszeiten aufführte. Ich überblätterte Anthropologie, Biologie, Chemie, Englisch und Französisch und kam zu den Geschichtskursen im Herbstsemester 1996. Die ganze Seite war voll davon, und ich überflog die Liste, bis ich seinen Namen entdeckte:

Ges 089 – Geschichte Roms – Kurs 3.0-35
26229-001 – DO – 11.00 Uhr–12.15 Uhr
– HD 107-Parker, D. L.

Das schien sein einziger Kurs zu sein, und als ich auf die Uhr sah, stellte ich fest, dass er gerade lief.

Laut der Liste der Gebäudeabkürzungen stand HD für Howard Hall. Ich suchte sie auf der Karte und stellte fest, dass es nur zwanzig Meter von der Plattform entfernt war. Mein Herz schlug vor Nervosität schneller, als ich zum Gebäudeeingang hinübersah.

Bevor ich es mir anders überlegen konnte, stand ich auch schon auf und ging auf die Howard Hall zu. Zwei Studenten standen rauchend auf der Treppe, ich ging an ihnen vorbei und öffnete die Tür. Dabei dachte ich: »Was ist, wenn er es nicht ist? Dann wandere ich ins Gefängnis und Walter und seine Familie müssen sterben.«

Als die Tür hinter mir zufiel, hörte ich seine Stimme. Sie hallte durch das Erdgeschoss der Howard Hall, und die sanfte Intensität versetzte mich zurück in die Wüste von Wyoming. Ich ging langsam durch das Foyer, in dem politische Flugblätter, Zettel, auf denen Mitbewohner gesucht wurden, und diverse andere Flyer an den Wänden hingen. Der daran angrenzende Flur war dunkel, aber durch die Tür am anderen Ende fiel Licht herein. Ich hörte eine Vielzahl von Stimmen und dann Gelächter. Orsons Stimme übertönte das Gerede seiner Studenten, ich drehte mich nach rechts um und ging durch den Gang, wobei ich darauf achtete, dass meine Schritte möglichst nicht zu hören waren.

Seine Stimme wurde lauter, und ich konnte jedes Wort verstehen. Knappe zwei Meter von der Tür entfernt blieb ich stehen und lehnte mich an die Wand. Angesichts der Lautstärke des Lachens schätzte ich, dass etwa dreißig bis vierzig Studenten im Hörsaal sitzen mussten. Wieder sagte Orson etwas, und seine Stimme schien direkt von der anderen Seite der Wand zu kommen. Obwohl ich am liebsten weggerannt wäre, um mich fern dieser Stimme in einem Wandschrank oder einer Toilettenkabine zu verstecken, blieb ich stehen, lauschte und hoffte darauf, dass er keinen Grund haben würde, diesen Flur zu betreten.

»Ich möchte, dass Sie Ihre Stifte zur Seite legen«, sagte er, und der Klang fallen gelassener Schreibinstrumente hallte durch den Raum. »Um die Geschichte zu verstehen, müssen Sie sie sehen. Sie ist mehr als Worte auf einem Blatt Papier. Sie ist passiert. Das dürfen Sie niemals vergessen. Legen Sie den Kopf auf den Tisch«, fuhr er fort. »Na los, tun Sie es. Jetzt schließen Sie die Augen.« Seine Schritte näherten sich der Tür. Er legte einen Schalter um, es wurde dunkel im Hörsaal, und er ging wieder weiter hinein.

»Megalomanie«, warf er in den Raum. »Kann mir jemand sagen, was das bedeutet?«

»Größenwahn«, antwortete eine Männerstimme aus dem Dunkeln.

»Gut«, erwiderte Orson. »Das ist aber auch eine psychische Störung, das sollten Sie nicht vergessen.«

Der Professor schwieg eine halbe Minute, und es war ruhig im Hörsaal. Als er weitersprach, schwang in seiner Stimme eine kontrollierte, musikalische Resonanz mit.

»Wir schreiben das Jahr neununddreißig nach Christus«, begann er. »Sie sind ein römischer Senator und wurden zusammen mit Ihrer Frau eingeladen, die Gladiatorenkämpfe mit dem jungen Kaiser Gaius Caligula anzusehen.

In der Mittagspause werden Humiliores ad bestias vor dem johlenden Publikum exekutiert. Caligula steht auf, nimmt Ihre Frau bei der Hand und geht, umringt von seinen Wachen, mit ihr fort.

Sie wissen genau, was gerade vor sich geht, ebenso wie die anderen Senatoren, deren Frauen dasselbe passiert ist. Aber Sie unternehmen nichts. Sie sitzen einfach nur auf den Stufen unter dem blauen Frühlingshimmel und sehen mit an, wie die Löwen ihre Beute erlegen.

Eine Stunde später kehrt Gaius mit Ihrer Frau zurück. Als sie sich wieder neben Sie setzt, bemerken Sie einen blauen Fleck in ihrem Gesicht. Sie ist sichtlich aufgewühlt, ihre Kleidung ist zerrissen, und sie weigert sich, Sie anzusehen. Außer Ihnen wurden noch sechs weitere Senatoren eingeladen, und auf einmal erhebt Caligula die Stimme.

›Ihre Brüste sind ziemlich klein‹, sagt er so laut, dass es jeder in der Nähe hören kann. ›Und sie ist langweilig im Bett. Ich würde sie eher den Löwen zum Fraß vorwerfen, als sie noch einmal zu vögeln.‹

Er lacht und schlägt Ihnen auf den Rücken, und alle fallen in sein Lachen mit ein. Niemand widerspricht Gaius. Niemand fordert den Kaiser heraus. Das ist reine Speichelleckerei, und Sie sitzen da, kochen innerlich und wünschten sich, Sie wären nie hergekommen. Aber Sie und Ihre Familie wären dem Tod geweiht, wenn Sie es wagen würden, ein Wort gegen Caligula zu sagen. Es ist klüger, einfach nur zu schweigen und darauf zu hoffen, dass Sie nie wieder eingeladen werden.«

Orsons Schritte nähern sich der Tür. Ich mache einen Schritt nach hinten, aber er schaltet nur das Licht ein. Im Hörsaal sind die Geräusche der Studenten zu hören, die auf ihren Sitzen herumrutschen und ihre Blöcke wieder aufschlagen.

»Nächsten Dienstag reden wir über Caligula«, sagte er. »Mir ist aufgefallen, dass wir heute nicht vollzählig waren, was durchaus damit zusammenhängen könnte, dass es letzte Nacht in den Bergen geschneit hat.« Die Klasse lachte. Es war offensichtlich, dass seine Studenten ihn bewunderten.

»Am Dienstag schreiben wir auch einen Test über Caligula. Machen Sie sich mit seinem Leben vertraut. Wann wurde er geboren? Wann wurde er zum Kaiser gekrönt? Wann und wie ist er gestorben? Lesen Sie Kapitel einundzwanzig in Ihrem Text, dann sollten Sie diese Fragen beantworten können. Sie werden außerdem feststellen, dass er einer der komplexesten, faszinierendsten und dennoch missverstandensten Herrscher in der Geschichte des Römischen Reiches war.« Er machte eine Pause. »Schönes Wochenende.«

Ich hörte, wie Schreibblöcke zugeklappt und Rucksäcke verschlossen wurden. Dann schienen die Studenten alle auf einmal aufzustehen und zur Tür herauszuströmen. Orson würde sicher auch bald kommen.

Auf der anderen Seite des Flurs entdeckte ich eine angelehnte Tür. Schnell bahnte ich mir meinen Weg durch die Studenten hindurch und schlüpfte unbemerkt in ein dunkles, leeres Zimmer. Dann sah ich durch den Türspalt und wartete darauf, dass er herauskam.

Kapitel 22

Orson ging die Treppe herunter und den Gehweg entlang. Ich wartete im Foyer der Howard Hall und sah ihm durch das Fenster neben der Tür nach. Er trug einen beigefarbenen Wollanzug, eine rote Fliege und grüne Hosenträger sowie eine Brille mit Goldrahmen und hatte eine braune Aktentasche in der Hand. Als er an der Plattform vorbeigegangen war, öffnete ich die Tür und folgte ihm, während er schnell über den Campus ging und in der Gerard Hall verschwand.

Es schneite weiter, während ich mich dem Gebäude näherte. Im Verlauf des Tages war es kälter geworden, und der Himmel, der am Morgen nur teilweise bedeckt gewesen war, glich nun einer dicken grauen Wolkendecke, die die Berggipfel verbarg.

Die Gerard Hall war eines der kleineren Gebäude auf dem Campus. Es war nur zweistöckig und recht schmal. Der Gebäudename war über der Tür in den Stein gemeißelt worden. Ich kam mir irgendwie auffällig vor, wie ich da in der Kälte vor Orsons Gebäude stand. Sein Büro lag im zweiten Stock, aber er konnte sich irgendwo da drin aufhalten, und auch wenn ich mich sicher fühlte, solange ich auf Abstand blieb, war mir doch klar, dass mein Bruder aus der Nähe meine Augen erkennen würde.

Fünf Minuten lang saß ich auf der Treppe, bis ich endlich den Mut aufbrachte, hineinzugehen. Aber als ich gerade die Tür öffnen wollte, hörte ich Schritte auf dem Holzboden und sah durch das Fenster eine Gestalt näher kommen. Ich drehte mich um und lehnte mich an das Treppengeländer, als die Tür geöffnet wurde.

Ich roch ihr Parfüm noch, bevor ich sie sah. Sie war eine ältere Frau, noch attraktiv, die in hochhackigen Schuhen und einem schwarzen Mantel die Stufen herunterstolzierte. Ihr blondes Haar, in das sich erste silberne Strähnen mischten, schwang hin und her, als sie über den Gehweg in Richtung Innenstadt lief. Wieder schaute ich durch das hohe, schmale Fenster neben der Tür, doch als ich nur noch das leere Foyer sehen konnte, öffnete ich die Tür und ging hinein.

Ohne Stimmen oder Finger auf Tastaturen summten die fluoreszierenden Lampen, die ihr hartes Licht auf den staubigen Boden warfen, an der Decke ohrenbetäubend laut. Der Anschlagtafel zufolge war dies das Bürogebäude des Fachbereichs Geschichte, und die Nachnamen der Professoren und die Nummern ihrer Büros waren in weißen Buchstaben hinter der Glasscheibe aufgeführt. Ich sah den Korridor entlang und entdeckte, dass an beiden Enden Treppen zu sehen waren. Willkürlich entschied ich mich für die linke Seite und ging an vier nicht beschrifteten Türen und einer Hausmeisterkammer entlang.

Aus dem ersten Stock war leise Jazzmusik zu hören. Am oberen Ende der Treppe blieb ich stehen und sah den Flur entlang. Es brannte nur eine Lampe, die am anderen Ende des Ganges vor sich hin flackerte. Ansonsten drang nur Licht aus zwei gegenüberliegenden offen stehenden Türen, aus denen Stimmen und Trompetenmusik zu hören waren.

Ich ging durch den schwach beleuchteten Korridor zur ersten Tür. Sie war geschlossen, und auf der Messingtafel neben der Tür stand STCHYKENSKI 206. Auf der anderen Seite drangen hinter der Tür zu 207 Tippgeräusche und klassische Musik auf den Flur.

Die Tür zu Orsons Büro, das sich viereinhalb Meter von mir entfernt auf der rechten Seite befand, stand weit offen, und Miles Davis' »Blue in Green« hallte auf den Gang. Ich schlich langsam weiter, bis ich in den leeren Raum sehen und die Unterhaltung von der gegenüberliegenden Seite hören konnte.

»Ich bin mir noch nicht sicher«, sagte Orson gerade.

»Es besteht kein Grund zur Eile, David. Wir müssen die Entscheidung nur vor Weihnachten fällen. Ich glaube, der Stichtag ist am einundzwanzigsten Dezember.«

»Bis dahin ist ja noch etwas Zeit«, erwiderte Orson. »Ich möchte mir erst alle seine Veröffentlichungen durchlesen. Was ich bisher gesehen habe, war sehr vielversprechend, aber ich will mir ganz sicher sein, Jack.«

»Das kann ich verstehen«, meinte Jack. »Von den anderen habe ich gehört, dass sich Dr. Harris gut einfügen würde. Diejenigen, die seine Werke gelesen haben, hielten ihn für überaus qualifiziert.«

Als ich Schritte auf der Treppe vor mir hörte, ging ich langsam wieder zurück.

»Ich habe noch einen Termin mit einer Studentin«, erklärte Orson. »Wie wäre es, wenn wir morgen zusammen Mittag essen?«

»Gute Idee.«

Ein Stuhl quietschte, und ich lief den Flur entlang. Auf der rechten Seite entdeckte ich eine Herrentoilette, die mir vorher gar nicht aufgefallen war. Ich ging hinein, als Orson gerade Jacks Büro verließ. In dem dunklen Raum tropfte ein Wasserhahn. Ich ließ die Tür einen Spaltbreit offen und sah in den Flur. Orson stand jetzt auf der Türschwelle seines Büros und unterhielt sich mit einer pummeligen jungen Frau mit braunem Haar und bleichem Gesicht. Sie trug einen Rucksack über ihrer gelben Regenjacke und lächelte, als Orson sie in sein Büro bat. Sie gingen hinein, und er schloss die Tür.

Ich ließ die Toilettentür zufallen und stand in der Dunkelheit. Dann schloss ich die Augen und atmete ruhig ein und aus, bis mein Herzschlag sich langsam wieder beruhigte.

Auf einmal kam mir eine Idee. Als ich die Treppe raufgegangen war, hatte ich einen roten Feuermelder gesehen.

Ich ging zurück auf den Flur. Orsons Tür war noch immer geschlossen, und ich rannte zur Treppe. Der Feuermelder hing an der Wand, ich blieb davor stehen und sah mich um. Das einzige Licht drang aus Jacks Tür.

Als ich den weißen Hebel herunterdrückte, ging der Alarm los.

Schnell lief ich zurück in die Toilette, in der nun ein Warnlicht blinkte, ging in eine Kabine und ließ mich auf den Toilettendeckel sinken. Die Tür ging auf, jemand rief etwas, und dann fiel sie wieder zu, und da niemand das Licht eingeschaltet hatte, wusste ich, dass ich hier weiterhin alleine war. Nach dreißig Sekunden ging ich zur Tür.

Das Stockwerk war verlassen. Die meisten Türen standen offen, sodass es auf dem Flur deutlich heller geworden war. Ich lief zu 209, während der Alarm weiterhin in meinen Ohren dröhnte. Der Raum war leer. Ich hastete hinein, schloss die Tür hinter mir und ging zum Fenster. Draußen hatte sich eine Menschenmenge vor dem Eingang versammelt, die Leute starrten zum Gebäude und hielten Ausschau nach Rauchschwaden. Inzwischen schneite es stärker, und der Schnee blieb auf dem Rasen liegen, schmolz jedoch auf den Wegen. Ich fragte mich, wie lange es dauern würde, bis die Feuerwehr eintraf.

Im Büro standen keine Aktenschränke. Ich zog die rechte untere Schreibtischschublade auf und stellte fest, dass sie voller benoteter Tests war. In der Schublade darüber wurden Büroutensilien aufbewahrt, Kugelschreiber, Bleistifte und mehrere Notizblöcke. Zwei Klassenbücher und zwei Päckchen mit Karteikarten lagen in der mittleren Schublade, während die auf der linken Seite alle leer waren. Keine Trophäen. Keine Fotos. Aber das überraschte mich nicht. Er war zu vorsichtig, um so etwas hier aufzubewahren. Eigentlich war mir das vorher klar gewesen, aber ich hatte mich dennoch vergewissern müssen.

Ein Bildschirm, ein Computer und eine Tastatur standen auf dem Boden. Es war ein alter Tandy 1000, die Beschriftung der Tastatur war komplett abgeblättert. Auf beiden Seiten des Fensters standen Bücherregale. Ich überflog die Titel, konnte jedoch nichts Auffälliges erkennen. Es waren größtenteils Geschichtsbücher über Rom und Griechenland. Ein Poster von Athen und ein gerahmtes Foto von Orson vor dem Kolosseum hingen an der Wand.

Auf dem Schreibtisch lag ein Stapel ungeöffneter Briefe, die ich mir genauer ansah. Drei der vier Briefe waren an sein Büro adressiert, der letzte an 617 Jennings Road, Woodside, Vermont. Ja! Ich nahm mir einen Stift und einen Zettel aus der Schublade und notierte die Adresse. Dann sah ich die Schubladen noch einmal durch und sorgte dafür, dass alles wieder so aussah wie vorher. Orson würde bemerken, wenn ich etwas verändert hatte.

Der Feueralarm wurde ausgestellt. Ich stopfte mir den Zettel mit der Adresse in die Tasche und öffnete die Tür. Auf dieser Etage war es noch ruhig, doch im Erdgeschoss konnte ich die Schritte und Rufe von Feuerwehrleuten hören. Ich lief zur Treppe auf der rechten Seite, blickte nach unten, und als nichts zu sehen war, lief ich los. Unten sah ich zwei Feuerwehrmänner, die zwei Räume weiter den Flur betraten. An der Gebäudeseite befand sich ein weiterer Ausgang, und ich rannte zur Tür und die Steintreppe nach unten. Nach fünfzig Metern wurde ich langsamer und warf einen Blick über die Schulter. Die Menschenmenge stand noch immer wartend vor dem Gebäude, und ich konnte Orson in ihrer Mitte erkennen.

Inzwischen fielen dicke Schneeflocken vom Himmel. Ich war noch immer sehr aufgeregt, als ich über den verschneiten Rasen in Richtung Stadt lief. Walter und ich mussten noch ein Loch für Orson schaufeln, bevor es dunkel wurde.

Kapitel 23

Wir warteten bis 18.30 Uhr, als der wolkenverhangene Himmel eine dunkelgraue Farbe annahm. Ich lenkte den Cadillac über den Highway 116. Dieser Teil der Straße, der zwischen Woodside und Bristol durch die Wildnis führte, war verlassen. Den ganzen Abend über hatten leichte Plustemperaturen geherrscht, sodass der zentimeterhohe Schnee, der am frühen Nachmittag liegen geblieben war, im Tal wieder schmolz.

Auf beiden Straßenseiten standen hohe Kiefern. Ich konnte ihren sauberen, bitteren Geruch sogar im Wageninneren riechen. Wir fuhren an mehreren Picknickbereichen und einem Campingplatz vorbei, die alle zum Green Mountain National Forest gehörten. Aber ich suchte nach einer Stelle, an der möglichst nie Menschen vorbeikamen. Die Campingplätze waren um diese Jahreszeit leer, und man gelangte von dort aus schnell in den Wald. Aber wenn es wieder wärmer wurde, was zweifellos passieren würde, bevor der Boden im Winter endgültig zufror, kamen wieder Spaziergänger über diese Wege, und einige hätten Hunde dabei. Ich hatte jedoch weder die Zeit noch die Kraft, ein tiefes Loch auszuheben.

Nach zehnminütiger Fahrt wurde der Seitenstreifen breiter. Ich ging vom Gas, fuhr von der Straße und hielt auf dem feuchten Gras. Dann schaltete ich den Motor und die Scheinwerfer aus und sah durch die Windschutzscheibe und in den Rückspiegel. Der Highway war in beiden Richtungen leer und dunkel.

»Glaubst du, diese Stelle ist sicher?«, fragte Walter.

»So sicher wie jede andere«, erwiderte ich und zog den Schlüssel aus dem Zündschloss.

Ich stieg aus, und das Geräusch der zufallenden Wagentüren hallte durch den Wald. Dann nahmen wir jeder eine Schaufel und ein Paar Lederhandschuhe aus dem Kofferraum, damit uns die Hände nicht abfroren.

Walter folgte mir in den Wald. Wir gingen nicht weit, weil wir die Stelle sonst in der mondlosen Nacht nicht wiedergefunden hätten. Schließlich mussten wir Orson dann tragen und kämen nur schleppend voran. Geschmolzener Schnee tropfte von den Bäumen, und nach wenigen Augenblicken fror ich bereits, fühlte mich hundeelend und sehnte mich nach dem Kamin im Woodside Inn.

Nach vierzig Metern blieb ich stehen. Die Bäume standen so dicht nebeneinander, dass wir den Highway schon nicht mehr sehen konnten. Ich malte einen Pfeil in die Nadeln auf dem Boden, der in Richtung Straße zeigte. Falls wir uns im Wald verliefen, konnten wir die ganze Nacht hier herumirren, ohne den Wagen wiederzufinden.

»Lass uns graben«, sagte ich und deutete auf eine Stelle zwischen den Bäumen, an der der Boden einigermaßen gerade war.

Ich stieß meine Schaufel durch die Schicht aus Kiefernnadeln und in die feuchte Erde darunter. Anfangs war es eine sehr anstrengende Arbeit, da wir durchgefroren waren, aber schon bald fingen wir an zu schwitzen. Schon nach kürzester Zeit spürte ich die Eiseskälte nur noch in meinen geröteten Wangen.

Wir begannen damit, den Umriss abzustechen. Dann hoben wir das Loch aus, und da wir zu zweit waren, hatten wir bald eine Tiefe von sechzig Zentimetern erreicht. Als ich glaubte, wir hätten tief genug gegraben, legte ich mich in das Loch und Walter maß nach, wie tief ein Tier scharren musste, um mich zu erreichen: Orson würde etwa dreißig Zentimeter unter dem Waldboden liegen.

Ich stieg wieder aus dem Loch und wischte mir die Erde von der Jeans, die jetzt feucht und dreckig war. Walter lehnte sich gegen den Stamm einer Rotfichte und zündete sich eine Zigarette an. In der bläulichen Dämmerung konnte ich sein Gesicht nicht mehr genau erkennen, aber mir war klar, dass er mich merkwürdig anstarrte. Seine Zigarette glühte kurz auf.

»Was ist?«, fragte ich, aber er schüttelte den Kopf. »Sag schon, was los ist.« Ich fing wieder an zu zittern.

»Wir werden tatsächlich einen Menschen umbringen.«

»Nein, keinen Menschen, Walter. Einen Mann, der gedroht hat, deiner Familie einen Psychopathen auf den Hals zu hetzen.«

»Du magst ja keine Angst haben, Andy, aber ich mach mir hier fast in die Hose. Ich habe letzte Nacht kaum geschlafen, weil ich immer daran denken musste, dass morgen eine Million Dinge schiefgehen könnten. Er könnte uns entwischen. Uns umbringen. Vielleicht weiß er längst, dass wir hier sind. Hast du schon mal daran gedacht? Er ist ein Psychopath, und wir legen uns mit ihm an.«

In der Ferne knackte ein Zweig.

»Aber du machst das doch für deine Familie«, erwiderte ich. »Denk an sie, wenn du Angst hast. Stell dir vor, wie es sich anfühlen wird, dieses Tier, das Jenna bedroht hat, blutend in diesem Loch liegen zu sehen.«

Im Wald war es unerträglich dunkel geworden.

»Das könnte morgen ziemlich unschön werden«, fuhr ich fort. »Wir müssen möglicherweise Dinge mit ihm machen, damit er uns sagt, was wir wissen wollen. Wirst du das schaffen?«

»Ja, das werde ich.«

Walter ging zurück zum Highway. Ich hob meine Schaufel auf und folgte ihm, wobei ich auf dem Rückweg die Schritte von Orsons Grab bis zum Waldrand zählte. Als wir aus dem Wald kamen, war der Highway leer und ein kalter Nebel zog von den Bergen ins Tal. Ich konnte nur noch etwa hundert Meter die Straße entlangsehen, dahinter verschwamm alles im Nebel.

Ich lehnte meine Schaufel gegen die größte Kiefer, die ich finden konnte. Wir brauchten schließlich eine Markierung, um diese Stelle später wiederzufinden. Als wir in den Wagen stiegen, die Innenbeleuchtung anging und die Anschnallwarnung piepte, wurde mir eines klar: Walter irrte sich. Möglicherweise wurde es durch den dichten Nebel noch schlimmer, aber ich hatte Angst. Während wir zurück zu unserem Hotel fuhren, zitterten meine Hände und ich musste sie fester um das Lenkrad legen. Im hintersten Winkel meines Verstands fragte ich mich, ob ich das wirklich tun konnte. Trotz all der Dinge, die er getan hatte, war Orson mein Bruder. Mein Zwillingsbruder. Zwischen uns bestand eine ganz besondere Verbindung.

Walter und ich schwiegen. Vermutlich ging es uns ebenso wie Soldaten, denen eine blutige Aufgabe bevorstand. Da war kein Platz mehr für überflüssiges Gerede. Nur die intensive Konzentration auf die kommenden Stunden und die mentale Vorbereitung darauf, etwas Schreckliches zu tun.

Kapitel 24

Am frühen Freitagnachmittag, als die Sonne gerade den höchsten Punkt erreicht hatte, glich mein Bett einem kleinen Waffenlager. Darauf lagen meine 40-kalibrige Glock, Walters 45er, jeweils zwei Schachteln mit Munition und zwei zusätzliche Magazine für die beiden Waffen, ein Paar Amherst-Walkie-Talkies, achtzehn Ampullen Benzodiazepine, eine Ampulle mit dem Gegenmittel, drei Subkutanspritzen, Latex- und Lederhandschuhe, eine Stiftlampe, Handschellen und zwei Mechanikeroveralls, die ich in einem Armyshop in Davidson gekauft hatte.

Es war nicht leicht gewesen, an das Benzodiazepine ranzukommen. Walters Schwiegermutter litt an Panikattacken, und unter den zahlreichen Medikamenten, die sie hortete, war auch ein mittelschweres Beruhigungsmittel namens Ativan. Er hatte dreizehn 1-ml-Ampullen mitgenommen. Unseren Onlinenachforschungen zufolge würde das ausreichen, um Orson im Notfall einige Tage lang betäuben zu können. Der Nachteil war jedoch, dass die Wirkung von Ativan möglicherweise erst nach zwanzig Minuten einsetzte, und ich brauchte etwas, das Orson in weniger als zwei Minuten ausschaltete.

Daher hatte ich etwas sehr Böses getan.

Wenn man einen Horrorroman schreibt, versucht man immer, Morde möglichst realistisch darzustellen, und so hatte ich mich im Laufe der Jahre mit Rechtsanwälten, Privatdetektiven und Profis aus verschiedenen anderen Gebieten angefreundet, die mir bei meinen Romanen mit Rat und Tat zur Seite standen. Die in meinen Büchern beschriebenen Vorgänge bei den Ermittlungen und im Gericht sind ausgesprochen realistisch. Auch in Bezug auf die Waffen ist alles korrekt. Außerdem durfte ich bei einem Freund, der Gerichtsmediziner ist, bereits bei einer Autopsie dabei sein, daher gab es an den Geruchsbeschreibungen im ersten Kapitel meines letzten Buches nichts auszusetzen.

In »Blue Murder« stiehlt der Protagonist in einer Szene Drogen aus einem Krankenhaus. Daher habe ich bei der Recherche für mein Buch einen Arzt gefragt, was er tun würde, wenn er vorhätte, Betäubungsmittel aus einem Krankenhaus zu stehlen. Autoren dürfen solche Fragen stellen, und niemand stellt ihre Motive infrage, weil sie immer sagen können, sie müssten es für ihr Buch wissen, und dann nennen sie alle, die ihre Fragen beantwortet haben, in der Danksagung.

Dieser Arzt hat mir daher genau erklärt, was man tun müsse, und er hatte in allem recht. Sein Rat lautete: »Die beste Chance hat man im Aufwachraum. Es ist unwichtig, ob die Arzneimittel weggeschlossen werden, da die Schlüssel meist in einer nicht verschlossenen Schublade liegen. Man sollte also auf inkompetente Krankenschwestern hoffen und darauf achten, wo die Kameras angebracht sind. Mein Tipp wäre, sich eine Hausmeisterkluft zu besorgen und sich so lange irgendwie zu beschäftigen, bis man weiß, wo die Schlüssel für den Arzneischrank aufbewahrt werden.«

Dank der sorglosen, abgelenkten Krankenschwestern im Aufwachraum konnte ich zwei Tage vor unserer Abreise nach Woodside mit fünf 1-ml-Ampullen Versed, das das schnell wirkende Betäubungsmittel Benzodiazepine enthält, aus dem Mercy Hospital in Charlotte, North Carolina, herausspazieren. Es wird bei Operationen intravenös injiziert und kann einen Menschen in neunzig Sekunden bewusstlos machen. Dummerweise besteht auch die Gefahr einer Hypoventilation, daher hatte ich auch eine Ampulle des Gegenmittels Flumazenil mitgenommen.

Doch ich hatte nicht nur diesen Diebstahl begangen, sondern mich auch noch über intravenöse und intramuskuläre Injektionen schlaugemacht. Ich kannte die genaue Dosis und Verabreichungsweise für Ativan und Versed. Ich hatte meine Hausaufgaben gemacht, mir verlässliche Schusswaffen besorgt und einen Plan ausgearbeitet. Als Walter und ich auf den Sesseln saßen und die messingummantelten Geschosse in die Magazine schoben, überkam mich eine merkwürdige Ruhe. »Wir wollen es tatsächlich tun«, dachte ich. »Wer macht denn so was? Doch nur völlig durchgeknallte Menschen. Das würde einen guten Stoff für ein Buch abgeben.«

Während Walter ein Nickerchen machte, ging ich nach unten. Auf den Tischen standen schmutziges Geschirr und leere Weingläser – die Überreste des Mittagessens. Ich ging in die Küche und bat den Koch, mir ein Truthahnsandwich zuzubereiten. Er weigerte sich zuerst, da das Mittagessen bereits serviert worden war, stimmte dann jedoch widerstrebend zu und sagte, ich könne am Kamin warten.

Ich setzte mich auf einen Schaukelstuhl. Das Feuer in dem gemauerten Kamin war am Erlöschen. Ich stellte mir vor, wie es in den frühen Morgenstunden gebrannt hatte, bevor die dünne Schneedecke geschmolzen war, während die anderen Gäste ihren Tagesablauf planten. Noch wärmte es die gemütliche Sitzecke, aber es würde nicht mehr lange brennen. Während ich wartete, starrte ich den letzten Ast an. Er glühte von unten, und die Glut fraß ihn langsam auf und verwandelte das Holz in Asche und Staub.

Aus der Lounge nebenan war der Fernseher zu hören. Agent Trents Stimme berichtete gerade über die neuesten Entwicklungen bei der Suche nach dem Herzchirurgen.

Ein Paar, das auf dem Weg zur Tür war, musterte neugierig mein Outfit. Ein grauer Mechanikeroverall war in diesem schicken Gasthaus kein alltäglicher Anblick.

Die Jennings Road ging etwa eine Meile hinter dem College links von der Main Street ab. Kahle Zuckerahornbäume und Birken standen neben der Straße, die bergauf verlief. Ich stellte mir vor, wie sie mit vollem, farbenfrohem Blattwerk aussahen, das sich auch auf der Straße und in den Vorgärten verteilte und diese kleine Gemeinde in New England in ein ganz eigenes mystisches Universum verwandelten.

Fast auf der Hügelspitze entdeckte ich auf einem schwarzen Briefkasten in weißen Ziffern die Zahl 617. Walter fuhr langsamer, aber ich riet ihm, einfach vorbeizufahren und ein Stück weiter die Straße hinauf zu parken. Im Vorbeifahren warf ich einen Blick auf Orsons Haus und konnte es nicht fassen, dass ich es wirklich gefunden hatte. Von außen sah es in bescheidener Weise elegant aus. Es war ein weißes, zweistöckiges Haus mit Mansardenfenstern im ersten Stock und größeren Fenstern im Erdgeschoss. Ein Lattenzaun umschloss den Vorgarten, und neben dem gepflasterten Weg, der von der Auffahrt zum Haus führte, wuchsen Blumen. Es gab keine Garage, und vor dem Haus stand kein Wagen.

Wir fuhren ein Stück weiter, dann parkte Walter am Straßenrand und wirbelte einen Haufen Blätter dabei auf. Er schaltete den Motor aus und sah mich besorgt an, als ich unter den Sitz griff und die Walkie-Talkies hervorholte.

»Kanal acht, Unterkanal siebzehn«, sagte ich und reichte Walter eins der Geräte. Wir stellten die Frequenzen entsprechend ein. »Wir sind an einem Diner vorbeigekommen, bevor wir in die Jennings Road eingebogen sind. Warte dort. Dieser Wagen sieht verdächtig aus, wenn er hier am Straßenrand steht, insbesondere mit dem Kennzeichen aus einem anderen Staat. Ich melde mich dann bei dir, wenn du im Diner sitzt, und sage: ›Los, Papa.‹ Das heißt, dass er nach Hause gekommen ist. Dann fährst du wieder los und drehst in der Gegend deine Runden. Als Zweites melde ich: ›Bring es nach Hause‹, was bedeutet, dass du zum Haus kommen und rückwärts die Auffahrt hochfahren sollst. Ich möchte, dass du mir den Kofferraum öffnest und wieder in den Wagen steigst. Wenn du drin sitzt und die Kofferraumklappe offen ist, bringe ich ihn raus. Er wird dann bewusstlos sein. Ich lege ihn in den Kofferraum und du fährst uns zu dem Loch an der 116. Noch irgendwelche Fragen?«

»Nein.«

»Brich die Funkstille nur im Notfall. Wenn es sein muss, dann nenn mich Wilma. Ich werde dich Fred nennen. Man weiß nie, wer noch mithört. Und vergiss die richtigen Kanäle nicht. Acht und siebzehn. Schreib es dir auf die Hand.« Ich nahm mein Walkie-Talkie und die lästige Bauchtasche, die vor dem Sitz lag. Dann band ich sie mir um, öffnete die Tür und trat in den frischen Nachmittag hinaus.

»Es ist erst vier Uhr dreißig«, meinte ich, »also kann es gut sein, dass du erst in einigen Stunden etwas von mir hörst.« Ich warf die Tür zu, er fuhr den Hügel wieder runter und verschwand hinter einer Kurve.

Derweil ging ich den Hügel wieder hinauf, und als ich oben ankam, breitete sich die Stadt Woodside vor mir aus. Ich fragte mich, ob man im Frühling oder Sommer, wenn die Bäume voller Blätter waren, die Innenstadt, die sich einige Hundert Meter weiter unten befand, von hier aus überhaupt wahrnehmen konnte. Aber aufgrund der kahlen Bäume sah ich die Main Street, das College und sogar Teile der Innenstadt, die über zwei Kilometer weiter nördlich lagen. Eine schöne Gegend. Solche Städte gab es bestimmt zu Hunderten auf dem Land in New England und zu Tausenden im ganzen Land. Wer wäre je auf die Idee gekommen, dass der Herzchirurg hier lebte, dass er sich in einem der makellosen Häuser am Stadtrand von Woodside eingenistet hatte?

Ich ging Orsons Auffahrt hinauf zu dem brusthohen weißen Zaun, hinter dem der Garten lag. Während ich daran hochkletterte und mich rittlings daraufsetzte, fragte ich mich, ob er wohl einen Hund besaß. Als meine Füße auf der anderen Seite das Gras berührten, ging ich in die Hocke, sah mich nach einer Hundehütte um und lauschte auf das Rasseln einer Kette. Aber auf dem makellosen Rasen war keine Bewegung zu erkennen. Ein Amerikanischer Lebensbaum warf seinen Schatten auf den Garten, aber ich konnte keinen Hund entdecken.

Langsam ging ich um die Ecke. Eine gepflasterte Terrasse mit Gartenstühlen aus Plastik befand sich hinter dem Haus. Ich ging über den Rasen darauf zu und kam zu einer Glastür, durch die man in ein Solarium gelangte. Nachdem ich mich an die Tür angeschlichen hatte, sah ich hindurch. Im Haus brannte kein Licht, aber ich konnte hinter der Sonnenbank die Küche erkennen. Das Haus schien leer zu sein. Vorsichtig drückte ich den Türgriff herunter, aber die Tür war abgeschlossen. Ich konnte jedoch keinen Riegel entdecken und war erleichtert, dass ich nur eine Glasscheibe zerbrechen musste.

Ich zog ein Paar Lederhandschuhe aus meiner Bauchtasche, zog sie über und griff mir einen baseballgroßen Stein, der in der Nähe der Terrasse lag. Dann warf ich den Stein durch die Scheibe, die sich direkt neben dem Türgriff befand. Sie zerbrach, und Glassplitter fielen innen auf den Boden. Mit dem Stein in der Hand lauschte ich, ob eine Alarmanlage losging, aber es blieb alles still. Ich ließ den Stein fallen und öffnete die Tür.

Warme Luft wehte mir ins Gesicht, als ich das Haus betrat. Ich zog die Lederhandschuhe aus und steckte sie wieder in meine Bauchtasche. Nachdem ich meine Fingerabdrücke vom Türgriff gewischt hatte, zog ich mir Latexhandschuhe über und zog die Tür hinter mir zu.

Ich misstraute der Stille. Mir fiel auf, dass das Licht durch lange, geschwungene Glasflächen hereinfiel. Korbstühle standen in einem irgendwie seltsamen Muster auf dem Linoleumboden mit Ziegelsteinmuster, und der Geruch der Topfpflanzen gab dem Raum das Flair eines Gewächshauses. Vorsichtig ging ich über den Boden, unter meinen Füßen knirschten die Glassplitter. Ich zog meine Glock aus der Tasche, legte die erste Kugel ein und betete, dass ich die Waffe in dieser ruhigen Gegend nicht abfeuern musste. Walter und ich hatten es nicht geschafft, auf dem Schwarzmarkt Schalldämpfer aufzutreiben.

Während ich durch die Küche ging, wo auf der endlosen Arbeitsfläche diverse weiße Haushaltsgeräte standen, bemerkte ich einige Fotos am Kühlschrank, auf dem Orson und eine Frau, die ich nie zuvor gesehen hatte, offenbar Wildwasserkanu gefahren waren und Arm in Arm auf einem kargen Berggipfel standen.

Auf der rechten Seite gelangte man durch eine Tür ins Esszimmer, wo ich einen Geschirrschrank, einen Kerzenleuchter und einen Mahagonitisch sehen konnte, der mit Kristallgläsern, Silberbesteck und feinem Geschirr auf einem weißen Tischtuch gedeckt war.

Aber ich ging nach links aus der Küche ins Wohnzimmer. Orson hatte einen guten Geschmack. Über dem Kaminsims hing eine Kopie von Odilo Redons monochromatischem Druck aus »Die Versuchung des heiligen Antonius«. Ich stellte fasziniert fest, dass der Mann auf der schwarzen Lithografie dem Mann, der mich vor dem Haus meiner Mutter um ein Autogramm gebeten hatte, verblüffend ähnlich sah. Luther. In der hinteren linken Ecke befand sich ein altes Steinway-Klavier, und vor dem gasbetriebenen Kamin lag ein Perserteppich auf dem Boden, neben dem ein Futon und zwei burgunderfarbene Ledersessel standen. Rechts von mir führte eine Treppe nach oben, und direkt voraus am Fuß der Treppe befand sich die Haustür.

Ich ging durch das Wohnzimmer, und meine Schritte hallten auf dem Hartholzboden wider. Durch eine Tür in der linken Wand in der Nähe des Klaviers gelangte man in eine Bibliothek, die ich mir genauer ansehen wollte.

Es roch gut in diesem Arbeitszimmer, nach altem Papier und Zigarren. Ein großer Schreibtisch dominierte den Raum, der genauso aussah wie der in meinem Arbeitszimmer. Orson hatte sich sogar denselben Schreibtischstuhl gekauft. Ich durchsuchte die Schubladen, fand jedoch nichts Interessantes. Jeder Brief war an Dr. David Parker adressiert, und die meisten Ordner enthielten Forschungsunterlagen über das alte Rom. Auf dem Schreibtisch standen keine Fotos, nur ein Computer, ein Humidor aus Zedernholz mit Macanudo-Robusto-Zigarren und eine Cognackaraffe.

Die Wände waren mit Bücherregalen bedeckt. Die Titel passten zum Themenbereich, der auch in seinem Büro vorgeherrscht hatte: *Agrargesellschaft in Rom im dritten Jahrhundert vor Christus, Tribunalpolitik und imperiale Macht vor Cäsar. Auslandsbeziehungen: Rom, Karthago und die punischen Kriege.*

Ein leises Motorgeräusch ließ mich zum Fenster laufen. Ich zog die Vorhänge mit zwei Fingern ein kleines Stück auseinander und sah, wie ein weißer Lexus auf Orsons Auffahrt fuhr. Während ich wartete, zog sich mein Magen immer mehr zusammen. Wenn Orson durch die Hintertür ins Haus kam, würde er das zerbrochene Glas sehen.

Plötzlich tauchte er auf und ging in einem olivfarbenen Anzug mit der Aktentasche in der Hand schnell aufs Haus zu. Ich machte schnell einen Schritt nach hinten, ging auf die Knie und kroch unter seinen Schreibtisch.

Ein Schlüssel wurde ins Schloss gesteckt, und die Haustür ging auf. Orson pfiff leise, als er hereinkam, und ich zog mich so weit wie möglich in die Dunkelheit unter seinem Schreibtisch zurück. Seine Schritte waren erst im Wohn- und dann im Arbeitszimmer zu hören. Ein ohrenbetäubender Knall erschütterte den Schreibtisch, bei dem mir beinahe das Herz stehen blieb. Er hatte seine Tasche offenbar auf den Tisch geworfen. Als er um den Schreibtisch herum zum Stuhl kam, zückte ich die Waffe.

Dann klingelte irgendwo im Haus ein Telefon. Er blieb stehen. Ich konnte schon seine Füße und seine spitzen schwarzen Budapester sehen. Und ich konnte ihn riechen, diesen sauberen, süßen, vertrauten Geruch. Nach einem langen Arbeitstag roch mein Schweiß genau wie seiner. Das Telefon klingelte noch einmal, und er lief aus dem Arbeitszimmer und murmelte etwas Unverständliches.

Nach dem dritten Klingeln nahm er in der Küche ab. »Hallo? … Hi, Arlene … Ja, natürlich … Tja, warum tust du es dann nicht? Uns wird schon was einfallen … Nein, das nicht. Und komm einfach … Okay. Das klingt gut. Bis dann.«

Er legte auf und ging zurück ins Wohnzimmer. Einen Augenblick lang glaubte ich schon, er würde wieder ins Arbeitszimmer kommen, und hob die Waffe. Aber seine Schritte wurden leiser, als er die Treppe hinauflief.

Zitternd kroch ich unter dem Schreibtisch hervor. Als die Dusche oben angestellt wurde, hockte ich mich hin, holte das Walkie-Talkie aus der Tasche und drückte auf »Reden«.

»Wilma«, flüsterte ich. »Wilma? Over?«

»Over.« Walters Stimme kam knisternd aus dem Lautsprecher, und ich drehte die Lautstärke runter. »Du bist Wilma. Ich bin Fred«, sagte er.

»Er ist hier«, flüsterte ich. »Er ist oben und duscht.«

»Hast du …«

»Kann jetzt nicht reden. Los, Papa.«

»Was?«

»Komm her und warte auf das nächste Signal.«

Ich schaltete das Walkie-Talkie wieder aus und ging ins Wohnzimmer. Die Treppe war mit Teppich ausgelegt, sodass meine Schritte nicht zu hören waren, als ich nach oben ging. Dort gelangte ich in einen Flur und sah rechts und links jeweils ein Schlafzimmer sowie eine geschlossene Tür direkt vor mir, die vermutlich ins Badezimmer führte, da unter der Tür Licht hervorschien. Orsons Schuhe, seine braunen Socken mit blauen Punkten, sein schwarzer Gürtel und sein olivfarbener Anzug lagen so auf dem Boden, als hätte er sich auf dem Weg ins Bad ausgezogen und alles fallen gelassen.

Er sang »All You Need Is Love« von den Beatles unter der Dusche.

Ich schlich auf die Badezimmertür zu. Öffne die Tür, geh hinein und stich ihm dann die Nadel durch den Duschvorhang in den Körper …

Es klingelte an der Tür. Ich erstarrte auf dem Flur und fragte mich, ob Orson das Klingeln auch gehört hatte. Fünf Sekunden später wurde die Dusche ausgestellt, und ich hörte das Geräusch nasser Füße auf den Kacheln und von Stoff, der hastig über Haut gerubbelt wurde. Ich rannte den Flur entlang in das Zimmer auf der rechten Seite. Da auf dem Boden verstreut Kleidungsstücke lagen, ging ich davon aus, dass es sein Schlafzimmer war. Zu meiner Rechten konnte man durch ein Mansardenfenster auf die Jennings Road und die verschneiten Adirondacks dahinter blicken. Im Alkoven lagen Kissen, und mir schoss durch den Kopf, dass Orson bestimmt oft hier oben saß und ein Buch las.

Ein geräumiger Kleiderschrank links von mir stand offen, und ich stieg hinein, als die Badezimmertür geöffnet wurde. Erneut klingelte es an der Tür, und Orson rief: »Ich habe doch gesagt, du sollst einfach reinkommen!«, während er die Treppe nach unten lief.

Ich hörte nicht, wie er die Tür öffnete, sondern arbeitete mich zwischen nach Mottenkugeln stinkenden Anzügen und steifen Pullovern durch, bis ich in der hintersten Ecke saß.

Einen Augenblick später kam Orson die Treppe wieder hoch und betrat das Zimmer. Ich konnte ihn kurz zwischen den Kleidungsstücken hindurch sehen, wie er nackt hereinkam und sich Boxershorts und eine Jeans überzog, die noch so auf dem Boden gelegen hatte, wie sie fallen gelassen worden waren. Er stand oben ohne vor einem Ganzkörperspiegel, kämmte sich das feuchte Haar und formte mit den Lippen Worte vor dem Spiegel, die ich jedoch nicht verstehen konnte. Das war der erste ausgiebige Blick, den ich auf meinen Bruder werfen konnte. Ich sah ihn mir genau an.

Er war noch immer in perfekter körperlicher Verfassung und wirkte zivilisierter und attraktiver als in der Wüste. Seine Ausstrahlung war charismatisch, und seine Augen funkelten.

»Gieß dir schon mal ein Glas Wein ein«, rief er. »Im Weinregal steht ein Pinot Noir.«

Orson zog eine Schublade auf, sah kurz hinein und nahm dann ein graues Teppichmesser heraus. Er schob die Klinge vor, die nur wenige Zentimeter aus der Metallscheide glitt, prüfte sie mit dem Daumen und lächelte sich im Spiegel an.

»Benimm dich.« Er kicherte. »Benimm dich heute Abend.«

»Dave?«

Orson wirbelte herum. »Arlene! Du hast mir aber einen Schreck eingejagt.«

Ihre Stimme klang, als wäre sie die Treppe hinaufgekommen. »Wo steht das Weinregal?«

»In der Küche auf der Arbeitsplatte.« Er hielt das Teppichmesser hinter seinem Rücken verborgen. Ich konnte sehen, wie er damit herumspielte und die Klinge immer wieder rauszog und reindrück-te. »Ach, Arlene, leg doch ein bisschen Musik auf, ja? Miles Davis, wenn du nichts dagegen hast.«

Er schob die Klinge wieder zurück, steckte sich das Messer in die Gesäßtasche und zog sich dann weiter an.

Durch das Mansardenfenster sah ich, wie die letzten Sonnen-strahlen hinter den Adirondacks versanken. Es war eine verlo-ckende Vorstellung, sich die ganze Nacht im Kleiderschrank zu verstecken, verborgen hinter seinen Anzügen und zwischen müf-felnden Kleidungsstücken. Aber ich raffte mich auf, krabbelte wieder nach vorne und kroch aus dem Kleiderschrank.

Ihre Stimmen waren bis in den ersten Stock zu hören. Ich hörte meinen Bruder lachen und das Klappern von Besteck auf Porzel-lan. Es hatte eine Stunde gedauert, bis ich genug Mut aufgebracht hatte, den Kleiderschrank zu verlassen. Zu meinem Glück waren sie noch beim Essen. Auf einmal fiel es mir wieder ein: die zerbro-chene Fensterscheibe. Bitte geh nicht ins Solarium.

Da ich das Zimmer vorübergehend für mich hatte, nutzte ich die Gelegenheit und sah mir die Schubladen, die Bücherregale und den Kleiderschrank genauer an und suchte nach Fotos und Videos aus der Wüste. Ich fand jedoch nichts, was auf sein Hobby hin-deuten würde, nicht einmal ein Tagebuch. Der einzige Gegenstand in Orsons Schlafzimmer, der überhaupt einen Hinweis auf seinen Hang zur Gewalt gab, war der riesige William-Blake-Druck, der gegenüber von seinem Bett an der Wand hing: »Der simonistische Papst«, eine aquarellierte Federzeichnung der Hölle, auf der Papst Nikolaus III. in einem Flammenmeer steht und seine Fußsohlen brennen. Ich kannte dieses Werk. Es war eine Illustration der Höl-le, Canto 19 aus Dantes »Göttlicher Komödie«. Jemand, der Or-son nicht kannte, wäre verblüfft gewesen, dass er sich so ein Bild an die Wand hängte.

Ich ging durch den Flur und ins Gästezimmer. Es war unper-sönlich und angefüllt mit nicht zueinanderpassenden Möbelstü-cken. Der Schrank war leer, ebenso die beiden Nachttischschubladen. Ich bezweifelte, dass schon mal jemand in dem Einzelbett geschlafen hatte.

Dann schlich ich zurück in den Flur, drehte mich um und ging vorsichtig einige Treppenstufen nach unten. Orsons Stimme drang leise aus dem Esszimmer. Es wurden Stühle verrückt, und ich hörte Schritte, die in die Diele kamen. Rasch lief ich wieder nach oben, rannte, als die Schritte näher kamen, durch den Flur und versteckte mich wieder im Kleiderschrank.

Sie betraten das Schlafzimmer und ließen sich beide aufs Bett fallen. »Ich mag dich sehr«, hörte ich Orson sagen.

»Ich mag dich auch.«

»Ach ja?«

»Sonst wäre ich nicht hier.« Arlene klang, als wäre sie ungefähr dreißig, ihre kehlige Stimme hatte sich einen Hauch mädchenhafter Unschuld bewahrt. Ich wusste, warum Orson sie mochte. Die Lampe auf seinem Nachttisch wurde ausgeschaltet. Sie küssten sich eine Weile in der Dunkelheit, und das intime Schmatzen erinnerte mich an Freitagabende zu meiner Highschoolzeit.

»Was würdest du davon halten, wenn ich das hier tue?«, fragte er.

»Ooooh.«

»Ja?«

»Oh ja.« Einen Augenblick lang war es still im Zimmer, und nur die feuchten Kussgeräusche waren zu hören.

»Kannst du erraten, was ich in der Gesäßtasche habe?«, wollte Orson schließlich wissen.

»Hmmm. Nein, was denn?«

»Du sollst es erraten, Dummerchen.«

»Ist es rund und knistert?«

»Eigentlich ist es hart.«

»Hmmm.« Sie erschauerte wohlig. Ich konnte hören, dass sie leicht angetrunken war.

»Und sehr scharf.«

»Was?«

»Hast du deinen Freunden von mir erzählt?«

»Wie meinst du das?«

»Weiß irgendjemand, dass wir uns treffen?«

»Was soll die Frage?«

»Sag es mir einfach.« Seine Stimme klang zornig, auch wenn ich bezweifelte, dass sie es bemerkte.

»Nur meinen Kolleginnen.«

Orson seufzte.

»Ich hatte dich doch gebeten, es niemandem zu erzählen. Hast du ihnen gesagt, wie ich heiße?«

»Warum?«

»Arlene, hast du ihnen meinen Namen verraten?«

»Ich weiß es nicht mehr.« Dann wurde ihre Stimme sinnlicher. »Was hältst du davon, Süßer?« Ich hörte einen Reißverschluss.

Plötzlich war da Bewegung in der Dunkelheit. »Fass mich nicht an«, zischte er.

Das Bett quietschte, und ich vermutete, dass sie sich aufgesetzt hatte.

»Mach das Licht an«, verlangte sie. »Schalt es an!« Aber es wurde nicht hell.

»Hast du deinen Kolleginnen meinen Namen genannt?«

»Warum benimmst du dich auf einmal so komisch?«

»Sag es mir, damit ich dir zeigen kann, was ich in meiner Tasche habe.«

»Ja, ich habe ihnen gesagt …«

»Verdammt noch mal!«

»Was ist denn?«

»Du kannst jetzt gehen.«

»Warum?«

»Verschwinde.«

»Was ist denn los mit dir? Ich dachte … Ich meine … Ich mag dich, und ich dachte …«

»Ich hatte für heute Abend etwas sehr Besonderes mit dir vor, aber du hast es gerade ruiniert. Ich wollte dich öffnen, Arlene.«

»Du wolltest was?«

»Verschwinde aus meinem Haus.«

Das Bett wackelte wieder, die Bodendielen knarrten, und es klang so, als würde sich jemand etwas überziehen.

»Ich fasse es nicht … Du brauchst echt Hilfe, David.«

»Kann schon sein.«

»Du solltest zur …«

»Geh, solange du es noch kannst.«

Sie stürmte aus seinem Schlafzimmer und schrie: »Du verdammter Freak!« Als sie an der Haustür ankam, weinte sie bitterlich.

Kapitel 25

Nachdem Arlene gegangen war, saß Orson eine Weile im Dunkeln. Aus irgendeinem Grund rechnete ich damit, dass er anfing zu weinen und zu einem erbärmlichen Häufchen Elend wurde, sobald er alleine war. Aber das geschah nicht. Als sich meine Augen langsam an die Dunkelheit gewöhnt hatten, konnte ich die Formen im Zimmer erkennen, das Bild an der Wand, die Bücherregale, seine Beine, die er auf dem Bett ausgestreckt hatte. Etwas Licht fiel durch das Mansardenfenster herein, und ich sah sogar die schwarzen Berghänge auf der anderen Seite des Tals.

Nach dreißig Minuten glaubte ich schon, er wäre eingeschlafen, und bereitete mich seelisch darauf vor, aus dem Schrank zu kriechen und das zu tun, weswegen ich hergekommen war. Aber als ich mich gerade bewegen wollte, setzte er sich abrupt auf. Ich erstarrte und sah mit an, wie er seine Arme unter das Bett ausstreckte und etwas hervorholte, das wie ein Schuhkarton aussah. Orson zog seine Schuhe aus und kickte sie in unterschiedliche Richtungen durch das Zimmer. Einer flog in den Schrank und traf mich beinahe am Kopf.

Ich hörte ein mechanisches Klicken. Er legte sich wieder auf die Matratze und sagte langsam und monoton: »Es ist … neunzehn Uhr dreiundvierzig am Freitag, den achten November. Arlene ist heute Abend hier gewesen. Ich habe dir von ihr erzählt. Die Anwaltsgehilfin aus Bristol. Es sollte heute Nacht passieren. Ich konnte den ganzen Tag an nichts anderes denken. Eigentlich denke ich schon die ganze Woche daran. Aber sie hat mit ihren Kolleginnen über mich gesprochen und ihnen meinen Namen gesagt, daher konnte ich es nicht tun. Das war eine Lektion in Selbstbeherrschung. Ich hatte zuvor noch nie ein Teppichmesser benutzt, daher bin ich sehr enttäuscht, dass es heute Abend nicht geklappt hat. Wenn ich noch länger darauf warten muss, es zu tun, dann könnte es passieren, dass ich wieder etwas Unüberlegtes mache, wie damals in Burlington. Aber du hast die Regel aufgestellt, es nie in dieser Stadt zu tun, und da das verdammt clever ist, halte ich mich auch daran.« Er stoppte die Aufnahme, aktivierte sie dann aber doch noch mal.

»Eine Sache noch. Ich war heute online und habe gesehen, dass James Keillers zweites Gnadengesuch abgelehnt wurde. Das heißt dann wohl, dass sie bald einen Termin für seine Hinrichtung festlegen. Da habe ich wirklich etwas Großartiges bewirkt. Vielleicht fahre ich hoch nach Nebraska, wenn sie ihn auf den Stuhl setzen. Ich glaube nämlich, dass sie im Maisschäler-Staat noch den elektrischen Stuhl verwenden.«

Er legte das Diktafon wieder in den Schuhkarton und holte etwas anderes heraus. Dann stieg er aus dem Bett und ging zu seiner Kommode, auf der ein Fernseh-Video-Kombigerät stand. Er legte eine Videokassette ein und schaltete den Fernseher an. Als das Band abgespielt wurde, legte sich Orson auf den Bauch, stützte die Ellenbogen auf die Matratze und den Kopf in die Hände.

Da sah ich es in Farbe. Oh Gott, der Schuppen! Mir wurde übel.

»Das ist Cindy, und sie hat den Test gerade nicht bestanden. Sag Hallo, Cindy.«

Die Frau war an den Pfahl gefesselt und hatte das Lederband um den Hals. Orson richtete die Kamera auf sich, und man sah sein schweißbedecktes Gesicht, seine funkelnden Augen, sein strahlendes Grinsen.

»Cindy hat sich für das fünfzehn Zentimeter lange Ausbeinmesser entschieden.«

»Hören Sie auf!«, kreischte sie.

Ich hielt mir die Ohren zu und schloss die Augen. Die Angst in ihrer Stimme schnürte mir die Kehle zu. Selbst jetzt konnte ich noch ihre durchdringenden Schreie hören. Auch von Orson, der noch immer auf dem Bett lag, kamen Geräusche. Ich öffnete vorsichtig ein Auge und sah, dass er sich umgedreht hatte und sich den Bildschirm verkehrt herum ansah, während er sich einen runterholte.

Das Video, auf dem Orson diese Frau umbrachte, war nicht lang, aber er sah es sich immer wieder an. Wenn ich mich nur auf meinen Herzschlag konzentrierte, dann gelang es mir, den Fernseher und Orsons Stöhnen fast vollständig auszublenden. Ich zählte meine Herzschläge und kam bis siebenhundertvier.

Als ich die Augen wieder aufschlug, war es still im Zimmer. Ich war eingenickt und mochte gar nicht daran denken, dass ich möglicherweise geschnarcht oder kostbare Stunden in diesem Schrank verloren hatte. Doch es war gerade erst kurz nach 21.30 Uhr, und ich war erleichtert, dass Walter und ich noch den Großteil der Nacht hatten, um meinen Bruder umzubringen.

Vom Bett kamen tiefe Atemgeräusche. Ich erkannte das Muster und war mir ziemlich sicher, dass Orson eingeschlafen war, daher zog ich eine Spritze und eine Ampulle Versed aus der Tasche. Nachdem ich die Plastikkappe abgenommen hatte, stach ich die hohle Nadel durch das Gummisiegel und zog den Kolben zurück, bis die Ampulle leer war. Dann zog ich den Inhalt zwei weiterer Ampullen auf. Mit fünfzehn Milligramm Versed in der Spritze drückte ich die Kappen wieder auf und steckte die drei leeren Ampullen in meine Tasche, die ich verschloss. Die Spritze in der linken und die Glock in der rechten Hand steckte ich den Kopf durch die Kleidungsstücke und bahnte mir den Weg aus dem Schrank.

Als ich den begehbaren Kleiderschrank verlassen wollte, kam mir der Gedanke, dass er möglicherweise gar nicht schlief. Vielleicht ruhte er sich nur aus und atmete wie in einer yogischen Trance so ruhig. Nach drei Schritten stand ich vor dem Schrank und sah auf Orson herab.

Seine Brust hob und senkte sich in diesem für den Schlaf so typischen Rhythmus. Ich ging auf die Knie, schob mir die Plastikspritze zwischen die Zähne und kroch über den staubigen Boden. Vor dem Bettrand verharrte ich und musste mich erneut zusammennehmen, da mir übel wurde und ich zu hyperventilieren begann. Mir lief der Schweiß über die Stirn und in die Augen. Meine Hände waren in den Latexhandschuhen schweißnass.

Noch in der Hocke nahm ich die Spritze aus dem Mund und hielt sie mir vor das Gesicht, während ich den Kolben ein Stück herunterdrückte, um die Luftblasen zu beseitigen, sodass ein Spritzer herauskam. Orson bewegte sich auf dem Bett. Er lag mit dem Rücken zu mir, drehte sich jetzt jedoch um und hätte nur noch die Augen öffnen müssen, um mich anzusehen.

Sein linker Arm war wunderbarerweise entblößt. Ich zog die Stiftlampe aus der Tasche, schob sie mir zwischen die Zähne, richtete den Lichtstrahl auf seinen Arm und konnte die vielen kleinen Äderchen unter seiner Haut erkennen. Sehr geduldig und vorsichtig senkte ich die Nadel, bis sie nur noch einen Zentimeter über seiner Haut schwebte. Es bestand durchaus die Möglichkeit, dass ihn die Injektion umbrachte. Da ich ihm eine erhebliche Dosis Versed intravenös injizieren wollte, würde sich diese den Weg durch seine Adern bahnen, und wenn sie zum zentralen Nervensystem kam, hörte er vielleicht auf zu atmen. Jetzt brauchte ich ruhige Hände.

Als ich die Nadel in die Vene am Ellenbogen steckte, schlug Orson die Augen auf. Ich injizierte die Droge und hoffte, dass ich eine Vene getroffen hatte. Orson setzte sich ruckartig auf und keuchte. Ich ließ die Spritze los und machte einen Satz nach hinten. Die Nadel hing noch immer in seinem Arm. Er zog sie raus und hielt sie sich verblüfft vors Gesicht.

»Andy?«, flüsterte er, noch immer nicht ganz wach. »Andy? Wie hast du …« Er schluckte mehrmals und sah aus, als hätte er Schwierigkeiten beim Atmen. Ich stand auf und richtete die Waffe auf ihn.

»Leg dich wieder hin, Orson.«

»Was hast du mir da gespritzt?«

»Leg dich hin!«

Er ließ sich wieder sinken. »Himmel«, murmelte er. »Das Zeug haut aber rein.«

Schon jetzt klang er benommen, und ich dachte, er hätte die Augen geschlossen. Ich schaltete die Nachttischlampe ein, um mich davon zu überzeugen. Seine Lider waren nur noch einen Spaltbreit geöffnet.

»Was machst du da, Andy?«, fragte er. »Wie hast du …« Seine Worte erstarben.

»Du hast meine Mutter ermordet«, warf ich ihm vor.

»Ich dachte nicht, dass du …« Er schloss die Augen.

»Orson?« Ich konnte den roten Punkt an seinem Arm sehen, an dem die Nadel in die Haut eingedrungen war. »Orson!« Er bewegte sich nicht, und ich schlug ihm ins Gesicht. Daraufhin stöhnte er, aber das war eher eine unbewusste Reaktion, die mir sagte, dass das Mittel wirkte.

Ich machte einen Schritt nach hinten und holte das Walkie-Talkie aus meiner Bauchtasche.

»Walter?«, sagte ich angespannt. »Walt… Fred?«

»Over.«

»Bist du in der Nähe?«

»Dreißig Meter.«

»Fahr vors Haus und komm rein.«

Ich lehnte mich an die Wand und wischte mir den Schweiß aus den Augen.

Orson stürzte aus dem Bett und rammte mir den Kopf in die Magengrube, bevor ich meine Waffe überhaupt ziehen konnte. Als mir die Luft aus der Lunge gepresst wurde, trat er mir mit dem Knie zwischen die Beine und packte mit beiden Händen meinen Nacken. Er stieß mir seine Stirn gegen die Nase, ich spürte, wie sie brach und anfing zu brennen. Kaltes Blut rann mir über die Lippen.

»Was denkst du dir eigentlich, Andy? Glaubst du, du könntest so was mit mir machen?«

Es gelang mir gerade so, tief Luft zu holen, als er mir direkt unter dem Bauchnabel in dem Magen schlug. Ich beugte mich vor, und er rammte mir das Knie ins Gesicht, sodass ich zu Boden sackte.

Sofort stürzte er sich auf mich und bohrte mir die Finger in den Bauch, wo ich die Glock noch immer mit eisenhartem Griff festhielt. Ein stechender, heftiger Schmerz im Rücken ließ mich aufstöhnen.

»Ja, das gefällt dir, was? Ich werde es wieder und immer wieder tun.« Er stach mich mit der Nadel, und ich spürte, wie sie stecken blieb. »Du wirst schon noch aufgeben«, sagte er, »und dann werde ich das Wochenende damit verbringen, dich abzuschlachten. Was hast du dir nur gedacht, Andy? Was?«

Währenddessen dachte ich die ganze Zeit, dass ich mich wenigstens wehren sollte, aber ich hatte Angst, dass er mir die Waffe abnahm, wenn ich mich bewegte.

Ein harter Knochen traf mich am Hinterkopf, und es tat höllisch weh. Ich spürte, wie er die Spritze rauszog und wieder in mich rammte.

»Ach, Scheiße«, murmelte er und schlug mir erneut auf den Hinterkopf, aber mit deutlich weniger Kraft als zuvor. »Ach, verdammt, Andy.« Er sackte auf den Boden, stützte sich auf die Hände und die Knie und versuchte, nicht das Bewusstsein zu verlieren. »Bleib wach«, murmelte er. »Nein, nein.«

Ich riss die Nadel aus meinem Rücken, stand auf und ging zur Schlafzimmertür. Mein Gesicht fühlte sich geschwollen an, und ich konnte mit dem linken Auge nicht mehr klar sehen. Aber das Adrenalin bewirkte, dass ich den Schmerz ignorierte, ebenso wie die tiefen, mikroskopischen Löcher in meinem Rücken. Unter dem Mechanikeroverall lief mir das Blut an den Beinen herunter. Orson fiel auf den Boden und lag auf der Seite.

»Nein.« Er seufzte tief und sprach immer undeutlicher. »Andy. Tu nichts …« Dann schloss er die Augen und schwieg.

Es klopfte an der Haustür. Ich hielt die Waffe am Lauf fest und schlug sie Orson gegen die Stirn, bis er blutete. Dann rannte ich in den Flur und die Treppe hinunter.

»Walter?«, schrie ich durch die Tür.

»Ich bin's«, bestätigte er, und ich ließ ihn rein. Seine Kleidung strahlte die nächtliche Kälte ab. »Wo ist dein Br... Oh Gott, dein Gesicht ...«

»Mir geht's gut. Komm mit«, erwiderte ich und lief wieder die Treppe hoch. »Zieh die Latexhandschuhe an. Er ist oben.«

Kapitel 26

Während Walter Orson, der nur seine Boxershorts trug, die Treppe runterschleifte und ihn in den Perserteppich einwickelte, durchsuchte ich erneut jeden Winkel des Schlafzimmers meines Bruders. Unter dem Bett entdeckte ich den Schuhkarton mit den Mikrokassetten und zwei weiterer Videokassetten, aber das war auch schon alles. Auch bei der gründlichen Überprüfung des Kleiderschranks fand ich nichts Außergewöhnliches. Im Gästezimmer war auch nichts zu entdecken, und als ich mit dem zweiten Rundgang im Arbeitszimmer begann, wurde ich immer wütender.

»Hast du das gesehen?«, fragte ich, als ich auf den Flur kam, und hob den Schuhkarton über meinen Kopf. »Das ist alles, was er hier im Haus aufbewahrt und was darauf hindeutet, was er wirklich für ein Mensch ist.«

Walter, der ebenso wie ich einen Mechanikeroverall trug, saß auf Orson, der inzwischen in den Teppich eingewickelt war.

»Es gibt aber noch mehr solcher Fotos«, fuhr ich fort. »Fotos, auf denen ich anderen Menschen schreckliche Dinge antue. Er muss sie in einer Lagereinheit oder in einem Schließfach aufbewahren. Ist dir klar, was passiert, wenn dieses Arschloch die Rechnungen dafür nicht mehr bezahlt, weil er tot ist? Dann räumen sie alles aus und finden Fotos von mir, wie ich einer Frau das Herz aus der Brust schneide.« *Jetzt weißt du es.*

Walter sah mich an, bat mich jedoch nicht, ihm das zu erklären. Er stand auf und ging in Orsons Arbeitszimmer. Dort nahm er den Cognacdekanter in die Hand und goss sich einen ordentlichen Drink ein.

»Willst du auch was?«, fragte er mich und erwärmte den Brandy, indem er ihn im Glas herumschwenkte.

»Gern.« Er schenkte mir auch etwas ein und kam ins Wohnzimmer. Wir setzten uns auf Orsons Futon vor den Kamin, schwenkten schweigend unseren Brandy, nippten daran und warteten auf die euphorische Ruhe, die jedoch nicht richtig einsetzen wollte.

»Wird er es uns verraten?«, erkundigte sich Walter schließlich.

»Was?«

»Wo er die Fotos von dir aufbewahrt und wer der Mann ist, der Jennas Arm bemalt hat.«

Ich drehte den Kopf und sah Walter in die Augen, während sich meine Wangen vom Alkohol langsam röteten.

»Dafür werden wir schon sorgen.«

Wir trugen Orson aus der Haustür und die Treppe herunter. Der Mond schimmerte durch die kahlen, kalligrafieartigen Bäume hindurch. Der Alkohol betäubte die Schmerzen in meinem Gesicht und linderte auch die stechende Kälte.

Der Teppich passte nicht in den Wagen, daher rollten wir Orson heraus und steckten ihn so in den engen, dunklen Kofferraum. Ich überprüfte seine Atmung, und obwohl sie regelmäßig war, atmete er sehr flach. Aus dem Haus auf der anderen Straßenseite war Licht zu sehen, und ein Mann erschien am Mansardenfenster.

»Komm schon, Walter«, meinte ich. »Wir sollten so schnell wie möglich von hier verschwinden.«

Wir fuhren den Weg zurück, den wir hergekommen waren, und bogen auf die Main Street ab. Ich sah aus dem Fenster, als wir am Campus vorbeikamen, dessen Gehwege beleuchtet und leer waren. In einiger Entfernung konnte ich die weiße Plattform erkennen, auf der ich am Vortag im Schnee gestanden hatte, auf der Suche nach dem Mann, der jetzt bewusstlos im Kofferraum lag.

»Wir haben ihn erwischt, nicht wahr?«, sagte ich, und der Brandy bewirkte, dass ich grinsen musste.

»Ich werde erst feiern, wenn er unter der Erde liegt und wir wissen, wer der Mann ist, der meine Tochter bedroht hat.«

In der Innenstadt von Woodside war auch um 22.30 Uhr noch eine Menge los. Trotz der Kälte wimmelte es auf den Bürgersteigen von Studenten. Ich konnte hundert winzige Wölkchen sehen, wo ihr Atem in der Kälte kondensierte, und ihr Johlen durch die Fensterscheibe hören. Auf beiden Straßenseiten befanden sich Bars, vor denen sich lange Schlangen aus ungeduldigen Studenten gebildet hatten, die unbedingt ins Warme kommen wollten. Das konnte ich durchaus nachvollziehen. Es war in dieser Stadt viel zu kalt, um etwas anderes zu machen, als sich zu betrinken.

Zwölfeinhalb Kilometer vom »Beans 'n Bagels« entfernt verließ Walter die Straße und hielt auf dem breiten Standstreifen der 116. Der Wagen rollte noch einhundert Meter durchs Gras und blieb dann im Schatten zweier Eichen stehen.

»Deine Schaufel steht da vorn«, sagte er. »Ich habe sie eben gesehen.« Er lehnte sich auf seinem Sitz zurück und schaltete den Motor aus. Ich drehte mich um und schaute durch die Heckscheibe. Entlang des Highways, der nun in blaues, eisiges Mondlicht getaucht war, rührte sich nichts.

»Was macht dein Gesicht?«, wollte er wissen.

»Meine Nase fühlt sich an, als ob sie gebrochen ist, aber das glaube ich nicht.« Sie war warm und die Haut auf dem Nasenrücken spannte sich aufgrund der Schwellung. Ich bekam das linke Auge kaum noch auf, aber es tat überraschenderweise nicht weh.

»Soll ich dir beim Ausladen helfen?«, fragte ich.

Das Geräusch der zuschlagenden Autotüren hallte durch den Wald und über die Berghänge. Irgendwo über uns schrie eine Eule, und ich stellte mir vor, wie sie auf dem kahlen Ast einer knorrigen Eiche saß, die Augen aufriss und lauschte. Ich war nach dem Brandy leicht beschwipst und taumelte auf dem Weg zum Heck des Wagens ein wenig.

Walter steckte den Schlüssel ins Schloss und klappte den Kofferraumdeckel auf. Orson lag auf dem Bauch und hatte die Arme über den Kopf ausgestreckt. Ich griff ohne zu zögern zu, packte seine Arme direkt über den Ellenbogen, zerrte ihn aus dem Wagen und ließ ihn auf den Boden fallen. Obwohl er kein Hemd anhatte, wachte er aufgrund der Kälte nicht auf. Walter öffnete die hintere Tür und nahm dann die Füße meines Bruders. Gemeinsam hievten wir ihn auf den Rücksitz, Walter kletterte auf ihn und fesselte seine Hände mit den Handschellen hinter seinem Rücken. Dann drehte er Orson um und schlug ihm fünfmal fest mit der Hand ins Gesicht. Ich sagte nichts.

»Schalt die Heizung ein«, verlangte ich, nachdem ich mich wieder in den Wagen gesetzt hatte. »Es ist schweinekalt.«

Walter schaltete den Motor ein, der im Leerlauf vor sich hin tuckerte. Ich beugte mich vor und hielt das Gesicht vor die Lüftung, um mir die Wangen wärmen zu lassen.

»Orson«, meinte ich dann, kniete mich auf den Sitz und sah nach hinten. Er lag reglos auf dem Bauch und war zwischen den beiden Türen eingeklemmt. Ich konnte sein Gesicht sehen, er hatte die Augen geschlossen. Selbst als ich seine Arme packte und ihn heftig durchschüttelte, gab er keinen Ton von sich.

Daraufhin stieg ich auf den Rücksitz und kniete mich auf den Boden, sodass mein Gesicht auf gleicher Höhe mit seinem war. »Orson«, sagte ich und war ihm so nah, dass ich ihn hätte küssen können. »Wach auf.« Ich schlug ihn. Das fühlte sich gut an. »Wach endlich auf!«, brüllte ich, aber er zuckte nicht einmal mit der Wimper. »Scheiße.« Ich krabbelte wieder nach vorne. »Dann werden wir wohl warten müssen.«

»Wie viel hast du ihm gegeben?«, wollte Walter wissen.

»Fünfzehn Milligramm.«

»Hör mal, ich will hier nicht die ganze Nacht sitzen. Gib ihm einfach das Gegenmittel.«

»Das könnte ihn umbringen. Das ist ein ziemlicher Schock für seinen Körper. Wir sollten lieber warten, bis er von selbst zu sich kommt.«

Ich starrte den Highway entlang und sah, wie zwei Scheinwerfer plötzlich auftauchten und wieder verschwanden.

»In Wyoming kann man die Scheinwerfer eines näher kommenden Wagens aus dreißig bis vierzig Kilometern Entfernung sehen«, berichtete ich. Dann stellte ich den Sitz weiter nach hinten und drehte mich zur Tür um. »Walter?«

»Ja?«

»Ich habe in Wyoming einen Mann getötet.«

Er sagte nichts darauf und schwieg eine Weile.

»Erinnerst du dich an die Party, die ich im Mai geschmissen haben?«, fragte ich irgendwann.

»Ja.«

»Ich habe oft an diese Nacht gedacht. Wir haben draußen an meinem Pier gesessen ...«

»Und waren ziemlich betrunken, wenn ich mich richtig erinnere.«

»Genau. Ich weiß noch, wie ich damals gedacht habe: ›Du bist ein echter Glückspilz. Du bist vierunddreißig, erfolgreich und angesehen. Du führst ein Leben, von dem viele Menschen nicht einmal träumen können ...‹ Genau eine Woche später erhielt ich den Brief von Orson ... Wie können wir nach dem, was hier passieren wird, wieder nach Hause fahren? Ich kann mir nicht einmal vorstellen, dass ich je wieder was schreiben werde. Oder dass ich mich je wieder normal fühlen werde. So, als wäre alles in Ordnung. Als wäre ich ein Mensch, der etwas Gutes tun könnte.« Ich deutete auf Orson. »Als wir in der Wüste waren, hat er gesagt, dass ich ebenfalls Mordlust in meinem Herzen hätte.«

»Ich würde eher behaupten, dass er von sich auf dich geschlossen hat.«

Ich sah auf die Waffe in meinem Schoß herab.

»Ich glaube, er hatte recht, Walter.«

»Du bist kein böser Mensch.«

»Nein, aber ich könnte einer sein. Das ist mir jetzt klar geworden. Wir stehen dichter davor, als du denkst.« Ich stopfte die Glock in meine Bauchtasche. »Willst du wach bleiben und Orson im Auge behalten?«

»Ja.«

»Weck mich in einer Stunde, dann kannst du schlafen.«

»Ich werde heute Nacht sowieso nicht schlafen können.«

»Dann weck mich eben, wenn er aufwacht.« Ich machte es mir auf dem Sitz bequem. Damit ich einschlafen konnte, stellte ich mir vor, ich würde in Aruba auf einem Liegestuhl am Strand liegen. Die Luft aus der Lüftung war meine tropische Brise, und ich konnte sogar das Meer in den Vibrationen des im Leerlauf stehenden Motors hören.

Hände schüttelten mich, und ich setzte mich auf. Mein Kopf schmerzte, als würde er in einem Schraubstock stecken. Walter starrte mich an und hatte seine 45er auf dem Schoß liegen.

»Wie spät ist es?«, wollte ich wissen.

»Eins. Er regt sich, aber ich glaube nicht, dass er so bald aufwachen wird. Zumindest wird er nicht so wach sein, dass wir mit ihm reden können.«

»Okay, ich gebe ihm das Gegenmittel.«

Ich kramte in meiner Bauchtasche herum, bis ich die 10-ml-Ampulle mit dem Benzodiazepine-Gegenmittel Flumazenil gefunden hatte. Nachdem ich die ganze Ampulle aufgezogen hatte, kletterte ich auf den Rücksitz und nahm Orsons linken Arm. Ich entschied mich für dieselbe Vene wie zuvor, stach mit der Nadel durch seine Haut, drückte den Kolben herunter und injizierte ihm ein Milligramm des Mittels. Als die Spritze leer war, stieg ich aus und setzte mich wieder auf den Beifahrersitz.

»Bist du bereit?«, fragte ich. »Er wird schnell wieder zu sich kommen. Dann wird er hellwach und stinksauer sein.«

Eine Minute verstrich. Dann bewegte sich Orson, rieb sich das Gesicht und versuchte, sich aufzusetzen. Er hatte einen Kratzer auf der Stirn, wo ich ihm eins mit der Glock verpasst hatte. Eine getrocknete Blutspur verlief von seinem linken Auge bis zum Mundwinkel und sah aus wie verschmierte Mascara. Er murmelte etwas Unverständliches.

»Setz dich auf«, forderte ich, kniete mich wieder hin und sah nach hinten.

Walter packte Orsons Haare und zerrte ihn gnadenlos in eine sitzende Position auf dem mittleren Sitz. Orson blieb sitzen und schlug die Augen auf. Als er mich sah, lächelte er matt.

»Andy«, sagte er mit klarer Stimme. »Was in aller Welt …«

»Wo sind die Videoaufzeichnungen, die du von den Morden gemacht hast? Und die Fotos, wie die auf der Karte, die du mir geschickt hast?«

»Ich habe geträumt, dass wir miteinander gekämpft haben«, erwiderte er. »Ich habe dich ziemlich übel verprügelt, wenn ich mich recht erinnere.« Es war fast schon ein Wunder, wie schnell die Betäubung verflogen war. Orson war hellwach, hatte erweiterte Pupillen und einen beschleunigten Herzschlag.

»Drück den Zigarettenanzünder rein, Walter«, sagte ich, und er tat es.

»Walt?«, wiederholte Orson. »Was machst du denn hier?«

»Rede nicht mit ihm«, meinte ich zu Walter.

»Er kann mit mir reden, wenn er das will. Wie geht's der Familie, Walt?«

»Orson«, knurrte Walter. »Ich werde …« Ich nahm Walters Arm, sah ihm in die Augen und schüttelte den Kopf. Er wurde rot und nickte.

»Nein, lass ihn reden«, warf Orson ein. »Er ist bestimmt ziemlich sauer auf mich und hat mir einiges zu sagen.«

»Nein, Orson. Heute Nacht geht es um dich.«

Orson grinste und sah Walter im Rückspiegel in die Augen. »Wie geht's der kleinen Jenna?« Walter hatte die Hände am Lenkrad und sah auf die 45er auf seinem Schoß herab. »Ich habe gehört, sie wäre ganz entzückend. Du bist bestimmt sehr stolz auf …«

»Walter lässt sich von deinen Sticheleien nicht aus der Ruhe bringen«, erklärte ich. »Du bist nicht in der Position, um …«

»Wenn ihm das nichts ausmacht, warum starrt er dann gerade seine Waffe an?« Orson lächelte Walter zu. »Hast du etwa vor, etwas Unüberlegtes zu machen?«

»Orson«, sagte ich, »hier geht es um …«

»Ich glaube, er ist wütend, weil einer meiner anderen Protegés ein Auge auf den Lancing-Clan geworfen hat.«

Walter legte die Finger enger um seine Pistole. Er ging auf die Knie und drehte sich zu meinem Bruder um.

»Sein Name ist Luther«, fuhr Orson fort. »Möchtest du gern mehr über ihn wissen, Walter? Er könnte bald zu einem wichtigen Teil deines Lebens werden. Eigentlich könnte er das auch längst sein. Denn als ich ihn vor drei Jahren mit raus in die Wüste genommen habe, hat er sich sehr dafür interessiert ...«

»Walter, ignorier ihn einfach ...«

»Lass ihn ausreden.«

»Das war zwar nicht beabsichtigt«, fuhr Orson fort, »aber Luther mag kleine Dinge. Vor allem mag er es, kleinen Dingen wehzutun, und da ich mir nicht anmaßen wollte, über ihn zu urteilen, habe ich zu ihm gesagt: ›Ich kenne da zwei kleine Dinge namens Jenna und John David, denen du ruhig mal ein bisschen wehtun könntest.‹«

»Ich glaube dir nicht.«

»Du musst mir auch gar nicht glauben, Walter. Luther glaubt mir, und das ist alles, was zählt. Sein Besuch in Jennas Schule war erst der Anfang. Er ist auch Beth schon begegnet, aber das hat sie nicht einmal bemerkt. Auf meinen Vorschlag hin hat er sich eure Adresse notiert, und wenn er es nicht längst getan hat, dann wird er euch bestimmt bald einen Besuch im Shortlead Drive Nummer fünfzehn achtzehn abstatten. Ach, stimmt ja, Beth hat die Kinder weggebracht. Tja, Luther wird sie schon finden, falls das nicht bereits geschehen ist. Er ist wirklich motiviert. Die Profiler des FBI würden ihn vermutlich als ›hedonistischen Killer‹ bezeichnen, was bedeutet, dass er sexuelle Befriedigung durch die Qualen anderer empfindet. Daher kannst du mir glauben, wenn ich dir versichere, dass er ein krankes Schwein ist. Er macht sogar mir Angst.«

Walter drückte Orson die Waffe an die Brust.

»Nein«, sagte ich ruhig. »Halt dich einfach zurück.«

»Wenn ich den Abzug drücke, dann wird die Kugel mit solcher Kraft in deinen Brustkorb eindringen, dass dein Herz einfach stehen bleibt. Wie fühlt sich das an, Orson?«

»Ich stelle mir vor, wie sich deine Frau und deine Kinder fühlen werden. Aber du kannst mir eines glauben, Walter: Selbst wenn du mir bei lebendigem Leib die Haut abziehst, werde ich Luther nicht zurückpfeifen.«

»Nimm die Waffe runter«, mischte ich mich ein. »So wird es nicht laufen.«

»Er redet über meine Familie.«

»Er lügt. Und er wird es uns sagen.«

»Ich lüge nicht, Walter. Soll ich dir sagen, was Luther mit deiner Familie vorhat, oder soll es eine Überraschung bleiben?«

Walter knirschte mit den Zähnen und zitterte vor Wut am ganzen Körper.

»Ich sage es nicht noch einmal«, beharrte ich. »Nimm die Waffe runter.«

»Halt die Klappe, Andy.«

Ich zog meine Glock aus meiner Bauchtasche und richtete sie auf meinen besten Freund. »Ich lasse nicht zu, dass du ihn erschießt. Noch nicht. Denk doch mal darüber nach. Wenn du ihn umbringst, werden wir nie herausfinden, wo sich Luther aufhält. Du setzt das Leben deiner Familie aufs Spiel.«

»Vielleicht lässt Luther uns in Ruhe, wenn er tot ist. Orson macht das doch nur, weil ich über ihn Bescheid weiß.« Er zog den Hahn zurück.

»Walter, du bist gerade ziemlich aufgebracht und solltest dich …« Ich beugte mich vor und wollte ihm die Waffe abnehmen, aber er zuckte nach hinten und richtete seine 45er auf mich.

»Nimm du deine Waffe runter.«

Ich legte den Finger auf den Abzug.

»Willst du mich etwa auch erschießen?«

»Du hast keine Kinder«, fauchte er mich aufgebracht an. »Du weißt nicht, wie das ist.« Dann richtete er die Waffe wieder auf meinen Bruder. »Ich zähle bis drei, du Stück Scheiße.«

»Okay. Eins.«

»Walter!«

»Zwei.«

»Wenn du ihn umbringst, tötet er deine Familie!«

Bevor Walter weitersprechen konnte, zog Orson die Knie an die Brust und trat von hinten gegen meinen Sitz. Ich wurde nach vorn gegen das Armaturenbrett geschleudert, mein Finger rutschte ab, und obwohl ich den Schuss nicht einmal hörte, spürte ich den Rückstoß meiner Glock.

Walter fiel aufs Lenkrad und die Hupe, die kilometerweit zu hören sein musste. Ich zog ihn schnell nach hinten, er sackte auf meinem Schoß zusammen und blutete meine Kleidung voll.

Ich weinte, und Orson lachte.

Kapitel 27

Um kurz vor fünf hatte ich Walter begraben. Durch die Baumwipfel fiel das erste Licht auf den Waldboden, und der weiße Cadillac musste jetzt vom Highway deutlich zu sehen sein. Mit jeder verstreichenden Sekunde wurde es heller, ich spürte, wie die Besessenheit, die ich noch vor Stunden gespürt hatte, langsam verschwand. Als ich zwischen den Bäumen hindurch zurückging und mein Mechanikeroverall von Walters Blut ganz steif geworden war, musste ich mir eingestehen, dass ich kurz vor dem Zusammenbrechen war.

Ich kam zum Waldrand und sah drei Autos in Richtung Bristol vorbeifahren. Es war inzwischen so hell, dass sich die texturlosen schwarzen Berge deutlich vor dem Himmel abzeichneten, und jeder, der vorbeifuhr, würde sehen können, wie ich über den Standstreifen auf den Wagen zutaumelte, falls er sich zur Seite umdrehte. Am östlichen Horizont zeichnete sich über dem Atlantik die aufgehende Sonne ab, und der Mond war schon vor Stunden verschwunden.

Dann stand ich vor dem Cadillac. Orson lag bewusstlos im Kofferraum, eine ganze 4-mg-Ampulle Ativan floss durch seinen Körper.

Der Vordersitz war über und über mit Blut besudelt, vor beiden Sitzen hatten sich riesige Blutlachen gebildet, und das Fenster auf der Fahrerseite war rot verschmiert. Es gelang mir, so viel Blut und Gehirnmasse von der Scheibe zu wischen, dass ich losfahren konnte. Völlig erschöpft ließ ich den Motor an und fuhr in Richtung Süden auf den Highway und zurück nach Woodside.

Die ganze Zeit fragte ich mich, was ich tun sollte, falls mich die Polizei anhielt. Wenn man das blutige Wageninnere sah und mein verfärbtes, zugeschwollenes linkes Auge. Ich würde fliehen müssen. Und ich hätte keine andere Wahl, als wieder zu töten.

Ich fuhr zurück zu Orsons Haus und stellte den Cadillac rückwärts auf seine Auffahrt neben den weißen Lexus. Bei dem Gedanken daran, dass ich aus dem Wagen aussteigen musste, wo die ganze Stadt doch innerhalb der nächsten Stunde aufwachen würde, geriet ich beinahe in Panik. Aber ich hatte keine andere Wahl. Ich musste Orson ins Haus schaffen, mich waschen und mir überlegen, was ich als Nächstes tun sollte.

Von der Couch mit Blumenmuster in Orsons Medienzimmer, auf der ich lag, rief ich bei Cynthia zu Hause an. Es war ein sonniger Samstagmorgen, elf Uhr, und die Sonnenstrahlen fielen durch die Vorhänge in den sparsam möblierten Raum mit dem großen Fernseher in einem Kiefernholzschrank und einem Regal voller CDs in einer Ecke. Orson lag mir gegenüber auf einer identischen Couch, die Hände noch immer hinter dem Rücken gefesselt. Um die Füße hatte ich ihm ein Fahrradschloss gewickelt, das ich in seinem Arbeitszimmer entdeckt hatte.

Sie ging nach dem dritten Klingeln dran. »Hallo?«

»Hi, Cynthia.«

»Andy.« Ich konnte den Schreck in ihrer Stimme hören, und das beunruhigte mich. »Wo bist du?«, wollte sie wissen. »Man sucht schon nach dir.«

»Wer ist man?«

»Die Polizei von Winston-Salem hat mich gestern zweimal im Büro angerufen.«

»Was wollen die denn von mir?«

»Weißt du von deiner Mutter?«

Sie würde es noch bereuen, das gefragt zu haben.

»Was ist denn mit ihr?«

»Oh, Andy, es tut mir so leid.«

»Was?«

»Ein Nachbar hat sie vor drei Tagen tot im Haus gefunden. Am Mittwoch, glaube ich. Andy ...«

»Was ist passiert?« Meine Stimme zitterte. Wie konnte ein unschuldiger Mann erklären, warum er nicht weinen musste, wenn er gerade erfuhr, dass seine Mutter ermordet wurde? Selbst die Schuldigen schafften es, ein paar Tränen zu produzieren.

»Man geht davon aus, dass sie ermordet wurde.«

Ich ließ das Telefon sinken und schaffte es, ein paar Mal zu schluchzen. Nach einem Moment hielt ich den Hörer wieder ans Ohr. »Ich bin noch da«, sagte ich schniefend.

»Geht es dir gut?«

»Ich weiß es nicht.«

»Andy, die Polizei will mit dir reden.«

»Warum?«

»Ich, ähm ... Ich glaube ...« Sie seufzte. »Es fällt mir nicht leicht, das zu sagen, Andy. Sie wollen dich verhaften.«

»Aber wieso denn das?«

»Sie glauben, du hättest deine Mutter ermordet.«

»Oh nein, nein, nein, nein ...«

»Ich weiß, dass du es nicht getan hast. Ich glaube dir. Aber es wäre das Beste, wenn du einfach mit der Polizei redest und alle aufklärst. Wo steckst du denn? Ich schicke jemanden zu dir, der dich abholen kann.«

»Danke für alles, Cynthia.« Ich legte auf und dachte dabei, dass sie sie ja irgendwann finden mussten. Du hast mich schon wieder reingelegt, Orson. Ich starrte meinen Bruder auf dem Sofa an. Er würde bald wieder aufwachen. *Du hast kein Zuhause mehr, solange du das nicht wieder in Ordnung gebracht hast. Es könnte sogar sein, dass du nie mehr zurück nach Hause kannst.*

Orson wachte am frühen Nachmittag auf. Er saß nackt auf einem Holzstuhl, seine Arme waren noch immer hinter seinem Rücken gefesselt, seine Beine hatte ich mit einem Seil an die Stuhlbeine gebunden. Außerdem hatte ich die Tür geschlossen, die Vorhänge zugezogen und den Fernseher so laut gestellt, dass die Lautsprecher brummten.

Ich saß auf der Couch und wartete, bis er wieder halbwegs einen klaren Kopf hatte.

»Bist du wieder wach?«, brüllte ich. Er sagte etwas, das ich aber nicht verstehen konnte, weil der Fernseher so laut war. »Red lauter!« Ich sah ihm an, dass er noch verwirrt war.

»Ja. Was ist …« Dann zeichnete sich auf seinem Gesicht ab, dass ihm alles wieder einfiel. Der Kampf, der Kofferraum, Walter. Er grinste, und ich wusste, dass er wieder ganz der Alte war. Ich nahm die Fernbedienung von der Couch und stellte den Fernseher auf lautlos.

»Orson«, sagte ich. »Es läuft folgendermaßen. Ich stelle die Fragen. Du beantwortest sie. Schnell, kurz und …«

»Wo ist Walt? Nein, lass mich raten. Liegt er in dem Loch, das für mich bestimmt war?«

Ich ließ mir meine Wut nicht anmerken, da ich davon ausging, dass die Folter umso effektiver wäre, je ruhiger ich dabei blieb. Also behielt ich die Fassung und fragte ihn: »Hast du die Videobänder und Fotos von uns beiden aus der Wüste noch?«

»Natürlich.«

»Wo sind sie?«

Er grinste nur und schüttelte den Kopf.

Ich deaktivierte die Stummschaltung, und der Fernseher dröhnte wieder los. Es lief gerade die Folge der »The Andy Griffith Show«, in der Barney Fife einem Kirchenchor beitreten will, obwohl er überhaupt nicht singen kann. Wir hatten sie zusammen mit unserem Vater gesehen.

Langsam stand ich auf und ging um seinen Stuhl herum. Dann zog ich das silberne Zippo aus der Tasche, das ich in Orsons Schrank gefunden hatte, und zündete es an. Trotz der Qualen, die ich durch seine Hand erlitten hatte, fiel es mir unglaublich schwer, ihn zu verbrennen. Aber ich tat es trotzdem.

Orson stöhnte gequält, nach sechs Sekunden zog ich das Feuerzeug weg und setzte mich wieder auf die Couch. Ihm stand der Schweiß auf der Stirn, und sein Gesicht war puterrot angelaufen. Wieder stellte ich den Fernsehton aus.

»Wow!« Er grinste trotz der Schmerzen. »Mann, das ist echt unangenehm! Aber du weißt ja, dass der Rücken nicht gerade der empfindlichste Körperteil ist. Du solltest mein Gesicht in Brand setzten. Die Lippen und die Augen. Bring sie zum Kochen.«

»Orson, sind die Videobänder und Fotos hier im Haus?«

»Nein.«

»Sind sie in Woodside?«

»Spiel nur weiter den Feuerteufel!«

Ein weiteres Mal dröhnte der Fernseher. Ich beugte mich vor und hielt das Feuerzeug unter die Innenseite von Orsons Oberschenkel, während er mir mit dem Interesse eines Wahnsinnigen zusah. Jetzt hatte ich schon weniger Skrupel, ihm wehzutun.

Er brüllte über die misstönende Stimme von Barney Fife hinweg, als die Flamme an seiner Haut leckte. Ich hielt inne, als sein haariges weißes Fleisch Blasen schlug, und schaltete den Fernseher wieder auf lautlos. Er jaulte noch immer, hatte die Augen geschlossen, klapperte mit den Zähnen und schnappte nach Luft.

»Ich glaube, du hast deine Berufung verfehlt«, sagte er, zuckte immer wieder zusammen und saugte durch die zusammengebissenen Zähne hindurch nach Luft, während er versuchte, nicht zu schreien. Als ich seinen Oberschenkel musterte, sah ich, dass sich bereits eine helle Blase gebildet hatte. Ich konnte das versengte Fleisch riechen, das auf abwegige Weise angenehm roch, so wie es Benzin tat.

»Okay, Orson«, meinte ich. »Versuch Nummer drei.«

»Vielleicht liegen sie in einer Lagereinheit in einer Stadt, die du nie finden wirst. Vielleicht …« Ich schaltete den Fernsehton wieder ein, stand auf und hielt das Feuerzeug direkt unter Orsons rechtes Auge. Als die Flamme herauskam, kreischte er: »In der Wüste! In der Wüste!«

Ich machte einen Schritt nach hinten und schaltete den Fernseher stumm. »Das glaube ich dir nicht.«

»Andy«, keuchte er, »meine Videos, meine Fotos, alles, womit ich dich erpressen kann … Das ist alles da draußen.«

»Wo da draußen? In der Hütte?«

»Bring mich nach Wyoming, dann zeig ich's dir.«

»Ich glaube, du stehst auf Verbrennungen.«

»Nein, das tue ich nicht. Hör mich einfach an. Selbst wenn du mich weiter folterst, wirst du nicht wissen, ob es die Wahrheit ist, solange du nicht selbst da rausfährst. Das kannst du mir glauben. Denk doch mal darüber nach.«

»Du glaubst, ich würde dich mit nach Wyoming nehmen?«

»Wie willst du die Hütte sonst finden? Die Zugangsstraße liegt mitten im Nirgendwo. Du musst an einer ganz bestimmten Stelle danach Ausschau halten, sonst übersiehst du sie. Und ich verrate dir bestimmt nicht, wo das ist. Nicht hier. Um nichts in der Welt. Du brauchst mich, und ich brauche dich. Also lass uns losfahren.«

»Ich werde die Hütte auch alleine finden.«

»Wie denn?«

»Ich habe dich auch gefunden.«

Er schnaubte. »Dieser verdammte Cowboy.«

Ich überlegte, ob ich die Flamme unter Orsons Auge halten sollte, bis er mir schreiend verriet, wo ich in der Hütte oder dem Schuppen die Beweise für seine kranke Obsession finden konnte, aber mir war klar, dass er recht hatte: Ich würde erst wissen, ob er die Wahrheit sagte, wenn ich selbst da rausfuhr.

Am liebsten hätte ich ihn nach meiner Mutter gefragt und wie er mir die Sache angehängt hatte, aber ich hatte Angst, dass mich meine Wut so aus der Bahn werfen würde, wie es bei Walter passiert war, und es gab noch einiges, was er mir erzählen musste.

»Wo ist Luther?«, wollte ich wissen.

»Das weiß ich nicht. Luther bleibt nie lange an einem Ort.« Man konnte ihm sein Unbehagen anhören.

»Wie kommuniziert ihr miteinander?«

»Per E-Mail.«

»Wie lautet dein Passwort?« Ein Teil von mir wünschte sich, dass er sich widersetzte. Ich ließ das Zippo aufschnappen.

»WBASS.«

»Bete, dass er sie noch nicht angerührt hat.« Ich stand auf und ging zur Tür.

»Andy«, rief er mir nach. »Kann ich bitte das haben, was du mir schon mal gegeben hast? Ich habe höllische Schmerzen.«

»Es soll ja auch wehtun.«

Ich ging durch das Wohnzimmer in Orsons Arbeitszimmer und fuhr den Computer hoch. Nach der Eingabe des Passworts hatte ich Zugriff auf sein E-Mail-Konto. Da waren sechs Nachrichten, fünfmal Spam und eine von LK72:

>Von: <LK72@aol.com>
>Datum: Fr, 08.11.1996 20:54:33 -0500 (EST)
>An: David Parker <dparker@email.woodside.edu>
>Betreff:
>
>O –
>
>Werde nervös und muss bald in den Norden. Frag mich nach der Str im StIns. Coole Sache! AT ist noch weg. Ebenso WL. KA, wo die L stecken. Ich warte, wenn du willst. Müsste noch jemanden in Sas besuchen. Ist noch immer in den Nachrichten. Wow! Freue mich auf OB.
>
>L

Ich durchsuchte Orsons Papierkorb und die Ordner mit den gesendeten und empfangenen E-Mails, aber er hatte nichts gespeichert oder aufgehoben. Nachdem ich die E-Mail ausgedruckt hatte, kehrte ich zu ihm zurück.

»Entschlüssle das«, verlangte ich und legte die kryptische E-Mail auf Orsons Schoß. »Sie ist von Luther, nicht wahr?«

»Ja, die ist von ihm.«

»Dann lies sie mir mal so vor, dass sie Sinn ergibt.«

Er überflog die Seite und las dann mit schwacher, niedergeschlagener Stimme vor: »Orson, werde nervös und muss bald in den Norden. Frag mich nach der Stripperin im Stallion's. Coole Sache! Andrew Thomas ist noch weg. Ebenso Walter Lancing. Keine Ahnung, wo die Lancings stecken. Ich werde warten, wenn du willst. Müsste noch jemanden in Sasketchewan besuchen. Ist noch immer in den Nachrichten. Wow! Freue mich auf die Outer Banks. Luther.« Er sah mich an. »Das ist alles.«

»Dann ist er noch immer in North Carolina und wartet darauf, dass du ihm sagst, was er wegen der Lancings unternehmen soll?«

»Ja.«

Ich kehrte an seinen Schreibtisch zurück, setzte mich einen Moment lang hin und beobachtete eine Frau, die auf der anderen Straßenseite ihren Rasen harkte. Während ich die Nachricht im Kopf formulierte, wusste ich auf einmal, was ich tun musste … wegen Luther, der Fotos und sogar Orson. Es war eine ebenso bahnbrechende Enthüllung, wie ich sie immer hatte, wenn ich die Geschichte für meinen nächsten Roman auflösen konnte.

Beim Tippen war ich zwar besorgt, dass sich meine E-Mail-Antwort an Luther verdächtig von Orsons Format und Stil unterscheiden würde, aber ich musste es riskieren:

>Von: <dparker@email.woodside.edu>
>Datum: Sa 09.11.1996 13:56:26 -0500 (EST)
>An: <LK72@aol.com>
>Betreff:
>
>L,
>
>fahr nach Sas. Kümmere mich später selbst um Ls, wenn's sein muss. Bin auch bald unterwegs, du weißt, wohin. Treffen wir uns morgen oder Montag unterwegs, damit du mir persönlich von Str erzählen kannst?
>
>O

Ich ging zurück ins Medienzimmer und zog zwei Ampullen Ativan in einer Spritze auf. Dann rammte ich die Nadel tief in den Muskel an Orsons Hintern. Als ich aus dem Zimmer ging, rief er mir etwas nach, aber ich blieb nicht stehen. Ich ging die Treppe hinauf und ins Gästezimmer, da ich nicht in seinem Bett schlafen wollte. Die Matratze war steinhart und wellig, aber ich war seit dreißig Stunden auf den Beinen und hätte auch auf Glassplittern schlafen können. Durch das Fenster hörte ich, wie die Glocke des Colleges zwei schlug, wie Vögel zwitscherten, der Wind durch die Bäume wehte und Autos unten im Tal entlangfuhren – die üblichen Klänge in einer Stadt in New England an einem Samstagnachmittag. Und ich war so weit von dem entfernt, was normal war.

Beim Einschlafen dachte ich an Beth Lancing und ihre Kinder. Ich versuche, euch das Leben zu retten, aber ich habe euch den Ehemann und Vater genommen. Und mir den besten Freund. Dabei fragte ich mich, ob sie bereits spüren konnte, was ich getan hatte.

Kapitel 28

Um 01.30 Uhr kam ich die Treppe wieder runter, nachdem ich elfeinhalb Stunden am Stück geschlafen hatte. Im Haus war es unheimlich still. Ich konnte nur die mechanischen Geräusche der Küchengeräte hören, die in der nächtlichen Stille ansprangen und wieder ausgingen.

Nachdem ich Kaffee aufgesetzt hatte, warf ich einen Blick ins Medienzimmer. Orsons Stuhl war umgefallen. Er war noch bewusstlos, nackt und auf diese merkwürdige Weise an den Stuhl gefesselt. Jetzt sah er schwach und hilflos aus, und einen Moment lang tat er mir richtig leid.

Barfuß ging ich in sein Arbeitszimmer und setzte mich an den Schreibtisch. Als der Monitor flackernd anging und vor statischer Energie knisterte, sah ich, dass er eine Nachricht bekommen hatte. Ich gab das Passwort ein und öffnete die neue E-Mail:

>Von: >LK72@aol.com
>Datum: So, 10.11.1996 01:02:09 -0500 (EST)
>An: David Parker <dparker@email.woodside.edu>
>Betreff:
>
>O –
>
>Kann MO Abend in SB sein. Ruf an, wenn du in Nbrsk bist, dann machen wir was aus.
>
>L

Ich schaltete den Computer wieder aus, ging ins Medienzimmer und verabreichte ihm noch eine Injektion. Danach ging ich nach oben, um zu duschen.

Das heiße Wasser fühlte sich unglaublich gut an. Nachdem ich die Wunden in meinem Gesicht versorgt hatte, blieb ich noch eine Weile im Wasserstrahl stehen, lehnte mich an die kalten Fliesen, während das Wasser kälter wurde, und sah mit an, wie das Blut unter meinen Füßen in den Abfluss floss.

Es dauerte eine Weile, bis sich der Dampf im Badezimmer gelegt hatte, und ich saß solange auf dem Toilettendeckel und sah Orsons Brieftasche durch, die wie so viele andere seiner Besitztümer mit meiner identisch war. Ich legte seinen Führerschein auf das Waschbecken und stellte fest, dass ich seinem Foto darauf überhaupt nicht ähnlich sah. Sein Haar war kurz und braun, sein Gesicht glatt rasiert. Ich stand auf und wischte den beschlagenen Spiegel ab.

Mein Bart war ziemlich gewachsen und sah grau und struppig aus. Mein Haar war völlig zerzaust, und die Farbe hatte unter der langen Dusche gelitten. Zuerst rasierte ich mich und entfernte sogar die Koteletten, und das war eine deutliche Verbesserung. Man konnte an dem elektrischen Rasierer einen Haarschneideaufsatz anstecken, also stieg ich wieder in die Dusche und rasierte mir den Kopf.

Danach sah ich wieder in den Spiegel: Das war schon sehr viel besser.

»Hi, Orson«, sagte ich grinsend.

TEIL IV

Kapitel 29

Am Sonntag vor Sonnenaufgang lud ich Orson in den Kofferraum seines Lexus und fuhr von der Auffahrt seines Hauses in Woodside herunter. Ich hatte seine Brieftasche bei mir, in der sein Bargeld und seine Kreditkarten steckten, und ich war davon überzeugt, dass ich mich im Notfall als mein Bruder ausgeben konnte. Es war beruhigend zu wissen, dass Andrew Thomas verschwinden konnte, weil Orson existierte.

Ich fuhr zum Woodside Inn und schlich mich so leise wie möglich die knarzende Treppe hinauf in das Zimmer, das ich mit Walter zusammen gemietet hatte. Unsere Kleidung lag noch auf den Betten, ich stopfte alles in unsere Koffer und schleppte sie zum Wagen.

Dann fuhr ich auf den Highway 116 und war stolz darauf, dass ich so gründlich vorgegangen war. Ich hatte sogar ausgecheckt. Hatte alle Spuren auf meine Anwesenheit in Orsons Haus verwischt (mein Blut in seinem Schlafzimmer, meine Haare in seinem Waschbecken und seiner Dusche), ebenso wie alle Anzeichen auf seine Entführung. Ich hatte mich um Walters Cadillac gekümmert und ihn um 03.15 Uhr zum Champlain Diner gefahren und dort neben einem überquellenden Müllcontainer geparkt. Es war zwar verdammt unangenehm gewesen, zurück zu Orsons Haus laufen zu müssen, aber es hatte sich gelohnt. Jetzt konnte in dieser Stadt nichts mehr mit mir in Verbindung gebracht werden. Selbst wenn man Walters Wagen mit dem blutigen Innenraum vermutlich innerhalb der nächsten Woche entdeckte, wäre ich dann längst über alle Berge.

Vor dem Aufbruch hatte ich noch eine ganze Kanne Kaffee getrunken und eine doppelte Dosis der Nebenhöhlenmedikamente, die mich immer wach hielten. Das Koffein toste durch mich hindurch, und voll unbändiger Energie fuhr ich aus Woodside raus in Richtung Südwesten zum Staat New York. Wenn nichts mehr schiefging, wäre Luther in weniger als achtundvierzig Stunden tot und ich wäre in Wyoming.

Ich fuhr in Richtung Westen auf der I-80 durch Nebraska. Es war 23.45 Uhr, und die Aufregung ob des Vorhabens, ohne zu schlafen von Vermont nach Wyoming zu fahren, nahm zunehmend ab. Orson war wach. Er trat jetzt seit bestimmt achtzig Kilometern von innen gegen den Kofferraumdeckel, fluchte und wollte mich zum Anhalten bewegen.

Es herrschte nicht viel Verkehr, und da weit und breit nichts als Kornfelder und Farmhäuser in der Ferne zu sehen waren, kam ich seiner Bitte nach. Irgendwo zwischen Lincoln und York fuhr ich zur Seite, sprang in die kalte Nachtluft von Nebraska hinaus und öffnete den Kofferraumdeckel. Er lag auf dem Rücken in seinem Bademantel mit gefesselten Händen vor mir und hob den Kopf.

»Ich hab Durst, du Arschgeige«, krächzte er. »Ich geh hier hinten bald ein.«

»Tja, da vorn steht eiskaltes Wasser, das nur für dich bestimmt ist. Aber du musst es dir verdienen.« Ich holte Luthers E-Mail aus der Tasche, faltete den Zettel auseinander und hielt ihn ihm unter die Nase. »Ist SB Scottsbluff, Nebraska?«

»Warum?«

Ich ging wieder nach vorne und holte die volle Quetschflasche vom Beifahrersitz. Dann stellte ich mich vor Orson und spritzte mir etwas Wasser in den Mund.

»Wow, das ist echt erfrischend!« Ich konnte die Gier in seinen Augen erkennen. »Mehr Wasser ist nicht mehr übrig«, behauptete ich, »und wenn es alle ist, könnte es verdammt lange dauern, bis ich wieder anhalte. Ich habe zwar keinen großen Durst, aber ich bleibe trotzdem hier stehen und trinke alles aus, wenn du nicht kooperierst. Ist SB Scottsbluff?«

»Ja.«

»Was hat das zu bedeuten?«

»Was?« Ich spritzte mir noch etwas Wasser in den Mund. »Luther kennt da eine Kleine, bei der er manchmal wohnt. Er ist immer unterwegs.«

»Wie heißt sie?«

»Mandy irgendwie.«

»Kennst du ihren Nachnamen nicht?«

»Nein.«

»Wie heißt Luther mit Nachnamen?«

»Kite.«

»Mach den Mund auf.« Ich gab ihm etwas Wasser. »Ich habe Luthers Telefonnummer auf der Liste in deiner Brieftasche gesehen. Kann man ihn unter dieser Nummer am besten erreichen?«

»Das ist seine Handynummer. Was hast du vor, Andy?«

»Hast du dich schon mal mit Luther in Scottsbluff getroffen?«

»Einmal.«

»Wo?«

»Bei *Ricki's*. Kann ich …«

»Wer ist das?«

»Das ist eine Bar am Highway 92. Bitte, Andy …«

Ich drückte ihm die Öffnung an die Lippen und spritzte ihm das kalte Wasser in den Mund. Er saugte wie ein Verrückter an der Flasche, aber ich zog sie nach drei Sekunden zurück, als ein Umzugswagen vorbeifuhr. Dann holte ich Orsons Handy aus der Tasche, wählte Luthers Nummer und hielt die halb geleerte Flasche hoch.

»Der Rest gehört dir«, sagte ich. »Finde heraus, ob Luther morgen Abend im *Ricki's* sein kann. Und benimm dich ganz normal. Versuch, nicht so zu klingen, als hätte man dich unter Drogen gesetzt oder vierundzwanzig Stunden in einen Kofferraum gesperrt. Wenn du Scheiße baust, dann wirst du ganz langsam verdursten. Das ist mein Ernst. Ich werde dafür sorgen, dass du tagelang kurz davor bist, verrückt zu werden.« Er nickte. »Und fass dich kurz«, fügte ich noch hinzu. Dann drückte ich die Wähltaste und hielt ihm das Handy ans Ohr.

Nach dem ersten Klingeln meldete sich eine Männerstimme. Ich konnte sie genau verstehen.

»Hallo?«

»Luth?«

»Hey.« Ich tröpfelte etwas Wasser in Orsons Gesicht.

»Wo bist du?«, erkundigte sich Orson.

»Am Tor in den Westen. Ich überquer gerade den Mississippi und kann den Bogen schon sehen. Wo steckst du?«

»Im Osten von Nebraska«, gab ich ihm tonlos zu verstehen.

»Im Osten von Nebraska«, wiederholte Orson. »Bleibst du morgen Abend bei Mandy?«

»Ja. Wollen wir uns im *Ricki's* treffen?«

»Um welche Zeit?«

»Passt dir neun Uhr? Ich bleibe heute Nacht in St. Louis und werde erst morgen Abend in Scottsbluff ankommen.«

»Okay.« Ich fuhr mit dem Finger über meine Kehle. »Hey, Luth, die Verbindung bricht ab.«

Ich beendete den Anruf und steckte mir das Handy wieder in die Tasche. Dann gab ich Orson das restliche Wasser und sah mit an, wie die Verzweiflung aus seinem Blick verschwand.

»Hast du Hunger?«

Er schüttelte den Kopf. »Aber ich muss pinkeln, Andy.«

»Da kann ich dir nicht helfen.«

»Soll ich etwa in den Kofferraum pissen?«

»Es ist dein Wagen.«

Ich öffnete die Hintertür und holte eine Spritze und eine Ampulle Ativan aus meiner Bauchtasche. Ein weiterer Wagen fuhr an uns vorbei in Richtung Lincoln, und auf einmal konnte ich es nicht abwarten, endlich weiterzufahren.

»Dreh dich um, Orson.« Ich stach ihm die Nadel in die Haut.

»Andy«, murmelte er, als ich den Kofferraumdeckel gerade wieder schließen wollte, »du bist verdammt gut darin.«

Der Kaffee und die Medikamente wirkten schon seit Stunden nicht mehr, und die langweiligen geraden Straßen im Westen von Nebraska hatten zur Folge, dass mich allein die Entschlossenheit noch wach halten konnte.

Ich saß jetzt seit dreiundzwanzig Stunden hinter dem Lenkrad und existierte in einem höllischen Zustand zwischen Schlaf und Bewusstsein. Gelegentlich fiel meine Stirn auf das Lenkrad, dann zuckte ich zusammen und war fünf Minuten lang hellwach. Danach schweiften meine Gedanken jedoch schnell wieder ab, bis ich erneut für den Bruchteil einer Sekunde einnickte und mich wieder zu Tode erschreckte.

Achtzig Kilometer nordwestlich von Ogallala erwachte rings um den Highway 26 die Prärie zum Leben. Ein pfirsichfarbener Sonnenaufgang erhellte den Horizont im Osten, und als sich das Licht ausbreitete, wirkte das Land größer und ausgedehnter, als es mir möglich erschien. Es hatte sich über Nacht verändert, und da ich den allmählichen topografischen Übergang nicht gesehen hatte, erstaunte mich diese plötzliche Enthüllung. Für einen Menschen aus dem Osten, der in den Westen fährt, ist die unglaubliche Weite des Landes und des Himmels immer unvorstellbar, und ich stellte mir ein symphonisches Morgenlied vor, das diesen majestätischen Tagesanbruch begleitete.

Um 06.30 Uhr überquerte ich den North Platte River und fuhr in die Stadt Bridgeport. Im Süden fingen die Gipfel der zahllosen Sandsteinberge die korallenfarbenen Sonnenstrahlen ein. Obwohl sie noch kilometerweit entfernt waren, sahen sie so aus, als müsste ich nur den Arm ausstrecken und könnte sie berühren.

Der Highway 26 führte durch die schlafende Stadt. Am Westrand lag ein Motel namens »Courthouse View« (benannt nach einem bekannten Sandsteinberg in der Nähe), und ich nahm mir ein Zimmer. Da ich Orson genug Ativan gegeben hatte, um ihn für den Großteil des Tages ruhigzustellen, ließ ich ihn im Kofferraum und ging schlafen.

In vierzehn Stunden würde ich mich mit Luther treffen.

Am späten Nachmittag checkte ich aus dem Motel aus und fuhr in Richtung Nordwesten auf dem Highway 92 nach Scottsbluff, während ich darüber nachdachte, wieso ich das Treffen mit Luther arrangiert hatte. Eigentlich hielt ich es für einen Fehler. Es war bereits 17.07 Uhr, und ich hatte keine vier Stunden mehr, um mir zu überlegen, wie ich ihn umbringen, die Leiche entsorgen und unbemerkt wieder aus der Stadt verschwinden wollte. Schließlich beschloss ich, dass ich übereilt und sorglos gehandelt hatte. Außerdem manifestierte sich in mir die Überzeugung, dass ich dabei umkommen würde, wenn ich mich mit diesem Kerl anlegte. Daher beschloss ich fünfundzwanzig Meilen von Scottsbluff entfernt, die Sache abzublasen. Bis zu diesem Zeitpunkt hatte ich methodisch gearbeitet, und auch wenn es verlockend war, Luther Kite auf schnelle, clevere Art loszuwerden, reichten vier Stunden Zeit einfach nicht dafür aus.

Das *Ricki's* war eine heruntergekommene Kaschemme. Es lag am Südrand von Scottsbluff im Schatten des zweihundertfünfzig Meter hohen Felsvorsprungs, dem die Stadt ihren Namen verdankte. Ich fuhr auf den nicht geteerten Parkplatz und schaltete den Motor aus. Gleich musste ich aussteigen und durch die trockene Kälte laufen. Noch erhellte die Sonne die Prärie und war als kleiner, heller Fleck in der Ferne zu erkennen, aber die Nacht war nicht mehr weit. Die Touristenbroschüre im Motel hatte behauptet, der einhundertfünfzig Meter hohe einzelne Berg wäre für die Pioniere auf dem Oregon Trail ein Erkennungszeichen und der erste Hinweis darauf gewesen, dass die Rocky Mountains nicht mehr weit waren. Ich ging mit zwei Quetschflaschen Wasser und drei Tüten Kartoffelchips zum Kofferraum, starrte die goldenen Sandsteinberge der Wildcat Hills an und dachte, dass ich mir zu gern einen dieser Berge ausgesucht hätte, um mich darauf zu legen und nie mehr aufzustehen. Ich hätte einfach nur alleine dagesessen und vor mich hin erodiert.

Ich hatte die Wegzehrung im Motel gekauft, aber auf dem Parkplatz war viel zu viel los gewesen, um den Kofferraum aufzumachen. Hier stand neben Orsons Lexus nur ein Pick-up-Truck.

Orson war wach. Selbst das schwache Licht brannte in seinen Augen, und er schloss sie sofort wieder. Er hatte es geschafft, die Füße durch seine gefesselten Hände zu ziehen, die jetzt vor seinem Bauch lagen.

»Hier«, sagte ich und drückte ihm eine Flasche in die Hände. Während er trank wie ein Baby, legte ich die Chips und die zweite Flasche in den Kofferraum. »Es wird nicht mehr lange dauern«, versicherte ich ihm. »Wir sind nur noch fünfundfünfzig Kilometer von der Grenze zu Wyoming entfernt.«

Ich hatte eine Spritze vorbereitet und injizierte ihm noch mal vier Milligramm Ativan.

Im Handschuhfach hatte ich einen Stift und eine Karte von Vermont entdeckt, von der ich ein Stück abgerissen hatte. Zuerst hatte ich überlegt, Luther anzurufen und das Treffen von Orson absagen zu lassen, aber ich war skeptisch, ob mein Bruder die Atrophie in seiner Stimme noch verbergen konnte. Daher stopfte ich mir den Zettel, den Stift und meine Glock in die Hosentasche, zog einen grauen Wollpulli über, schloss den Wagen ab und ging hinüber zur Bar.

Über der Tür stand in blauer Neonschrift der Name – *Ricki's*. Ich ging unter dem summenden Schild hindurch und in die verlassene Bar, die kleiner war als mein Wohnzimmer. Die Decke war erschreckend niedrig, an den Wänden befanden sich abgetrennte Tische, und da es nur die beiden Fenster auf beiden Seiten der Tür gab, hatte ich das Gefühl, einen verrauchten Schrank zu betreten.

Ich war der einzige Gast und setzte mich auf einen Barhocker an die Theke. Die Bar bestand aus ungeschliffenen Eisenbahnschwellen, die nach Teer rochen. In das dunkle Holz waren Namen, Schwüre und Liebes- sowie Hassbekundungen geschnitzt worden.

Als ich den Zettel und den Stift hervorholte, kam eine Frau aus der Küche.

»Wir haben noch nicht offen«, sagte sie. Sie trug enge Jeansshorts und einen schwarzen Rolli, auf dem »Bearcats: '94 State

Champs« stand. Ihr schwarzes Haar war drahtig und steif, und sie hätte dringend mal zum Zahnarzt gemusst.

»Die Tür war offen«, erwiderte ich.

»Ach, Scheiße. Was wollen Sie?«

»Was immer Sie ausschenken.«

Während sie ein Glas aus dem Kühlschrank holte und es mit einem bronzefarbenen Bier füllte, starrte ich den Zettel an, auf den ich Orsons Nachricht an Luther schreiben wollte.

L, ich habe heute

Sie stellte das Glas auf die Eisenbahnschwelle. »Einen Dollar fünfzig.«

Ich reichte ihr zwei von Orsons Dollarscheinen und sagte ihr, dass sie das Wechselgeld behalten kann. Der Schaum lief am Glas herunter. Ich nahm einen Schluck, schmeckte Eis und schrieb dann weiter:

eine neue Freundin gefunden, du weißt ja, wie das ist. Sie hat sogar diesen Brief verfasst, bevor ich … Jedenfalls muss ich jetzt schnell die Stadt verlassen. Wir können uns heute leider nicht treffen. Viel Spaß in Sas. O.

Ich faltete die zerrissene Karte zusammen, schrieb »Luther« über die Stadt Burlington und legte sie auf die Bar. Dann saß ich da, trank mein Bier und dachte nach. *Gibt es wirklich Menschen, die eine Nachricht bei einem Barkeeper hinterlassen? Wie oft habe ich diese Szene schon beschrieben? Und doch kommt sie mir nicht realistisch vor.*

Ich trank mein Bier und sah mich in der leeren Bar um: schlichte Betonwände, keine Jukebox oder Neonbierreklamen. Es gab nicht einmal witzige Cowboyslogans, um die falsche Präriekultur für Menschen aus dem Osten wie mich nachzuahmen. Das war nichts als ein trostloser Ort, an dem sich Menschen aus dem Westen, die die Hoffnung verloren hatten, betranken.

Als ich mein Bier ausgetrunken hatte, kam sie wieder durch die Tür, die in die Küche führte, als wäre sie darauf trainiert, das Geräusch von leeren Gläsern auf dem Holz zu erkennen, und baute sich vor mir auf.

»Möchten Sie noch eins?«, fragte sie.

»Nein danke. Wo sind denn alle?«

Sie sah auf die Uhr. »Es ist erst sechs«, erwiderte sie. »Vor sieben fängt hier keiner an zu trinken.«

Vor dem Haus fuhr ein Wagen vor. Ich hörte, wie die Räder über den Schotter fuhren.

»Wo ist Ricki?«, erkundigte ich mich.

»Der Schweinehund ist tot.«

Sie nahm mein leeres Glas und stellte es in einen braunen Plastikcontainer.

»Könnten Sie etwas für mich tun?«, bat ich sie.

»Was denn?«, fragte sie freudlos. Sie war der gleichgültigste Mensch, der mir je begegnet war. Ich fragte mich, warum sie sich nicht einfach die Pulsadern aufschnitt, als ich ihr den zusammengefalteten Zettel zuschob.

»Ich wollte mich hier um neun mit einem Freund treffen, aber ich kann nicht so lange warten. Würden Sie ihm das geben?«

Sie sah den Zettel misstrauisch an, hob ihn dann auf und schob ihn in ihre Gesäßtasche.

Draußen wurde eine Wagentür zugeschlagen.

»Wie sieht er denn aus?«, wollte sie wissen.

»Schulterlanges schwarzes Haar. Sogar noch dunkler als Ihres. Sehr blass. Ende zwanzig. Verdammt groß. Dunkle Augen.«

Im gleichen Moment hörte ich Schritte an der Tür und sie meinte: »Tja, ist er das nicht?«

Ich sah über die Schulter und beobachtete Luther Kite, der gerade die Bar betrat. Sofort rutschte ich vom Stuhl, steckte die Hand in die Tasche und zog die Glock heraus. Als ich den Hahn gezogen hatte, stand er bereits vor mir und schaute auf mich herab.

Die Informationen erreichten nur bruchstückhaft mein Gehirn. Der Geruch nach Windex. Seine blaue Windjacke. Schwarzes

Haar auf glatten Wangen. Mein Finger, der sich einmal bewegt. Luther, der gegen mich fällt und mich umklammert. Schreie hinter der Bar. Keuchen. Blut auf Nylon. Meine rechte Hand ist warm und feucht. Ich renne über den Parkplatz zum Wagen. Es ist kalt. Der Chimney Rock liegt jetzt im Dunkeln. Die vorbeirasende Prärie und die braunen Hügel, als ich in Richtung Wyoming fahre.

Kapitel 30

Kurz nach Mitternacht fuhr ich auf der I-80 auf den Seitenstreifen, nachdem ich Wyoming bereits halb durchquert und gerade die Stadt Wamsutter verlassen hatte. Am Himmel war kein Mond zu sehen, daher wusste ich nicht, wie es um mich herum aussah, nur dass das Land noch weiter und verlassener sein musste als in Nebraska. Ich stellte die Koffer auf den Boden, legte mich auf den Rücksitz und schloss die Augen. Immer, wenn ein Wagen auf der Interstate vorbeifuhr, wackelte der Lexus. Beim Einschlafen fragte ich mich, ob das im *Ricki's* wirklich passiert war.

Um 03.30 Uhr wachte ich von Orsons Stöhnen auf. Ich stieg aus und öffnete den Kofferraumdeckel, da lag er und schlug um sich, ohne die Augen zu öffnen. Ich weckte ihn aus seinem Albtraum, und als er die Augen aufschlug und seine Umgebung wahrnahm, setzte er sich auf.

»Wo sind wir?«, erkundigte er sich.

»Mitten in Wyoming.«

»Ich bin am Verdursten.«

»Du wirst bis morgen warten müssen.« Er streckte die Arme aus und gähnte.

»Ich habe einen Schuss gehört«, meinte er dann.

»Wie finde ich die Hütte, Orson?«

Er legte sich wieder hin. »Wirst du mir wieder was spritzen?«

Ich setzte mich auf die Stoßstange. »Natürlich.«

»Das ist die I-80, richtig?«

»Ja.«

»Bleib auf der Interstate, bis du nach Rock Springs kommst. Das liegt in der südwestlichen Ecke des Staates. Von dort aus nimmst du die Eineinundneunzig und achtest genau auf den Kilometerstand. Nach hundertzwölf Kilometern musst du rechts ranfahren und mich rausholen. Den Rest erkläre ich dir dann.«

»Okay.«

»Fahren wir heute Nacht noch hin?«

»Nein, ich bin völlig kaputt und werde bis morgen früh schlafen.«

»Hast du Luther umgelegt, Andy?«

»Ich habe Schiss bekommen und ihm eine Nachricht dagelassen«, erwiderte ich und stand auf.

»Ich weiß genau, dass ich …«

»Du bist völlig zugedröhnt. Ich hole jetzt die nächste Spritze.«

Wenn man über dreitausend Kilometer fuhr, musste es früher oder später passieren.

Am Dienstagmorgen hatte ich gerade die Ausfahrten Red Desert, Table Rock, Bitter Creek und Point of Rocks passiert und hörte knapp fünfzig Kilometer östlich von Rock Springs das Jaulen einer Sirene – mir hing ein SUV der Highway Patrol an der Stoßstange. Ich schob die Glock in die Tasche unter dem Beifahrersitz, fuhr an den Straßenrand und versicherte mir, dass sie den Wagen schon nicht durchsuchen würden. Orson war bewusstlos, ich hatte die richtigen Papiere bei mir, und wer wusste, ob sich das im *Ricki's* wirklich so abgespielt hatte. Mir konnte nichts passieren.

Der Officer klopfte gegen die Fensterscheibe, und ich ließ sie herunter.

»Führerschein und Fahrzeugpapiere, bitte«, sagte er mit diesem typischen ernsten, autoritären Tonfall, und ich holte die Papiere aus dem Handschuhfach, lächelte und reichte ihm alles durchs Fenster.

Er lief o-beinig zurück zu seinem grünen Bronco und stieg ein.

Laut der Uhr am Armaturenbrett war es 10.15 Uhr, aber mir kam es viel später vor. Die Prärie war trockener geworden. Am nordwestlichen Horizont zeichneten sich lohfarbene Berge ab, die sich aus dem Flachland erhoben. Graue Wolken ballten sich darüber.

Mir fiel auf, dass der Pullover und die Jeans, die ich im *Ricki's* getragen hatte, vor dem Beifahrersitz auf dem Boden lagen. Es war wirklich passiert. Die Kleidungsstücke waren mit Luthers Blut bedeckt, und jetzt bereute ich es, dass ich sie vergangene Nacht an der Tankstelle in Cheyenne nicht weggeworfen hatte. Als ich sie gerade wegräumen wollte, hörte ich die Schritte des Officers und ließ es lieber bleiben.

Ich setzte mich gerade hin und sah ihm durchs geöffnete Fenster ins Gesicht. Der Officer war etwa in meinem Alter. Er erinnerte mich an einen Gesetzeshüter aus einem Film, aber ich konnte mich nicht mehr erinnern, aus welchem.

»Wissen Sie, warum ich Sie angehalten habe, Mr Parker?«, fragte er und reichte mir Orsons Papiere. Ich legte sie auf den Beifahrersitz.

»Nein, Sir, Officer.«

Er nahm seine verspiegelte Sonnenbrille ab und starrte mich mit seinen harten, hellen Augen an.

»Sie sind Schlangenlinien gefahren.«

»Wirklich?«

»Sind Sie betrunken?« Ein Windstoß riss ihm den Hut vom Kopf, aber er fing ihn auf und steckte ihn sich unter den Arm. Er hatte zerzaustes blondes Haar, das bestimmt zu einem Afro wurde, wenn er es wachsen ließ. Das Bild eines Officers mit blondem Afro amüsierte mich, und ich musste kichern.

»Was ist so witzig?«

»Nichts, Sir. Ich bin nicht betrunken, ich bin müde. Ich bin jetzt seit zwei Tagen unterwegs.«

»Kommen Sie aus Vermont?«

»Ja.«

Er warf einen Blick auf die Koffer auf dem Rücksitz. »Reisen Sie alleine?«

»Ja, Sir.«

»Welcher der Koffer ist Ihrer?«

Echt gerissen.

»Beide gehören mir.«

Er nickte. »Und Sie sind seit Sonntag unterwegs?«

»Ja, Sir.«

»Da müssen Sie es aber verdammt eilig haben.«

»Nein, eigentlich nicht. Ich wollte nur sehen, wie schnell ich das Land durchqueren kann.«

Ich dachte, er würde bei diesen Worten grinsen, aber er blieb todernst.

»Wo wollen Sie denn hin?«, fragte er.

»Nach Kalifornien.«

»Wohin genau?«

»Nach L. A.«

»Die achtzig führt nicht nach L. A., sondern nach San Francisco.«

»Ich weiß, aber ich wollte durch Wyoming fahren, da ich diesen Teil des Landes noch nie gesehen habe. Es ist wunderschön hier.«

»Das ist ein verdammtes Scheißland.« Ich starrte die goldene Marke über seiner grünen Brusttasche an und hatte die ungute Vorahnung, dass er mir gleich befehlen würde, aus dem Wagen auszusteigen.

»Tja, dann sollten Sie wissen, dass Sie in einen heftigen Sturm fahren«, sagte er.

»Einen Schneesturm?«

»Ja. Laut der Vorhersage wird es heftig.«

»Danke für die Warnung. Das hatte ich noch nicht gehört.«

»Sie sollten sich ein Motel suchen und den Sturm abwarten. Vielleicht in Rock Springs oder Salt Lake, falls Sie so weit kommen.«

»Ich werde es mir überlegen.«

Er musterte irritiert mein Gesicht und schien die abklingende Schwellung zu bemerken. »Hat Sie jemand geschlagen?«

»Ja, Sir.«

»Wann ist das passiert?«

»Letztes Wochenende in einer Bar.«

»Das muss aber eine üble Schlägerei gewesen sein.«

Diesen Kerl musste ich mir merken und später mal in einem Buch verewigen.

»Offenbar haben Sie einiges abbekommen«, stellte er fest.

»Ja, aber Sie hätten den anderen sehen sollen.« Dieses abgedroschene Klischee erzielte seine Wirkung. Er grinste, sah hinaus ins Ödland und meinte dann, dass er wieder losmüsste. Ich sah im Rückspiegel mit an, wie er zurück zu seinem Bronco schlenderte.

Da war ja jemand echt die Ruhe selbst – und zwar ich.

Rock Springs war eine hässliche braune Stadt, die sich dem Abbau von Kohle, Öl und einem Trona genannten Mineral in den Bergen in der Umgebung widmete. Sie war größer und industrieller, als ich erwartet hatte, und ich fragte mich, was die zwanzigtausend Menschen hier an der Nordostgrenze der Great Basin Desert wohl machten, um sich zu amüsieren.

Ich fuhr auf den überfüllten Parkplatz eines Supermarkts. Es hatte die letzte halbe Stunde geregnet und geschneit, und die Schneeflocken blieben am Wüstenboden liegen, schmolzen jedoch auf dem von der Sonne erwärmten Pflaster. Während ich durch den vom Wind umhergewirbelten Schnee zum Eingang lief, befürchtete ich, dass die Straßen jeden Moment zufrieren und wir die Hütte niemals erreichen würden.

Der Supermarkt glich einem Schlachtfeld, und die panischen Menschen versuchten zwanghaft, sich mit Brot, Milch und Eiern einzudecken. Da ich nicht wusste, was Orson in der Hütte noch vorrätig hatte, nahm ich etwas von allem mit, Lebensmittel in Dosen, Obst, Cornflakes, Weißbrot und einige Flaschen des besten Weins, den sie hatten (auch wenn er nichts Besonderes war). Die Schlangen vor den Kassen waren endlos, und als ich mich mit meinem Wagen hinten anstellte, wurde mir klar, dass ich vermutlich eine Stunde warten musste, bis ich endlich bezahlen konnte. *Verdammt noch mal. Du hast schon schlimmere Dinge getan, als zu stehlen.*

Also schob ich den Wagen einfach durch die automatischen Türen in den Sturm hinaus. Auf dem Parkplatz hatte sich eine dünne Eisschicht gebildet, und es schneite immer stärker. Hinter dem Einkaufszentrum zeichneten sich rote Klippen als scharfer Kontrast zu dem weißen Treiben ab, und mir schoss durch den Kopf, dass ich noch nie Schnee in der Wüste gesehen hatte.

Als ich den Lexus erreichte, öffnete ich die hintere Tür und begann, die Einkäufe auf meinen und Walters Koffer zu werfen. Orson machte einen Heidenlärm. Ich rief ihm zu, dass er leise sein sollte und dass wir es fast geschafft hatten. Der Parkplatz hinter mir war leer, daher ließ ich den Einkaufswagen einfach stehen und öffnete die Fahrertür.

»Entschuldigen Sie, Sir?« Eine dicke Frau in einem aufgeplusterten rosafarbenen Parka, der ihr überhaupt nicht stand, starrte mich vom Heck des Lexus aus an.

»Was ist?«

»Was ist das für ein Geräusch?« Sie tippte auf den Kofferraum.

»Ich weiß nicht, was Sie meinen.«

»Es klingt, als wäre da jemand in Ihrem Kofferraum.«

Jetzt hörte ich es auch. Orson schrie wieder, seine Stimme war gedämpft, aber hörbar. Er rief, dass er mich umbringen würde, wenn er nicht sofort etwas zu trinken bekäme.

»Da ist nichts drin«, entgegnete ich. »Entschuldigen Sie mich.«

»Ist das ein Hund?«

Ich seufzte. »Nein. Eigentlich bin ich ein Killer. Da ist ein Mensch in meinem Kofferraum, und ich fahre jetzt in die Wüste, um ihn dort zu erschießen und zu begraben. Möchten Sie mitkommen?«

Sie lachte und starrte mich ungläubig an. »Oje, das ist aber was! Das ist ja was!«, rief sie und kicherte manisch.

Dann ging sie weg, ich stieg in den Lexus und setzte zurück. Es wurde immer glatter, und so fuhr ich vorsichtig vom Parkplatz und wieder auf den Highway 191 und war dabei so nervös, wie es ein Südstaatler bei einem Schneesturm nur sein konnte.

Kapitel 31

Der Wind schüttelte den Wagen durch. Ich konnte die Straße nicht mehr sehen.

Seit fünfundsechzig Kilometern folgte ich einer einzigen Reifenspur. Als ich Rock Springs vor fast vier Stunden verlassen hatte, sah man darunter noch den Asphalt, doch je länger ich auf dem irritierend geraden Highway 191 in Richtung Norden fuhr, desto mehr verschwand der Kontrast zwischen Straße und Schneedecke. Inzwischen konnte ich, wenn ich zwischen den wie wild hin und her jagenden Scheibenwischern durch die Windschutzscheibe starrte, gerade mal eine leichte Vertiefung im Schnee erkennen. Schon bald wäre er zu hoch, um weiterzufahren. Bereits jetzt merkte ich, wie die Reifen beim leichtesten Druck auf das Gaspedal oder die Bremse ausbrachen. Abgesehen von dem Orkan, der die Ebene von North Carolina vor sieben Jahren heimgesucht hatte, waren dies die schlimmsten Wetterbedingungen, die ich je miterleben musste.

Genau hundertzwölf Kilometer nördlich von Rock Springs hielt ich den Wagen mitten auf dem verlassenen Highway an. Ich blieb einen Augenblick auf dem warmen Ledersitz sitzen und starrte durch die Scheibe in den Schnee hinaus, der so hart und schnell wie Regen vom Himmel fiel. Die Sicht reichte gerade mal dreißig Meter weit, alles in größerer Entfernung verschwamm hinter einer weißen Wand, und es wurde immer schlimmer. Ein heftiger Windstoß ließ den Wagen erbeben und fegte den Schnee von der Straße. Jetzt konnte ich erkennen, dass die Reifen rechts und links des Mittelstreifens standen.

Ich schaltete den Motor aus, zog die Schlüssel ab, öffnete die Tür und trat in den Sturm hinaus. Sofort wehte mir der Schnee in die Augen, und ich schirmte mein Gesicht mit einem Arm ab, während ich mich zum Heck durchkämpfte. In kürzester Zeit stand der Schnee wieder zehn Zentimeter hoch auf der Straße und noch viel höher in der Wüste. Sobald die Schneedecke höher war als die Büsche am Straßenrand, würden wir gar nicht mehr erkennen, wo wir lang fuhren. *Aber wir haben noch Zeit*, dachte ich, schloss den Kofferraum auf und stemmte mich gegen den eisigen Wind. *Der Sturm legt gerade erst richtig los.*

Orson war bei Bewusstsein, er riss die dunklen, fast zugeschwollenen Augen auf, als er den Schnee sah. Sofort sammelten sich Schneeflocken in seinen Haaren. Er hatte rote Linien im Gesicht, weil er stundenlang auf dem Teppich gelegen hatte, und seine Lippen waren spröde und aufgerissen.

»Wir könnten echt Probleme kriegen«, sagte ich. »Nimm die Hände hinter den Rücken. Ich werde die Fesseln an deinen Beinen entfernen. Leg sie hier hin.« Er ließ die Beine aus dem Kofferraum hängen, und ich entfernte das Fahrradschloss, mit dem seine Beine gefesselt waren. Ich warf es in den Kofferraum und half meinem Bruder, auszusteigen, um ihn dann zur Beifahrertür zu schicken. Als ich wieder auf meinem Sitz saß und die Lüftung auf die höchste Stufe stellte, war meine Kleidung vom Schnee völlig durchnässt. Ich öffnete die Beifahrertür, und Orson stieg ein. Ohne die Fesseln an seinen Handgelenken zu lösen, griff ich an ihm vorbei und schloss die Tür.

Wir saßen einen Moment lang nebeneinander, ohne etwas zu sagen. Ich schaltete die Scheibenwischer aus. Der Schnee fiel auf die erwärmte Scheibe und schmolz sofort. Es wurde immer dunkler.

»Wir sind genau hundertzwölf Kilometer von Rock Springs entfernt«, erklärte ich. Orson starrte durch die Windschutzscheibe. »Ist es noch weit bis zu der Stelle, an der wir abbiegen müssen?«

»Vielleicht noch einen Kilometer. Aber bei diesem Wetter könnten es genauso gut hundert sein.«

»Die Hütte liegt auf dieser Seite, richtig?« Ich zeigte aus meinem Fenster.

»Ja. Sie ist irgendwo da draußen.«

»Was soll das heißen? Kannst du sie nicht finden?«

»Nicht bei diesem Wetter.« Er klang besorgt, und seine blaue Augen wirkten trübe.

»Lass es uns versuchen«, sagte ich. »Es ist besser als …«

»Pass mal auf. Nach etwa acht Kilometern durch die Wüste«, er deutete mit dem Kinn in das Schneechaos vor dem Fenster, »ist dieser Felskamm. Du kannst dich vermutlich noch daran erinnern.«

»Ja. Und?«

»Wenn ich den Felskamm nicht sehen kann, weiß ich nicht, wo wir uns in Relation zur Hütte befinden. Wir könnten natürlich da lang fahren, aber das wäre ein Schuss ins Blaue, und wenn's richtig mies läuft, bleiben wir irgendwo stecken.«

»Scheiße.« Ich schaltete den Motor aus. »Ich hätte in Rock Springs übernachten sollen.«

»Das wäre wohl besser gewesen. Aber du konntest ja nicht ahnen, dass sich das Wetter so entwickeln würde.«

»Nein, das konnte ich nicht.« Ich wischte mir den geschmolzenen Schnee vom rasierten Schädel.

»Du siehst aus wie ich«, stellte Orson fest. »Was bezweckst du damit?«

»Hast du Durst?«

»Ja.«

Ich reichte ihm eine Flasche mit lauwarmem Wasser.

»Orson«, warnte ich ihn dann, »wenn du irgendwelche Dummheiten machst, was auch immer, dann leg ich dich um.«

»Das glaube ich dir.«

Laut der Uhr am Armaturenbrett war es 16.07 Uhr. Ich sah zu, wie es 16.08 Uhr und dann 16.09 Uhr wurde.

»Es wird bald dunkel«, stellte ich fest. Mir lief der Schweiß die Brust und an den Beinen herunter. Orson lehnte sich auf dem Sitz zurück und schloss die Augen. Er roch nach Urin. Sein Bademantel war dreckig, und ich schämte mich dafür, dass ich ihn seit Vermont nicht auf eine richtige Toilette gelassen hatte.

Die Sekunden verstrichen. 16.10 Uhr. 16.11 Uhr. 16.12 Uhr.

»Ich halte das nicht länger aus«, sagte ich und ließ den Wagen an.

»Was hast du vor?«

»Ich werde die Straße suchen.«

»Andy. Andy!« Ich legte den Gang ein, stellte den Fuß aufs Gaspedal und sah Orson an. »Benimm dich nicht wie ein Idiot«, meinte er ganz ruhig. »Du wirst die Straße nicht finden, ebenso wenig wie die Hütte. Das hier ist ein heftiger Schneesturm, und wenn wir abseits des Highways stecken bleiben, sind wir am Arsch. Wir können so bald nicht aus diesem Wagen raus, so viel steht fest. Also lass uns einfach hier warten, mitten auf dem Highway, dann wissen wir wenigstens, wo wir uns befinden. Wenn du versuchst, die Straße zu finden, sorgst du nur dafür, dass wir mitten in der Wüste im Schneesturm festsitzen.«

»Wir müssen nur geradeaus fahren. Die Hütte liegt in dieser Richtung. Wir fahren einfach geradeaus nach …«

»Und wo lang ist geradeaus? Da lang? Oder in die Richtung? Für mich sieht alles gleich aus!«

Ich trat aufs Gas, und das Heck des Lexus brach aus. Sofort verringerte ich den Druck, die Reifen fanden auf der Straße wieder Halt und wir fuhren langsam vorwärts. Mit fünfundsechzig Stundenkilometern bog ich in die Wüste ab. Die Reifen versanken im lockeren Schnee, und wir wurden langsamer, bis wir nur noch fünfzig fuhren. Der Schnee war hier doppelt so tief wie auf der Straße, und obwohl ich das Gefühl hatte, der Wagen würde jeden Moment ausbrechen, behielt ich die Kontrolle. Ich steuerte uns zwischen Büschen hindurch und starrte mit zusammengekniffenen Augen durch die Windschutzscheibe auf der Suche nach einer langen, geraden, weißen Fläche, auf der keine Vegetation zu erkennen war. Sie würde sich in Richtung Westen erstrecken, wie ein dünnes weißes Band im Schnee, und wenn wir dort entlangfuhren, würden wir die Hütte finden.

Orson starrte mich mit offenem Mund an.

»Siehst du was?«, fragte ich. »Guckst du überhaupt raus?« Der Motor heulte, da die Reifen immer wieder durchdrehten, und die Tachonadel pendelte zwischen dreißig und vierzig Stundenkilometern. Ich beobachtete sie und wurde immer unruhiger.

»Dreh um«, verlangte er. »Wenn du es jetzt machst, finden wir den Highway wieder. Aber wenn du den Wagen hier draußen anhältst, sind wir geliefert.«

»Such nach der Straße!«, verlangte ich.

»Andy ...«

»Such nach der verdammten Straße!«

Vier Minuten vergingen, bevor mir klar wurde, dass er recht hatte. Ich konnte gerade mal fünfzehn Meter weit sehen, und da wir inzwischen gerade mal fünfzehn Stundenkilometer draufhatten, würden wir wohl kaum genug Schwung bekommen, um umzudrehen und zum Highway zurückzukehren.

»Wir fahren zurück«, erklärte ich und drehte das Lenkrad nach rechts.

Das Heck scherte nach links aus, und die Reifen verloren kurz die Bodenhaftung. Ich geriet in Panik und trat aufs Gaspedal, der Wagen drehte sich einmal um die eigene Achse. Als ich den Fuß endlich wieder vom Pedal nahm, hatte sich unsere Geschwindigkeit auf unter zehn Stundenkilometer verringert, und ich konnte nichts tun, damit wir wieder schneller wurden. Schließlich blieb der Lexus vor einem Busch stehen.

»Das ist schon okay«, meinte ich. »Sag lieber nichts.«

Ich trat vorsichtig aufs Gas und die Reifen drehten sich, fanden aber keinen Halt. Während ich das Lenkrad umklammerte, trat ich das Gaspedal bis zum Boden durch. Der Motor heulte auf, die Reifen wirbelten jede Menge Schnee in die Luft und eine Sekunde lang auch Erde. Der Lexus sauste vorwärts in den frischen Schnee, ich trat fester aufs Gas, bis die Nadel des Drehzahlmessers im roten Bereich war und ich riechen konnte, dass der Motor zu heiß wurde. Aber die Reifen fanden keine Bodenhaftung mehr, und als der Motor überhitzt war, schaltete ich den Wagen aus und riss die Schlüssel aus dem Zündschloss.

Wütend riss ich die Wagentür auf und rannte in den Sturm hinaus. Schneeflocken, die mit achtzig Stundenkilometern angerast kamen, fühlten sich an wie Nadeln und stachen mir gnadenlos ins Gesicht. Ich beugte mich vor und schob den eineinhalb Meter hohen Schnee zur Seite, während ich dachte: »Vielleicht stehe ich längst auf der Straße.« Meine Hände taten weh, als ich im Schnee herumwühlte, endlich hatte ich Erde unter den Fingern, aber sie war zu locker, als dass es die Straße hätte sein können.

Ich sah in den tobenden weißen Nebel hinauf und schrie, bis meine Kehle brannte. Mein Gesicht schmerzte von der Kälte, und der Schnee durchnässte meine Turnschuhe. »Das kann doch alles nicht wahr sein«, dachte ich, während mir die Angst, dass wir möglicherweise hier draußen festsaßen, die Kehle zuschnürte. Das kann doch nicht wahr sein.

Kapitel 32

Ich stieg wieder in den Lexus und zog meine nassen Sachen aus, die ich vor den Rücksitz warf. Dann holte ich mir saubere Unterwäsche, einen Jogginganzug, den ich eigentlich als Schlafanzugersatz eingepackt hatte, und zwei Paar Socken aus dem Koffer.

»Soll ich den Motor anmachen?«, fragte ich. »Oder ist dann bald die Batterie leer?«

»Das dürfte eigentlich nicht passieren. Aber lass ihn doch vorerst aus, bis es richtig dunkel ist. Wir werden die Wärme heute Nacht noch brauchen.« Er lehnte sich ans Fenster und war von den Injektionen noch immer ziemlich benommen und erschöpft. »Wie sieht es mit dem Benzin aus?«

»Der Tank ist halb voll.«

Orson zog die Beine auf den Sitz und drehte sich zur Seite, sodass er mir den Rücken zuwandte.

»Ist dir kalt?«, fragte ich.

»Ein bisschen.«

Ich nahm eine Jogginghose, Wollsocken und ein graues Sweatshirt mit dem UNC-Wappen in Carolina-Blau aus Walters Koffer, legte alles auf Orsons Schoß, hob die Glock auf, die zu meinen Füßen gelegen hatte, und holte den Schlüssel für die Handschellen aus der Tasche.

»Ich werde dir jetzt die Handschellen abnehmen, damit du den ekligen Bademantel ausziehen kannst«, sagte ich. »Danach lege ich sie dir aber sofort wieder an.« Ich entfernte die Handschellen, er ließ den Bademantel in den Fußraum fallen und zog Walters Klamotten über. Als ich ihm die Handschellen schon wieder anlegen wollte, meinte er: »Einen Moment«, und zog die Jogginghose noch einmal runter, um die Verbrennung an der Innenseite seines Oberschenkels zu begutachten. »Juckt ganz schön«, meinte er und kratzte am Rand der bonbongroßen Blase, zog die Hose dann wieder hoch, nahm die Hände auf den Rücken und ließ zu, dass ich ihn wieder fesselte.

Ich stellte die Rückenlehne nach hinten und lauschte dem Wind, der um den Wagen herum fegte. Blitze erhellten die verschneite Dämmerung, und im nächsten Augenblick donnerte es auch schon.

»Orson«, sagte ich. »Ich will wissen, warum du unsere Mutter ermordet hast.«

»Das weißt du doch.«

Da hatte er recht.

»Ich will, dass du es aussprichst. Ich hätte dich auch gejagt, um Walters Familie zu schützen. Vielleicht sogar aus eigenem Antrieb.«

»Das kann ich mir vorstellen.«

»Du bist ein Monster. Aber ich habe noch eine andere Theorie. Willst du sie hören?«

»Klar«, erwiderte er und starrte in den Sturm hinaus.

»Weil sie dich zur Welt gebracht hat.«

Er sah mich an, als hätte ich ihn gerade dabei erwischt, wie er an getragenen Slips herumschnüffelte.

Im Wagen wurde es immer kälter. Ich holte eine Schachtel Cracker, ein Stück Provolone-Käse und eine Flasche Cabernet Sauvignon aus unserem Proviantstapel.

»Den Wein können wir leider nicht trinken«, meinte ich. »Ich habe keinen Korkenzieher.«

»Im Handschuhfach liegt ein Taschenmesser, an dem einer dran ist«, erwiderte Orson.

Ich fand das Schweizer Messer unter einem Stapel Straßenkarten, öffnete die Flasche und schwenkte den duftenden Wein. Danach riss ich die Crackerschachtel auf und legte sie mir auf den Schoß.

»Hast du Hunger?«, wollte ich wissen und schnitt mit der stumpfen Klinge ein Stück vom geräucherten Käse ab. »Hier.« Ich legte das Stück Käse zwischen zwei Cracker und schob es ihm in den Mund. Dann lehnte ich mich zurück und sah in die heraufziehende Dunkelheit hinaus.

Sobald die Windschutzscheibe gefroren war, blieb der Schnee darauf liegen. Der Wind wehte so heftig, dass die Schneeflocken an allen Fenstern klebten, und fünfzehn Minuten später konnten wir nichts mehr von dem tobenden Schneesturm um uns herum erkennen. Nur das ständige Jaulen des Windes und die kalte, wilde Energie sagten uns, dass er noch nicht abgeflaut war.

Orson entdeckte die blutigen Kleidungsstücke zu seinen Füßen.

»Andy«, meinte er, »ist das Luthers Blut?« Ich nickte. »Wow. Wo hast du es gemacht? Im *Ricki's*?«

»Wir wollten uns dort um neun treffen. Ich fuhr um sechs hin, um eine Nachricht bei der Barkeeperin zu hinterlassen, dass du es nicht schaffen würdest. Aber dann kam Luther rein, als ich gerade gehen wollte. Wenn er nicht so früh aufgetaucht wäre …«

»Er kam früher, weil er wusste, dass etwas nicht stimmte.«

»Woher weißt du das?«

»Er ist clever. Aber das warst du auch. Du hattest deine Waffe bei dir. Sonst wärst du jetzt derjenige, der krepiert ist.«

»Bist du traurig, dass er tot ist?«

»Nein. Und das heißt nicht, dass ich etwas gegen ihn gehabt hätte. Wir haben viel zusammen erlebt.«

»Tja, ich bin jedenfalls froh, dass er tot ist.«

Orson grinste. »Er war dir eigentlich sehr ähnlich, Andy.«

»Ja, klar.«

»Ich bin ihm ebenso zufällig begegnet wie dir. Er hat sich allerdings weitaus schneller angepasst.«

Ich starrte Orson erstaunt an.

»Dir ist klar, dass das, was du mir angetan hast, viel schlimmer ist, als wenn du mich umgebracht hättest«, erklärte ich. »Du hast mich ruiniert. Du hast mir meine Mutter und meinen besten

Freund genommen. Ich kann nie mehr nach Hause zurückkehren. Aus dieser Sache komme ich nicht mehr raus.«

»Nein, ich habe dich gerettet, Andy. Dein Zuhause war doch nur ein Trugbild. Du läufst nicht mehr länger so rum und tust, als wärst du jemand anderes, und ignorierst das schwarze Loch nicht mehr, das du bisher für dein Herz gehalten hast. Sei dankbar. Jetzt weißt du, wozu du in der Lage bist. Den meisten Menschen bleibt diese Erkenntnis verwehrt. Aber wir beide, wir führen ein ehrliches Leben. Das ist die Wahrheit, Andy. Was hat Keats gesagt? Das ist Schönheit. Nicht nur eine hübsche Wahrheit. Wir haben schwarze Herzen, aber sie sind wunderschön.«

Wir leerten die Crackerschachtel und verspeisten den Großteil des Käses. Der Wein bewirkte, dass meine Wachsamkeit nachließ, also trank ich nicht sehr viel davon.

Als wir gegessen hatten, öffnete ich die Bauchtasche. Es waren noch zwei Ampullen Ativan und zwei Ampullen Versed übrig, aber ich entschied mich für das Ativan, weil es die sichere Variante war.

»Andy«, sagte er, als ich die Nadel in die erste Ampulle steckte und das Mittel langsam aufzog.

»Was ist?«

»Erinnerst du dich noch an den Sommer, in dem sie den Mann unter der Interstate hinter unserem Haus gefunden haben?«

»Ja, daran erinnere ich mich.«

Orson setzte sich gerade auf und starrte mich an, während er den Kopf auf die Seite legte, als wäre er tief in Gedanken versunken. Ich zog die zweite Ampulle auf und ließ die Luft aus der Spritze. Es wurde immer dunkler im Wagen, und ich konnte Orson kaum noch erkennen.

»Woran erinnerst du dich?«, wollte er wissen.

»Lass die Spielchen, ich bin müde.«

»Sag mir einfach, woran du dich erinnerst.«

»Wir waren zwölf. Es war Juni.«

»Juli.«

»Okay, dann eben Juli. Ach ja, es muss um den Vierten herum gewesen sein. Er wurde genau am vierten Juli gefunden.

Ich erinnere mich noch an den Abend, als ich mit einem Knaller im Garten gesessen und gesehen habe, wie drei Streifenwagen am Straßenrand hielten. Die Officers liefen mit zwei Schäferhunden durch unseren Garten. Dad grillte Hamburger, und wir sahen mit an, wie die Männer im Wald verschwanden. Einige Minuten später kläfften die Hunde wie verrückt und Dad sagte: ›Offenbar haben sie gefunden, was immer sie da gesucht haben.‹«

Orson grinste. »Willard Bass.«

»Was?«

»Der Name des Kerls, den sie in dem Tunnel gefunden haben.«

»Ich kann es nicht fassen, dass du dich an den Namen erinnerst.«

»Ich kann es nicht fassen, dass du ihn vergessen hast.«

»Warum sollte ich ihn mir merken?«

Orson schluckte schwer und sah mich schief an. »Er hat mich missbraucht, Andy.«

Der Donner erschütterte die Fensterscheiben. Ich starrte in die halb geleerte Weinflasche, die zwischen meinen Beinen klemmte. Ich legte die Finger um den kalten Flaschenhals, hob sie an die Lippen und ließ den Cabernet durch meine Kehle rinnen.

»Das kann nicht sein«, entgegnete ich. »Wenn ich dich ansehe, weiß ich …«

»Wenn ich dir jetzt ins Gesicht sehe, sehe ich, dass du die Wahrheit kennst.«

»Du lügst.«

»Warum hast du dann so ein komisches Gefühl im Bauch? Als würde etwas, an das du jahrelang nicht gedacht hast, auf einmal wieder an die Oberfläche kommen und deinen Magen durcheinanderbringen?«

Ich trank noch einen Schluck und stellte die Flasche dann zwischen meine Füße.

»Ich werde dir eine Geschichte erzählen«, meinte er. »Mal sehen, ob …«

»Nein. Ich injiziere dir das jetzt, damit ich schlafen kann. Ich werde mir nicht anhören, wir du …«

»Hast du eine Narbe von einer Zigarettenbrandwunde an deinem Schwanz?«

Es fühlte sich an, als würde eine Ameisenstraße über meinen Nacken führen.

»Ich auch«, sagte er.

»Das ist nicht passiert. Ich erinnere mich wieder. Das hast du dir nur ausgedacht, nachdem diese Kinder ihn gefunden hatten.«

»Andy.«

Ich wollte es nicht wissen, aber ich tat es doch. Ich spürte, dass es schon immer da gewesen war, tief versteckt in meinen Erinnerungen, sodass ich es ignorieren konnte, auch wenn ich wusste, dass ganz tief im Verborgenen etwas Schreckliches lauerte, das ich jedoch nie zur Kenntnis genommen habe.

»Es ist eines Nachmittags während eines Gewitters passiert«, erzählte er, »in einem Abwassertunnel, der unter der Interstate hindurchführte. Das Wasser war nur wenige Zentimeter tief und der Tunnel so hoch, dass ein Mann aufrecht darin stehen konnte. Wir haben sehr oft dort gespielt.

Wir hatten seit dem Mittagessen den Wald durchkämmt, doch dann zog ein Gewitter auf. Um nicht nass zu werden, liefen wir zum Bach und folgten dem Wasser bis in den Tunnel. Wir glaubten, wir wären unter dem Beton sicher vor den Blitzen, aber wir standen in fließendem Wasser.«

Ich sehe dich in dem dunklen, feuchten Tunnel vor mir.

»Ich habe dir gesagt, dass Mom uns den Hintern versohlen wird, weil wir während des Gewitters draußen geblieben sind.«

Ich wandte mich von Orson ab und legte die Spritze auf den Boden. Es war Nacht geworden, und die Dunkelheit verschluckte alles, sodass ich Orson neben mir nicht mehr erkennen konnte. Ich sah nur seine Worte, die über dem Tosen des Sturms kaum zu verstehen waren und mich zurück in diesen Tunnel versetzten.

Unser Lachen hallt durch den Tunnel. Orson bespritzt mich mit Wasser, und ich bespritze seine dünnen Kinderbeine. Wir stehen am

Eingang des Tunnels, an dem das Wasser aus dem Abflussrohr sechzig Zentimeter tief in einen hüfthohen Teich fällt, der unserer Meinung nach voller Schlangen ist.

Sechzig Meter weiter hören wir vom anderen Ende des Tunnels Schritte im flachen Wasser. Orson und ich drehen uns um und sehen, dass der Lichtpunkt am anderen Ende von einer Silhouette verdeckt wird, die sich auf uns zubewegt.

»Wer ist das?«, flüstert Orson.

»Keine Ahnung.«

In der Dunkelheit schimmert das glühende Ende einer Zigarette.

»Komm«, jammert er, »lass uns abhauen. Wir werden noch Ärger kriegen.«

Der Donner erschüttert den Beton, ich mache einen großen Schritt über das dreckige Wasser und stelle mich neben meinen Bruder.

Er sagt, dass er Angst hat. Ich fürchte mich auch. Es fängt an zu hageln und die Eisstücke, die vom Waldboden abprallen und in den orangefarbenen Teich purzeln, sind so groß wie Pingpongbälle. Wir warten, da wir noch größere Angst vor dem Gewitter als vor den näher kommenden Schritten haben. Der Tabakgeruch wird stärker, und schon bald sehen wir auch den Rauch.

Der Mann, der aus dem Schatten tritt, ist stämmig und kahlköpfig, älter als unser Vater, er hat einen ungepflegten grauen Bart und Unterarme, die dicker sind als Kanthölzer. Er trägt ausgeblichene Tarnklamotten und ist zwar nicht viel größer, aber bestimmt fünfundvierzig Kilo schwerer als wir. Er kommt mit unbeholfenen Schritten näher und mustert uns von oben bis unten auf eine Art und Weise, bei der ich mich ganz unbehaglich fühle, auch wenn ich es mir nicht erklären kann. Aber noch weiß ich nicht sehr viel über die Welt.

»Ich beobachte euch schon den ganzen Nachmittag«, sagt er. »Zwillinge hatte ich noch nie.« Ich bin mir nicht sicher, was er damit meint. Dem Akzent nach kommt er aus dem Norden, und seine tiefe Stimme poltert, wenn er spricht, sodass er klingt wie ein knurrendes Tier. Sein Atem stinkt ranzig und nach Rauch und Alkohol. »Ene, mene, miste, es rappelt in der Kiste. Ene, mene, meck und du bist weg.« Er pikst mit einem schmierigen Finger in Orsons Brust. Ich will ihn gerade fragen, was er vorhat, als mich eine Faust, die ich nicht kommen gesehen habe, sauber am Kinn trifft.

Als ich wieder zu mir komme, liege ich mit einer Wange im Wasser, kann nur verschwommen sehen und höre Orson stöhnen.

»Heul nur weiter, Kleiner«, sagt der Mann, der außer Atem zu sein scheint. »Das ist geil. Echt geil.«

Nach und nach sehe ich wieder klarer, und ich verstehe nicht, warum Orson im Wasser kniet und sich der Mann, dessen riesige, behaarte Beine sich von hinten gegen Orsons haarlose Oberschenkel pressen, über ihn beugt. Seine olivfarbene Hose und seine Unterhose hängen auf seinen schwarzen Stiefeln, und der Mann drückt Orson an sich, während sie sich vor und zurück bewegen.

»Heilige Scheiße«, flüstert der Mann. »Oh, großer Gott.« Orson kreischt. Er klingt wie unser Cockerspanielwelpe, und ich begreife noch immer nicht, was eigentlich los ist.

Der Mann und Orson sehen mich gleichzeitig an und erkennen, dass ich wieder bei Bewusstsein bin und sie anstarre. Orson schüttelt den Kopf und schluchzt noch bitterlicher. Ich weine ebenfalls.

»Junge«, sagt der Mann zu mir, dessen Gesicht schweißbedeckt ist. »Beweg dich ja nicht. Ich dreh deinem Bruder den kleinen Hals um und roll ihn wie eine Bowlingkugel weg, wenn du Ärger machst.«

Also bleibe ich mit dem Gesicht im Wasser liegen und sehe dem stöhnenden Mann zu. Er schließt die Augen und fängt an, Orson immer enger an sich zu drücken. Als er kommt, beißt er Orson durch das blaue T-Shirt in die Schulter, und mein Bruder schreit auf.

Der Mann sieht so glücklich aus. »Ah! Ahh! Ahhhh! Ahhhhh!«

Willard richtet sich auf, und Orson bricht im Wasser zusammen. Sein Hintern ist blutverschmiert. Das Blut läuft ihm auch an den Beinen herunter. Er liegt halb nackt im Wasser und ist zu betäubt, um zu weinen oder sich die Hose wieder anzuziehen. Willard holt eine Zigarette aus der Brusttasche und zündet sie an.

»Du bist ein ganz Süßer«, sagt er und will nach meinem Bruder greifen, der zusammengerollt im Wasser liegt. Orson schreit.

Ich setze mich auf und lehne mich an die Betonwand. Es hagelt nicht mehr, und Willard taumelt durch das Wasser auf mich zu, wobei seine Hose immer noch um seine Fußknöchel hängt. Ich habe noch nie zuvor eine Erektion gesehen, und obwohl sein Penis am Erschlaffen ist, sieht er noch immer riesig aus. Willard bleibt vor mir stehen.

»Ich kann dich nicht so lieben, wie ich es bei ihm gemacht habe«, erklärt er und zieht an seiner Zigarette. »Hast du schon mal jemandem einen geblasen?« Ich schüttle den Kopf, und er stellt sich vor mich. Mein Kiefer ist geschwollen, aber ich vergesse den *Schmerz, als ich Willards Körpergeruch rieche. Er hält seinen Penis in einer Hand und reibt damit über meine Wange.*

»Steck ihn dir in den Mund, Junge, oder ich reiß dir den Schädel ab.«

Mir laufen die Tränen die Wangen herunter. »Ich kann nicht. Ich kann das nicht tun.«

»Kleiner, du wirst das jetzt machen. Und zwar anständig. Als hättest du Spaß daran. Und pass mit deiner Zahnspange auf.«

Seine feuchte, knollige Eichel berührt meine Lippen, und ich nehme sie eine ganze Minute lang in den Mund.

Auf einmal fällt neben mir ein grapefruitgroßer Stein ins Wasser, Willard taumelt nach hinten gegen die gegenüberliegende Wand und sinkt daran zu Boden. Er ist benommen, und mir ist schleierhaft, was gerade passiert ist, bis ich sehe, wie Orson den Stein wieder aufhebt.

Da sich Willard die linke Schläfe hält, sieht er nicht, wie Orson ein weiteres Mal ausholt. Der Stein trifft ihn direkt im Gesicht, und ich höre die Knochen brechen. Das Gesicht des Mannes hat sich jetzt lila verfärbt und sieht völlig schief aus. Er kriecht auf Händen und Knien auf den Tunnelausgang zu. Orson hebt den Stein wieder auf, setzt sich auf Willards Rücken, wie wir früher auf unserem Vater gesessen haben, und lässt den Granitbrocken auf den Schädel des Mannes herabsausen. Willard hält vier Schläge aus, bis seine Arme nachgeben.

Orson hebt den Stein mit beiden Händen hoch über den Kopf und schlägt den Schädel des Mannes ein, als wäre er eine weiche Frucht. Als er fertig ist, drehte er sich zu mir um, ohne von Willards Rücken runterzugehen, und sein Gesicht ist mit Blut und Hirnmasse bespritzt.

»Willst du auch mal?«, fragt er mich, aber von Willards Kopf ist nicht mehr viel übrig.

»Nein.«

Er wirft den Stein in den Teich und setzt sich neben mich. Ich beuge mich vor und kotze mir die Seele aus dem Leib. Als ich mich wieder aufsetze, frage ich ihn: »Was hat er mit dir gemacht?«

»Er hat mir sein Ding in den Arsch gesteckt.«

»Warum?«

»Keine Ahnung. Sieh mal, was er noch gemacht hat.« Orson zeigt mir seinen winzigen Penis, an dessen Ende eine Brandblase ist. Bei dem Anblick hätte ich am liebsten geweint.

Ich gehe zu Willard und drehe ihn auf den Rücken. Er hat kein Gesicht mehr. Sein Schädel erinnert mich an eine aufgeplatzte Wassermelone. In seiner Brusttasche steckt noch die durchweichte Zigarettenschachtel. Das Feuerzeug steckt drin, ich nehme es und eine Zigarette heraus und setze mich wieder neben meinen Bruder. Ich zünde die Zigarette an, ziehe meine Hose runter und verbrenne mich auf dieselbe Weise.

»Wir sind immer noch gleich«, sage ich und wimmere, als es wehtut.

Willard Bass war ein Büfett für Fliegen, als die Hunde ihn entdeckten. Unsere Eltern verboten uns zwar, in diesem Sommer noch einmal im Wald zu spielen, aber sie schienen nicht zu bemerken, dass sich ihre Söhne verändert hatten.

Komisch, ich erinnere mich gar nicht daran, es vergessen zu haben.

Nachdem Orson die Geschichte erzählt hatte, schwiegen wir beide lange Zeit. Die Dunkelheit im Wagen war alles umfassend, und der Sturm tobte weiter.

»Du denkst jetzt bestimmt, das würde eine Menge erklären«, sagte ich nach einiger Zeit.

»Nein. Willst du wissen, was ich denke? Ich denke, dass wir trotz allem in dieser Wüste wären, selbst wenn wir beide damals nicht in diesen Tunnel gegangen wären. Ich bin nicht der, der ich heute bin, weil ich als Zwölfjähriger missbraucht wurde. Willard Bass war nur etwas Benzin in meinem Feuer. Wann wirst du es endlich begreifen?«

»Was?«

»Das, was wirklich in dir ist.«

»Ich sehe es längst, Orson.«

»Und?«

»Und ich hasse es. Ich fürchte es. Und wenn ich auch nur einen Augenblick glauben würde, dass es mich je kontrollieren kann, dann würde ich mir die Pistole in den Mund stecken. Es ist Zeit für deine Spritze.«

Kapitel 33

Als ich aufwachte, konnte ich den Wind nicht hören. Es war 10.00 Uhr. Orson atmete schwer, und obwohl ich ihn schüttelte, rührte er sich nicht.

Es war unangenehm heiß im Wagen geworden, und ich schloss die Lüftungen. Dann schaltete ich die Scheibenwischer ein, die einen Teil des Schnees zur Seite schoben. Plötzlich strahlte die Sonne grell ins Wageninnere.

Der Schnee stand bis über die Motorhaube, und als ich auf die weiße Wüste hinausstarrte, sah ich nur hin und wieder einige größere Büsche aus der Schneedecke herausragen. Der Himmel war strahlend blau.

In einigen Kilometern Entfernung zeichnete sich ein weißer Felskamm ab, und ich fragte mich, ob es derselbe war, der hinter der Hütte und dem Schuppen aufragte.

Als ich zu meinem Bruder hinübersah, der schlafend auf dem Beifahrersitz saß, zog sich mein Magen zusammen. *Arschloch.* Ich hatte davon geträumt, wie mich Willard Bass zwang, seinen Penis in den Mund zu nehmen. Ich war noch immer so wütend, dass mir der Bauch wehtat, und je mehr ich versuchte, es zu ignorieren, desto schlimmer wurde es. Das hätte er mir nicht antun dürfen.

»Wach auf, Orson!« Ich schlug ihm ins Gesicht, und er öffnete die Augen.

»Oh Mann«, murmelte er und setzte sich auf. »Da liegt ja einen Meter hoch Schnee.« Orson verdrehte den Hals. »Kurbel mal mein

Fenster runter.« Als ich das Fenster runterließ, fiel etwas Schnee auf Orsons Schoß. »Ich kann die Hütte sehen«, sagte er.

»Wo?«

»Da sind zwei dunkle Flecken am Horizont.«

Ich kniff die Augen zusammen und sah durch die Windschutzscheibe. »Bist du dir sicher, dass sie es ist?«

»Im Umkreis von fünfundzwanzig Kilometern gibt es keine anderen Gebäude.«

»Wie weit ist es bis dahin?«

»Zwei oder drei Kilometer.«

Ich holte einen Arm voller Klamotten aus den Koffern auf dem Rücksitz und ließ sie auf die Mittelkonsole fallen. »Ich werde dir die Handschellen abnehmen, bis wir bei der Hütte sind.«

»Wir wollen da hinlaufen?«, fragte er ungläubig. »Das schaffen wir nie.«

»Wir können sie doch schon sehen, Orson. Der Tank ist nur noch viertelvoll. Das reicht nicht, um die Heizung eine weitere Nacht anzulassen, und was machen wir, falls noch ein Schneesturm aufzieht? Wir gehen da jetzt hin.«

»Sind die Klamotten wasserdicht?«

»Nein.«

»Dann vergiss es. Der Stoff wird sich vollsaugen, und wir brauchen bei so hohem Schnee ein paar Stunden, bis wir die Hütte erreicht haben. Du weißt doch, was Frostbeulen sind, oder nicht?«

»Das Risiko gehe ich ein. Aber ich bleibe keine weitere Nacht mit dir in diesem Wagen sitzen.«

Ich holte den Handschellenschlüssel aus der Tasche.

»Es tut mir leid, dass ich dir von Willard erzählt habe«, meinte er. »Andy?«

»Was ist?«

»Wirst du es je wieder vergessen?«

»Halt einfach die Klappe.«

Der Schnee reichte mir fast bis zur Taille. Ich war noch nie durch derart tiefen Schnee gelaufen. Bei jedem Schritt verbrauchte man unglaublich viel Energie, als wäre man ein Kleinkind, das sich die Treppe hinaufkämpft. Ich ließ Orson einige Meter vorauslaufen, und wie er es vorhergesagt hatte, begann das Eis nach gerade mal fünfzehn mühsamen Schritten, meine Khakihose und die Jogginghose zu durchnässen. Nach nicht einmal einem Kilometer spürte ich das erste eisige Brennen über meinen Knien, das sich anfühlte, als würden mir immer wieder Nadeln durch meine wunde Haut gestochen. Das Gehen tat weh. Ebenso das Stillstehen, und als wir eineinhalb Kilometer durch den Schnee gelaufen waren, brannten sogar meine Augen, weil die Sonne so gleißend hell auf die Schneedecke schien. Ich fragte mich, wie wir diesen winzigen schwarzen Fleck erreichen wollten, der am Horizont einfach nicht größer werden wollte.

Orson trottete in einem stetigen Tempo weiter und wirkte nicht, als hätte er Schmerzen oder als würde er müde werden. Meine Beine brannten inzwischen derart unerträglich, dass mir der kalte Schweiß auf der Stirn stand.

»Bleib stehen!«, rief ich, und Orson hielt an. Er war sechs Meter vor mir und hatte sich zwei T-Shirts, einen Pullover, ein Sweatshirt und eine schwarze Lederjacke übergezogen. Seine Beine sahen klobig aus, da er eine lange Unterhose, eine Jogginghose und eine Jeans trug, die alle Walter gehört hatten.

»Was ist los?«, wollte er wissen.

»Ich brauche mal eine Pause.«

Nach einem Augenblick hob ich den mit Lebensmitteln gefüllten Koffer über den Kopf und wir gingen weiter. Kurz darauf fühlten sich meine Beine und meine Füße nur noch taub an, und das Stechen in meinen Augen wurde unerträglich. Ich empfand nur noch Erleichterung, wenn ich die Augen schloss, aber ich konnte sie nicht lange schließen, da ich Orson die Handschellen abgenommen hatte und er vor mir herlief.

Als die Hütte nur noch drei Footballfelder weit entfernt war, spürte ich meine Beine fast schon nicht mehr. Ich musste immer wieder an die medizinische Definition von Schneeblindheit denken, die ich während meiner Recherchen für »Blue Murder« gefunden hatte: ein Sonnenbrand direkt auf der Hornhaut. Meine Augen fingen schon an zu tränen, wenn ich nur daran dachte, und ich hatte nur noch die Vorstellung im Kopf, Orson in das Gästezimmer einzusperren und unter der Fleecedecke in der wundervollen Dunkelheit innerhalb der Hütte endlich einzuschlafen.

Orson drehte sich zu mir um, und ich konnte es nicht fassen, dass es mir nicht schon viel früher aufgefallen war: Er trug meine Sonnenbrille. *Hast du sie vom Armaturenbrett genommen, als wir uns für diese kleine Wanderung umgezogen haben?* Am liebsten hätte ich ihn angeschrien, damit er stehen blieb, aber ich dachte nur: »Scheiße, wir sind doch sowieso gleich da.«

Selbst wenn ich blinzelte, konnte ich die Sonnenstrahlen nicht ganz ausblenden, daher schloss ich die Augen ganz. Es fühlte sich großartig an. »Ich lasse sie nur einen Moment lang zu«, dachte ich und bewegte mich blind und unbeholfen durch den Schnee.

Nach sechs Riesenschritten schlug ich die Augen wieder auf und sah mich nach Orson um.

Er war verschwunden.

Ich ließ den Koffer fallen, zog die Glock aus dem Hosenbund und hielt in alle Richtungen Ausschau – aber da war nichts als die glatte, nicht enden wollende Schneedecke, die sich hin und wieder wellte.

»Orson!«, brüllte ich. Meine Stimme klang heiser und hallte über die blendend weiße Ebene. »Orson!« Da war kein Geräusch, nicht einmal ein Windhauch. Ich versuchte, seinen Schritten durch den Schnee zu folgen, während meine Augen tränten und das Salz meiner Tränen die Schmerzen nur noch schlimmer machten.

Auf einmal spürte ich, dass jemand von hinten auf mich zulief. Ich wirbelte herum und hielt die Waffe in Richtung Wagen. Der Schnee funkelte makellos und leer. Angst stieg in mir auf. Der weiße Lexus, der halb unter dem Schnee begraben war, ließ sich nur noch als silbernes Schimmern in der Ferne ausmachen. Das Sonnenlicht spiegelte sich in der Windschutzscheibe.

»Er ist da draußen«, dachte ich und drehte mich wieder zur Hütte um. *Er liegt im Schnee, und ich muss nur seinen Fußab-*

drücken folgen. Ich sah, wo sie in nicht einmal fünfzehn Metern Entfernung endeten.

»Steh auf!«, rief ich. »Ich werde nicht auf dich schießen, Orson! Na, komm schon! Lass den Scheiß!«

Nirgendwo regte sich was. Ich nahm den Koffer und hatte gerade mal drei Schritte gemacht, als mir ein Gedanke kam. Sofort kniete ich mich in den Schnee und höhlte ihn soweit aus, dass ich darin sitzen konnte. Dann versuchte ich, mit den Händen, die in Lederhandschuhen steckten, einen Tunnel in die einen halben Meter hohe Schneedecke zu bohren, und zu meinem Entsetzen gelang es mir. Der Wind hatte den Schnee während des Sturms so festgedrückt, dass ich mir jetzt einen Gang schaufeln konnte, der gerade mal dreißig Zentimeter hoch und sechzig breit war, ohne dass die Schneedecke darüber einstürzte. Im Grunde genommen konnte sich ein Mensch so ungesehen unter dem Schnee bewegen.

Ich stand auf, jetzt war auch mein Oberkörper kalt geworden. Die Fußabdrücke vor mir hatten gar nichts zu bedeuten. Selbst als ich das Ende von Orsons Spur erreichte und den Koffer entdeckte, den er liegen gelassen hatte, wusste ich, dass er überall sein konnte, sich irgendwo in unmittelbarer Nähe verstecken und dicht unter der Schneedecke lauern konnte.

Daraufhin ließ ich den Koffer fallen, rannte durch den Schnee, wobei ich einen immer größeren Kreis drehte, und rief meinem Bruder zu, er solle herauskommen. Das tat ich, bis mir ganz schwindlig war und ich auf unseren Koffern zusammenbrach, mich also wieder genau an der Stelle befand, an der Orsons Spuren nicht weiterführten.

Während ich das Gefühl hatte, langsam blind zu werden, befürchtete ich, die Taubheit in meinen Beinen würde nur grenzenlose Schmerzen verbergen, die sich erst richtig manifestierten, sobald ich ins Warme kam. Die Glock in meiner Hand war sinnlos geworden, da er im Moment im Vorteil war. Ich rappelte mich mühsam wieder auf, nahm die Koffer und rannte damit durch den unberührten Schnee auf die Hütte zu.

Kapitel 34

Ich griff in die Seitentasche meiner Khakihose und zog den Schlüssel heraus, mit dem man Orsons Worten zufolge die Hütte aufschloss. Ich steckte den Schlüssel in das von Eis umgebene Schloss und drehte ihn herum. Die Tür ließ sich öffnen, und ich betrat die Hütte, wobei ich die Koffer hinter mir herschleifte.

Es sah so aus, als wäre die Hütte seit Monaten nicht betreten worden. Die Luft roch abgestanden, als hätte ich einen Dachboden oder einen ungenutzten Abstellraum betreten. Meine angegriffenen Augen nahmen das Innere der Hütte nur verschwommen wahr. Ich taumelte über den Steinboden zum Fenster in Richtung Süden, da wir von dort gekommen waren. Obwohl es schon später Nachmittag war, schien das Licht der Sonne, die langsam hinter dem Felskamm unterging, noch grell. Auf der blendend weißen Ebene bewegte sich nichts, und ich war beruhigt, weil ich ihn jetzt sehen musste, wenn er sich der Hütte näherte.

Dann wanderten meine Gedanken von meinem Bruder zu dem erschreckenden Zustand meiner Beine. Unterhalb der Knie spürte ich nichts mehr, und mir schoss durch den Kopf, dass sich ein Amputierter so fühlen musste, wenn er zum ersten Mal auf seinen Prothesen lief. »Ich muss mich wärmen«, dachte ich und humpelte auf die Küche zu.

Meine Schneeblindheit bewirkte, dass ich alles durch einen purpurroten Schleier sah. Hier hatte sich nichts verändert. Orsons unzählige Bücher standen noch immer in den Regalen an den Wänden, und in der nördlichen Ecke des Wohnzimmers befand sich die perfekt organisierte Kochecke, der nur ein funktionierendes Spülbecken fehlte. Die Türen zu den hinteren Schlafzimmern waren geschlossen, und als ich sie und den kleinen Monet an der Wand dazwischen sah, wurde mir ganz anders.

Mir fiel Orsons Plattenspieler ins Auge, der auf dem Stuhl neben der Tür stand, daneben lag der Stapel an Jazzplatten, die er zurückgelassen hatte. Ich hätte Musik gemacht, wenn der Strom eingeschaltet gewesen wäre, und mir dämmerte, dass ich den Treibstoffvorrat finden und den Generator einschalten sollte, bevor es Nacht wurde.

Neben dem Ofen fand ich, wonach ich gesucht hatte: den weißen kerosinbetriebenen Lüfter. Ich konnte kein Kerosin dafür finden, aber als ich den Lüfter hochhob, hörte ich, dass der Tank noch längst nicht leer war. Nachdem ich ihn ins Wohnzimmer getragen und vor das schwarze Ledersofa gestellt hatte, drückte ich den elektrischen Anlasser, und zu meiner Überraschung ging das Gerät beim ersten Versuch an. Wärme strömte in die eiskalte Hütte, und als die warmen Luftstrahlen mein Gesicht umwehten, zog ich langsam meine dicke Kleidung aus, die mich auf dem Weg vom Wagen zur Hütte am Leben gehalten hatte.

Ich ließ alles auf einem Haufen am Boden liegen, setzte mich auf das Sofa, schnürte meine eisbedeckten Stiefel auf und zog sie aus. Auch die steifen Socken, die Khakihose, die Jogginghose und die lange Unterhose, die an meinen Beinen klebte, wanderten auf den Haufen. Unterhalb der Knie waren meine Beine wachsweich. Ich berührte meine bleichen Unterschenkel, die sich zwar so kalt und hart wie bei einer Leiche anfühlten, aber das Gewebe darunter war noch dehnbar. Meine Füße sahen weitaus schlimmer aus. Die Zehenspitzen hatten sich blau verfärbt, und als ich mir in die Fußsohlen kniff, konnte ich weder den Schmerz noch den Druck spüren.

Als ich aus dem Fenster sah und in der Wüste noch immer nichts erkennen konnte, ging ich in die Küche. Auf der Arbeitsplatte stand eine große Silberschüssel, an deren Rand noch etwas ungebleichtes Mehl hing. Ich ging damit auf die Veranda und füllte sie mit Schnee. Der Kerosinlüfter war oben mit einer geraden Metallplatte abgedeckt, die sich direkt über den orange glühenden Spulen befand. Ich stellte die Schüssel mit dem Schnee darauf, lehnte mich zurück und wartete.

Als der Schnee geschmolzen war, konnte ich die Angst nicht abschütteln, die sich allein dadurch, dass ich mich in der Hütte aufhielt, in mir breitmachte. Mir war, als wäre ich zu meiner eigenen Totenwache gekommen und würde vor dem Sarg stehen und in mein lebloses Gesicht hinabblicken, das unter der trügerisch warmen Farbe meiner Haut unnatürlich aussah. Da war kein Geräusch, kein Wind, keine Bewegung in den Schlafzimmern … und meine Hände zitterten.

Ich sollte nicht hier sein. Das ist falsch.

Der Schnee war schon einige Zeit geschmolzen, und langsam stieg Dampf von der Wasseroberfläche auf. Vorsichtig tauchte ich einen Finger in die Schüssel. Das Wasser war warm, also hob ich die Schüssel mit meinen Socken als provisorischen Handschuhen herunter und stellte sie auf den Boden. Dann stellte ich meine blau angelaufenen Füße hinein und spürte weder die Temperatur noch das feuchte Wasser. Ich lehnte mich auf dem Sofa zurück und schloss die Augen, als meine Beine langsam wieder zum Leben erwachten, was sich mit einem heftigen Kribbeln zwischen meinen Fußknöcheln und meinen Knien bemerkbar machte.

Nach fünf Minuten konnte ich meine Zehen noch immer nicht spüren. Ich steckte eine Hand ins Wasser und stellte fest, dass meine Füße ebenso effektiv abgekühlt waren, als hätte ich zwei Eisblöcke hineingelegt. Also stellte ich die Schüssel wieder auf den Lüfter, bis das Wasser warm war, und tauchte meine Füße ein weiteres Mal hinein.

Es dauerte noch zwei weitere Runden, in denen ich den geschmolzenen Schnee wieder erhitzte, bis ich in den Füßen langsam wieder etwas spürte – ein tiefes, schmerzhaftes Brennen. Ich versuchte, mich zu entspannen und mir mein Haus am See im Frühling vorzustellen, wie ich auf der Terrasse unter den Bäumen saß, umgeben vom grünen Wald und dem Wind, der vom Wasser herüberwehte.

Das lauwarme Wasser schmerzte wie Säure, und ich knurrte, während mir der Schweiß in die überanstrengten Augen lief und meine Füße brannten, als würde ich sie über eine offene Flamme halten. Vor lauter Schmerz konnte ich nur noch wimmern, und obwohl es verlockend war, die Füße aus dem Wasser zu nehmen, wusste ich doch, dass das Brennen auch dann nicht weggehen würde. Jetzt musste ich dafür bezahlen, dass ich sie der Kälte ausgesetzt hatte und in undichten Stiefeln stundenlang durch den Schnee marschiert war. Ich konnte nichts weiter tun, als auf der Couch zu sitzen und den wohl heftigsten Schmerz zu ertragen, den ich je gespürt hatte.

Gegen 18.00 Uhr wurde der Schmerz erträglicher, auch wenn ich die Welt um mich herum noch immer durch einen Rotschleier betrachtete. Es war sinnlos, durch das Fenster zu starren und nach Orson Ausschau zu halten. Die Sonne war untergegangen und die Wüste dunkler als der sternenlose Weltraum.

Ich zog die Füße aus dem kalten Wasser und stand auf wackligen Beinen auf, war jedoch erleichtert, wieder etwas in den Knöcheln zu spüren. Meine Zehenspitzen wurden langsam schwarz, aber dagegen konnte ich nun mal nichts machen. Zumindest hatte ich offenbar meine Füße gerettet. Wer brauchte denn auch schon Zehen?

Ich kramte in den Küchenschubladen herum und entdeckte eine Kerze und ein Streichholzbriefchen. Als die Flamme die Wände in sanftes gelbes Licht tauchte, überprüfte ich zum dritten Mal den Bolzen an der Tür und sicherte die vier Wohnzimmerfenster. Dann umklammerte ich den angelaufenen Messingkerzenleuchter und ging durch den schmalen Flur in den hinteren Teil der Hütte.

Mit dem Schlüssel für den Bolzen an der Eingangstür konnte man auch das Zimmer aufschließen, in dem ich eingesperrt gewesen war. Es sah genauso aus wie bei meiner Abreise, spärlich möbliert und klein. Obwohl das Fenster an der hinteren Wand vergittert war, rüttelte ich zur Sicherheit daran herum. Danach zog ich alle Schubladen auf, die leer waren, und sah unter das Bett. In diesem Zimmer befand sich nichts von Bedeutung. Es war eine Arrestzelle, nichts weiter.

Ich ging wieder auf den Flur und blieb vor Orsons Tür stehen. Obwohl meine Hand schon auf dem Türknauf lag, zögerte ich. *Du bist allein. Vergiss deine Angst.* Ich ging hinein.

Die Kühltruhe stand unter dem Fenster. Ich klappte den Deckel auf, aber sie war leer. Dann verschloss ich das Fenster. Jetzt musste er schon die Scheibe einschlagen, wenn er reinwollte.

Ich stellte die Kerze auf Orsons Kiefernholzkommode und zog nach und nach alle Schubladen auf. Die obersten drei waren leer, aber die letzte klemmte. Als ich noch einmal daran herumzerrte und sie noch immer nicht aufgehen wollte, trat ich dagegen. Das Holz knarrte, und nun konnte ich die Schublade an den Griffen ganz aus der Kommode ziehen und auf den Boden stellen.

Gott sei Dank.

Vor mir lagen fünf Videobänder, ein Stapel Aktenordner, eine Schachtel mit Mikrokassetten und drei Notizbücher. Ich hielt die Kerze direkt über die Schublade und hob ein Videoband hoch. Er hatte in seiner geraden, mikroskopisch kleinen Schrift auf das Etikett geschrieben: »Jessica Horowitz, 29.05.92, Jim Yountz, 20.06.92, Trevor Kistling, 25.06.92, Mandy Sommers, 06.07.92« – das alles stand nur auf einem Etikett, und hier lagen fünf Videobänder. Außerdem hatte ich drei weitere in Woodside zerstört. Mir fiel auf, dass die Bänder ausnahmslos in den Monaten Mai, Juni, Juli und August aufgenommen worden waren. Offenbar war das seine Jagdsaison.

Die Mikrokassetten waren nur mit einem Datum markiert, und ich vermutete, dass sie dasselbe egozentrische Gefasel enthielten, das Orson auch in Vermont auf seinem Bett liegend diktiert hatte. Ich nahm das grüne Notizbuch mit Spiralbindung heraus, legte mich auf den Bauch und blätterte es im Kerzenschein durch. Es war voller Gedichte, alle Seiten waren vorne und hinten bekritzelt. Ich las ein kurzes Gedicht laut vor, um seinen Versrhythmus zu ergründen, und glaubte, seine vielseitige Stimme in mir zu hören:

Du bist immer bei mir
Wenn ich im Dunkeln im Bett liege
Wenn ich über eine belebte Straße gehe
Wenn ich den Nachthimmel ansehe
Wenn ich scheiße
Wenn ich lache
Wenn ich sie besitze, so wie du es mit mir getan hast
Du bist allmächtig, aber du bist nicht mein Gott
Du hast mich erhoben, aber nicht geschaffen
Du bist das Benzin, aber nicht das Feuer
Ich bin tiefer
Ich bin unergründlich
Ich bin

Die anderen beiden Notizbücher enthielten Kurzgeschichten, Geistesblitze und die bruchstückhaften Gedanken eines Menschen, der gerne schreiben würde. Aber Orson hätte keinen guten Schriftsteller abgegeben. Er konnte ganz gut formulieren, aber sein Schreibstil und seine Verse wirkten unbeholfen und unklar, was ihn zum Scheitern verurteilt hätte, falls er sie je veröffentlichen wollte. Ich hätte ihm das gern gesagt, auch dass seine Gedichte prosaisch waren. Er sollte mit ansehen, wie ich die Notizbücher und die Bänder verbrannte.

Da waren noch drei Ordner. Auf dem ersten stand: »In den Nachrichten«, und er war voller Zeitungsausschnitte, die davon berichteten, wie Orsons Opfer entweder entdeckt wurden oder nicht gefunden werden konnten. Der zweite Ordner war beschriftet mit »Andenken« und voller Fotos. Ich sah sie mir alle an und entdeckte mich selbst auf einem halben Dutzend Bildern, aber sie regten mich nicht so auf, wie ich befürchtet hatte, selbst das, auf dem ich Sekunden nach Jeffs Tod auf seine Leiche herabblickte.

Eine Handvoll Fotos zeigte Luther, wie er Menschen grausame Dinge antat. Auf einem Bild starrte er mit toten, seelenlosen Augen und wildem Blick in die Kamera und hatte Kratzspuren auf beiden Wangen.

Im dritten Ordner »Protokolle« hatte er sechs mörderische Sommer auf nicht linierten Zetteln zusammengefasst. Ich blätterte ans Ende, überflog den Bericht über unsere gemeinsame Zeit, bis ich zum letzten Abschnitt kam:

Wyoming, 2. Juni 1996
Er war nicht so zugänglich oder produktiv wie Luther, aber ich erkenne in ihm ein Potenzial, das weit über das meines anderen Schülers hinausgeht. Daher lasse ich ihn gehen. Wenn ich ihn noch eine weitere Woche hierbehalte, verliert er den Verstand, dabei will ich doch, dass sein Zorn in ihm gärt, bis er wie berauscht vom Hass ist. Er ist mein Bruder und mir in vieler Hinsicht ähnlich. Ich liebe ihn, und das Mindeste, was ich für ihn tun kann, ist, ihm sein wahres Ich näherzubringen. Ich rechne zwar damit, dass ich ihn wieder hier rausbringen werde, aber ich ahne bereits, dass das nicht nötig sein wird. Er wird zu mir kommen, und ich kann nichts tun, um das zu verhindern. Andy ist klug und erstaunlich grausam, wenn es sein muss. Wenn er mich aufsucht, werde ich ihm das Geschenk geben, weil er dann bereit dafür sein wird. Es ist schon komisch, dass er mich zu einer solchen Selbstlosigkeit inspiriert.

Kapitel 35

Der Mond ging über den Bergen auf und erhellte die Schneedecke, die wie ein Feld aus blauen Diamanten aussah. Ich erwärmte mir eine Dose Schweinefleisch mit Bohnen auf dem Kerosinlüfter, und während sich der süße, rauchige Duft in der Hütte ausbreitete, hielt ich in der Wüste weiter nach Orson Ausschau.

Wir hatten den Wagen gegen Mittag verlassen, jetzt war es fast halb neun. Er konnte nicht so lange in der Wüste überlebt haben. Es war den ganzen Tag nicht wärmer als minus zehn Grad geworden, und der Marsch durch den Schnee in der unzureichenden Kleidung musste unweigerlich dazu führen, dass er nach so langer Zeit erfroren war. Also war er entweder tot oder hatte irgendwo Zuflucht gefunden, wobei nur der Lexus, der Schuppen oder diese Hütte infrage kamen. Ich war mir sicher, dass er sich nicht in der Hütte aufhielt, da ich in den vier Schränken und unter beiden Betten nachgesehen hatte und davon überzeugt war, hier alleine zu sein. Der Schuppen leuchtete im Mondlicht. Ich konnte ihn durch das Fenster neben der Eingangstür sehen. Wenn ich genug Mut aufgebracht hätte, wäre ich nach draußen gegangen und hätte nach Spuren gesucht, die zum Schuppen führten, aber ich war zu feige, um wieder hinaus in die Kälte zu gehen und nach ihm zu suchen, insbesondere da ich an den Beinen Blasen bekommen hatte. »Wo steckst du?«, dachte ich. »Und was hast du vor?«

Nach dem Abendessen setzte ich mich neben den Lüfter auf den Boden und zog einen Schuhkarton unter der Couch hervor.

Ich hatte ihn unter dem nicht angeschlossenen Spülbecken gefunden, er enthielt diverse Devotionalien, darunter Führerscheine aus den Staaten Indiana, Oregon, Kalifornien und Louisiana. Neben Orson Thomas und David Parker gab er sich auch als Roger Garrison, Brad Harping, Patrick Mulligan und Vincent Carmichael aus. Er besaß Pässe für alle Namen mit Ausnahme von Roger Garrison, und als ich sie aufschlug, stellte ich fest, dass er viel in Europa und Südamerika herumgereist war.

Was mich jedoch am meisten freute, war das mit einem Gummiband umwickelte Bündel Hundertdollarscheine. Ich zählte 52.800 Dollar – die sollten ausreichen, um zu verschwinden.

Ich verschloss den Schuhkarton wieder und warf ihn in die Schublade zu den Videokassetten und Ordnern, die ich ins Wohnzimmer getragen hatte. Nach der gründlichen Durchsuchung der Hütte befanden sich darin nun alle belastenden Beweise, die ich gefunden hatte, und es beruhigte mich sehr, dass sie sich jetzt in meinem Besitz befanden. Ich stand auf und ging zu dem Fenster neben der Tür. Eineinhalb Kilometer hinter dem Schuppen erhob sich der Felskamm über der Wüste und sah aus, als wären es riesige Dünen aus weißem Sand. »Orson«, dachte ich, »jetzt fehlst nur noch du. Nur dich muss ich jetzt noch vernichten.«

Wenn er mich überwältigen wollte, dann würde er es im Schutz der Nacht versuchen, aber aufgrund der Erschöpfung war ich körperlich und geistig völlig am Ende. »Ich werde bis Mitternacht schlafen«, dachte ich. »Jetzt kann ich ohnehin nichts mehr machen. Außerdem weiß ich nicht mal, ob er überhaupt kommen wird. Möglicherweise liegt er längst da draußen steifgefroren unter dem Schnee.«

Ich schaltete den Lüfter aus und ging in sein Schlafzimmer. Dort wickelte ich mich in die Fleecedecke ein, legte die Pistole unter das Kopfkissen und steckte mir die Handschellen in die Tasche. Da es windstill war und der Generator nicht lief, waren meine Atmung und mein Herzschlag die einzigen Geräusche, die ich hören konnte.

Ich träumte von einer Erinnerung: *Orson und ich sind zehn Jahre alt. Der Gottesdienst in der Third Creek Baptist Church, einer Kirche auf dem Land nördlich von Winston-Salem, die Grandmom immer besucht, ist gerade zu Ende gegangen. Da es der letzte Sonntag im Monat ist, strömen die Gläubigen nach draußen, wo ein Picknick aufgebaut wurde, zu dem alle etwas beigetragen haben. Neben dem kleinen Ziegelsteingebäude, das genauso aussieht, wie man sich eine gemütliche Baptistenkirche vorstellt, stehen sechs Picknicktische voller Erzeugnisse der guten Landküche. Drei Grills wurden schon morgens angefeuert, und der Duft von Hotdogs und Hamburgern und einem ganzen Schwein am Spieß liegt an diesem Augustnachmittag in der Luft.*

Nach dem Essen sitzen Orson und ich unter einem Walnussbaum und beobachten, wie einige Ameisen mit der weggeworfenen Schale einer Wassermelone beschäftigt sind. Es ist ein klarer, heißer Tag, und wir schwitzen stark unter unseren identischen himmelblauen Anzügen mit gelben Fliegen.

Ich sehe sie auf uns zukommen, wie sie zwischen den Familien hindurchgeht, die sich vollgefressen haben und jetzt auf Decken auf dem Rasen liegen. Sie ist neu in der Gemeinde, ihr knielanges ärmelloses Kleid hat dieselbe gelbe Farbe wie die von der Sonne gebleichten Blätter der Pappeln. Sie bleibt stehen und sieht auf die Wassermelonenüberreste herab. Ich beobachte, wie ihr eine Ameise über den nicht lackierten Nagel des großen Zehs läuft.

Als sie den Mund aufmacht, kommt ein sehr merkwürdiges Geräusch heraus, das irgendwie klingt, als würde man eine Messerklinge über einen Schleifstein ziehen. »Schick! Ihr beide seid die entzückendsten kleinen Burschen, die ich je gesehen habe!«

Orson und ich sehen ihr in das dick gepuderte Gesicht. Ihr lockiges platinblondes Haar steht starr ab, und sie riecht nach einer Mischung aus diversen billigen Parfüms.

»Meine Süßen!«, ruft sie grinsend, und wir sehen ihre falschen Zähne, an denen noch Brokkolistücke hängen. Gleich kommt sie, die Frage, die offenbar jeder stellen muss, obwohl Orson und ich uns ähneln wie ein Ei dem anderen. »Seid ihr Zwillinge?«

Mann, wie wir das hassen. Ich will schon den Mund aufmachen und antworten, ihr sagen, dass wir eineiige Zwillinge sind, als Orson mich plötzlich mit einem Blick davon abhält. Er schaut ihr in die Augen und schafft es, seine Unterlippe zittern zu lassen.

»Jetzt schon«, sagt er.

»Was meinst du damit, junger Mann?«

»Unser Drillingsbruder Timmy ... Er ist vor drei Tagen in dem Feuer verbrannt.«

Man kann trotz des Puders erkennen, wie ihr die Röte ins Gesicht steigt, und sie schlägt sich eine Hand vor den Mund. »Schick! Oh, das tut mir ja so leid. Ich wollte nicht ...« Sie hockt sich hin, und ich muss mir von innen in die Wangen beißen, um nicht laut loszulachen. »Nun, dann ist er jetzt bei Jesus«, sagt sie mit sanfter Stimme, »daher ...«

»Nein, er wurde nicht erlöst«, erwidert Orson. »Das sollte diesen Sonntag passieren. Glauben Sie, dass er jetzt bei dem Teufel in der Hölle ist? Da kommt man doch hin, wenn man nicht erlöst wurde, oder? Das hat Pfarrer Rob gesagt.«

Sie steht wieder auf. »Darüber solltet ihr lieber mit euren Eltern reden. Du lieber Himmel.« Ihr vorgetäuschter Frohsinn ist verflogen, und sie blickt in den angrenzenden Wald. Mit ihrem ganzen Make-up erinnert sie mich an einen traurigen Clown. »Schick! Das tut mir so schrecklich leid«, sagt sie, und wir schauen ihr nach, wie sie wieder in der Menschenmenge verschwindet. Dann rennen wir hinter den Walnussbaum und lachen, bis uns die Tränen über die Wangen laufen.

Ich erwachte, setzte mich in Orsons Bett auf und presste mir die Glock gegen die Schläfe. Inzwischen überraschte mich gar nichts mehr. Mit der Waffe in der Hand schlüpfte ich unter der Fleecedecke hervor und ging ins Wohnzimmer. Ohne den Wärme spendenden Kerosinlüfter war es in der Hütte abgekühlt, ich beugte mich vor, um ihn wieder einzuschalten, als etwas mein Blut gefrieren ließ: Ich erinnerte mich an den Traum und den nervösen Tick der Frau, ständig »schick, schick, schick« zu sagen. Anstatt wie beabsichtigt den Lüfter anzustellen, schob ich den Riegel zur Seite und öffnete die Eingangstür. Sofort drang eiskalte Luft in die Hütte ein.

Seit meiner Ankunft am späten Nachmittag hatte ich die Hütte nicht mehr verlassen, und meine Fußspuren führten in Richtung Süden und zurück zum Wagen. Ein Adrenalinstoß ließ mir die Härchen im Nacken zu Berge stehen: Da waren noch weitere Fußspuren, die nicht von mir stammten, sondern direkt aus dem Schuppen kamen und zur Eingangstür führten, in der ich gerade stand. *Er ist in der Hütte!* Ich schloss die Tür, drehte mich um und zog den Hahn zurück, während ich es bereute, keine Votivkerzen in jedem Zimmer aufgestellt zu haben. Langsam ging ich in der rötlichen Dunkelheit vorwärts und sah mit zusammengekniffenen Augen in die Ecken in der Küche und dem Wohnzimmer, während ich versuchte, jedes Geräusch zu erhaschen, sei es ein lauter Atemzug oder das Pochen eines Herzens, das ebenso schnell schlug wie meines.

»Beobachtest du mich gerade?«, dachte ich und schlich aus dem Wohnzimmer in den Flur. Die Tür des Gästezimmers war nur angelehnt, und ich trat sie mit dem Fuß auf, rannte hinein und drehte mich in der Dunkelheit um, den Finger am Abzug und darauf wartend, dass er mich ansprang. Aber das Zimmer war ebenso leer wie beim letzten Mal.

Also ging ich zurück in den Flur. *Dein Schlafzimmer. Du hast mich im Schlaf beobachtet.* Ich ignorierte meine Angst und trat über die Schwelle. Die einzige Stelle, die ich nicht einsehen konnte, war der Platz hinter seiner Kommode. Mit erhobener Glock stürzte ich schussbereit in den Raum und wollte schon den Abzug drücken, als ich den blinden Fleck zwischen Kommode und Gefriertruhe einsehen konnte. Aber da war er nicht.

Bisher hatte ich die vier Schränke noch nicht durchsucht, aber ich konnte mir nicht vorstellen, dass er sich in einem davon versteckte. Sie waren voller Vorräte: Der eine glich einer Speisekammer, in einem anderen bewahrte er Benzin, Wasserflaschen und beachtlich viele Seile auf. Außerdem hätte ich gehört, wie er in der Dunkelheit herumstolperte.

Ich verließ sein Schlafzimmer. Auf jeder Seite des dreieinhalb Meter langen Flurs, der die Schlafzimmer mit dem Wohnzim-

mer verband, standen zwei Schränke. *Du wartest doch nur darauf,*
dass ich daran vorbeigehe, damit du mir die Tür ins Gesicht schlagen
kannst. Ich rannte durch den Flur zurück ins Wohnzimmer.

Dann stand ich neben dem kalten Lüfter und begann, einen
Plan auszuarbeiten, wie ich ihn rauslocken konnte, als mir auf
einmal kaltes Wasser über den Kopf floss. Geschmolzener Schnee.
Über mir knarrte Holz, und ich sah zu den Dachsparren hinauf.
Ein Schatten schwang sich von einem Balken nach unten, und et-
was Stumpfes und Hartes schlug mir gegen den Hinterkopf.

Ich kam auf dem Boden liegend wieder zu mir, die Glock war verschwunden. Schnell rappelte ich mich auf. Die rötliche Dunkelheit drehte sich um mich und war durchdrungen von Lichtflecken.
Träumte ich?

Eine Messerspitze kam zwischen meinem rechten Arm und
meinem Torso hindurch und berührte meinen Solarplexus. Ich sah
den Elfenbeingriff, und als ich seinen Atem an meinem Ohr spürte, rann mir die Pisse am Bein herunter und sammelte sich in einer
Pfütze zu meinen Füßen. Ich versuchte, mich ihm zu entziehen,
doch er presste mir die Klinge an die Kehle.

»Dieses Messer kann deine Luftröhre durchschneiden, als wäre
sie Wackelpudding.«

»Bring mich nicht um.«

»Was klirrt da so?« Er befühlte die Taschen meiner Jogginghose.
»Oh, gut.« Schon zog er die Handschellen heraus, in denen noch
der Schlüssel steckte, und legte eine um meine linke Hand. »Gib
mir die andere.« Ich hielt auch die rechte Hand hinter den Rücken,
und er fesselte sie. »Jetzt geh voraus«, flüsterte er und hielt mir das
Messer weiterhin an die Kehle. »Im Schuppen wartet eine Überraschung auf dich.«

Kapitel 36

Obwohl ich barfuß lief, spürte ich das Eis zwischen meinen Zehen nicht. Ich stellte mir vor, dass der Neumond unsere Gesichter in ein bläuliches, unheilvolles Licht tauchte. Die Nacht war surreal, und ich versuchte mir einzureden, dass ich eigentlich ganz woanders wäre. *Ich gehe nicht mit ihm zu diesem Schuppen.* Orson blieb dicht hinter mir und stöhnte bei jedem Atemzug, als würde es ihn sehr anstrengen, mit mir mitzuhalten. Die Nachwirkungen der Betäubung, Frostbeulen oder beides. Vor der Hintertür des Schuppens blieb ich stehen und drehte mich um. Er schlurfte auf mich zu und richtete die Glock mit einer zitternden Hand auf meinen Kopf. Ich konnte im Mondlicht sein Gesicht erkennen: Die Spitzen seiner Ohren waren geschwärzt, seine Wangen, Lippen und Stirn von der Kälte leichenblass.

»Du hast deine Buttermilch verschüttet«, sagte er grinsend. »Geh rein. Die Tür ist offen.«

Ich drückte die Tür mit der Schulter auf und ging hinein. Als ich sah, was er getan hatte, bekam ich vor Schreck weiche Knie. Das Innere des Schuppens war voller Kerzen, Dutzende standen auf dem Boden und den Regalbrettern. Zahllose Schatten tanzten über den Beton, die Wände und die Deckenbalken. Ich sah den Pfahl, den Lederkragen und die Plastikplane, die auf dem Boden ausgebreitet worden war, um mein Blut aufzufangen.

»Alles für dich«, flüsterte er. »Tod bei Kerzenschein.«

»Orson, bitte …« Schon spürte ich die Messerspitze im Rücken und musste weitergehen. Während ich über den Betonboden ging, sah ich zu dem Loch in der hintersten Ecke hinüber, durch das er im Schutz der Dunkelheit in den Schuppen gekrochen sein musste. Das fehlende Brett lag auf dem Boden.

»Auf die Plane«, befahl er mir. Als ich zögerte, machte er drei Schritte auf mich zu und richtete die Glock auf mein linkes Knie. Augenblicklich lief ich auf die Folie und kniete mich hin. »Auf den Bauch«, ordnete er an, und ich legte mich wie befohlen hin. Ich konnte den Lederkragen riechen, als er ihn mir über den Kopf schob und um den Hals legte – daran klebte der Geruch von den Fremden, die das Pech gehabt hatten, hier Schweiß, Blut, Tränen und Spucke zu verlieren. Nun spürte ich eine schreckliche, starke Verbundenheit mit diesen verdammten Seelen, die vor mir dieses stinkende Band getragen hatten. Wir waren jetzt von einem Blut, Orsons abscheuliche Kinder. Papa holte einen Stuhl aus der Ecke und setzte sich gerade außerhalb meiner Reichweite darauf.

Er schob die Glock in den Bund von Walters Jeans, zog den Wetzstein hervor und begann, die Klinge darüber zu ziehen: *schick, schick, schick*. Während ich ihn in dem schwachen, gelblichen Licht der Kerzen, die um die Plastikfolie herumstanden, beobachtete, wurde ich mir der Handschellen bewusst, die sich schmerzhaft in meine Handgelenke drückten.

Sie gehörten mir. Ich hatte sie 1987 bei einer Halloweenparty von einem Freund als Gaggeschenk für mich und meine damalige Freundin Sophie bekommen. Zuerst war es uns peinlich gewesen, aber dann hatte ich sie in dieser Nacht damit an meinen Bettpfosten gefesselt. Ich hatte sie auch anderen Frauen angelegt und mich von ihnen fesseln lassen. Ich hatte sie Orson angelegt und er mir. Dieses verdammt robuste Metall.

Ich setzte mich auf und sah ihn an. Voller Verzweiflung versuchte ich, so unauffällig wie möglich die Handschellen auseinanderzuziehen, und als meine Hände taub wurden, strengte ich mich noch mehr an. Ein Menschenverbrenner namens Sizzle in »The Scorcher« zerbricht die Kette zwischen einem Paar Handschellen, als er hinten in einem Streifenwagen sitzt, und ermordet dann den Polizisten, der ihn verhaftet hat. Während ich meine Hände weiterhin nach außen zog, erinnerte ich mich an diesen wundervollen Satz: »Die Kette brach ebenso wie O'Malleys Hals, und schon saß Sizzle hinter dem Lenkrad und schubste den Officer auf die nasse Straße.« *Es geht ganz leicht, also zerbrich endlich.*

»Du vergeudest kostbare Energie«, sagte Orson beiläufig, während er eine Kerbe in der Klinge begutachtete. »Ich habe sie auch nicht kaputt gekriegt, als du mir das Feuerzeug unters Auge gehalten hast.« Er strich weiter über die Klinge, während er mich fixierte. »Da tut man dir einen Gefallen nach dem anderen, und so wird es einem vergolten. Das ist Verrat.«

Mein Mund war ganz trocken, und ich hatte keine Spucke mehr. »Ich weiß ja nicht, wie du Gefallen defini…«

»Ich habe alles nur für dich getan«, fuhr er mir über den Mund. »Washington. Mom. Wir könnten zusammen Unglaubliches bewirken, Bruder. Ich hätte dich befreien können. So wie ich Luther befreit habe. Ich habe ihm ebenfalls einen Spiegel vorgehalten, musst du wissen. Ich habe ihm den Dämon gezeigt. Er hat mir nicht ins Gesicht gespuckt.« Orson begann, sich in die Wangen zu kneifen und sich mit dem Messer über das Gesicht zu streichen, als würde es ihn amüsieren, dass er in seiner spröden Epidermis nichts mehr spüren konnte. Er blutete an mehreren Stellen. »Du bist in mein Haus gekommen«, fuhr er fort, »während ich in meinem Bett geschlafen habe. Du hast mich gefoltert.« Er sah mir in die Augen. »Du hast mir Angst gemacht, Andy. Und das hätte nicht passieren dürfen.«

»Ich schwöre …«

»Ich weiß … Du wirst es nie wieder tun. Wenn ein Mensch weiß, dass sein Tod kurz bevorsteht, dann würde er alles sagen, Andy. Ich habe mal diesen Kerl aufgeschnitten, der mir erzählt hat, er wäre von seinem Großvater missbraucht worden. Er hat es einfach zwischen seinen Schreien herausgestoßen, als ob das etwas ändern würde.« Er lachte traurig. »Wirst du mit mir reden, während ich dich ausweide? Nein, du bist bestimmt auch so ein Schreihals.«

Orson stand vom Stuhl auf. Die größte Kerze im Schuppen war ein roter, nach Zimt duftender Wachszylinder, etwa so dick wie eine Suppendose. Sie stand auf dem Regal neben der Hintertür, Orson hielt die Messerklinge über die Flamme und zog die Glock aus dem Hosenbund.

»Such dir ein Knie aus«, sagte er.

»Warum?«

»Behinderung. Folter. Tod. In der Reihenfolge. Jetzt geht es los. Such dir ein Knie aus.«

Auf einmal überkam mich eine unglaubliche Ruhe. *Du wirst mir nicht wehtun.* Ich stand auf und sah ihm in die Augen, wobei ich diese unumkehrbare Liebe heraufbeschwor, die uns verband.

»Orson, lass uns reden …«

Die Kugel bohrte sich in meine linke Schulter. Ich lag auf den Knien und sah mit an, wie das Blut auf die Plastikfolie spritzte. Ich roch Schießpulver und Blut und wurde ohnmächtig.

Als ich wieder zu mir kam, starrte ich die Dachsparren an, lag flach auf dem Rücken und meine Hände waren noch immer hinter meinem Rücken gefesselt. Ich versuchte aufzustehen, aber meine Füße waren mit einem dicken, rauen Seil umwickelt. Fünfundachtzig Kilo drückten sich auf meine Rippen, und ich stöhnte.

Orson saß rittlings auf mir und hielt das Messer über die rote Kerze, deren Wachs auf das Plastik tropfte. Die Karbonklinge leuchtete orange, und das Metall rauchte leicht.

Ich trug ein T-Shirt, ein Sweatshirt und einen alten burgunderfarbenen Pullover. Er setzte die Klinge an meiner Taille an und durchschnitt problemlos alle Stoffschichten, bis er am Kragen an meiner Kehle angelangt war. Dann entblößte er meinen nackten Oberkörper, meine Brusthaare bewegten sich leicht in dem schwachen Lufthauch, den die Kerzen in diesem eiskalten Schuppen auslösten. Über das Donnern meines Herzens hinweg glaubte ich, etwas in der Ferne zu hören, das wie ein leises Jammern klang oder so, als würden Mücken hinter meinem Ohr herumschwirren.

»Wow. Sieh nur, wie schnell dein Herz schlägt«, sagte er und legte eine Hand auf meine erschauernde Brust. Er klopfte auf mein Brustbein. »Das säge ich jetzt durch. Bist du schon nervös?«

Als die Messerspitze meine linke Brustwarze berührte, biss ich die Zähne zusammen und spannte jeden Muskel in meinem Körper an, als könnte ich so das Eindringen der heißen Klinge verhindern.

»Ganz ruhig«, sagte er. »Ich möchte, dass du dich entspannst. Dann tut es auch viel mehr weh.« Orson bewegte das Messer von meiner Brustwarze aus fünf Zentimeter nach links und stieß die Klinge wenige Millimeter unter meine Haut. Das Metall war eiskalt, und ich erschauerte, während ich mit ansah, wie er einen Kreis mit einem Durchmesser von etwa zehn Zentimetern ausschnitt. Das Blut sammelte sich in meinem Bauchnabel, und Orson sprach mit mir, während er mich bearbeitete, als versuche er, mit seiner Stimme psychotischen Frieden zu verbreiten.

»Zwei Drittel deines Herzens liegen links des Brustbeins. Daher mache ich erst mal einen Entwurf, mit dem ich dann arbeiten kann.« Er seufzte. »Ich hätte dir das alles beigebracht. Oder jemand anderem. Sieh dir das an.« Er hielt mir die Messerspitze vor die Augen, damit ich sehen konnte, wie mein Blut auf der bernsteinfarbenen Klinge zischte. »Ich weiß, dass du noch nichts spürst. Das liegt am Adrenalin. Deine Schmerzreflektoren sind blockiert.« Er lächelte. »Aber das wird nicht mehr lange anhalten. Sie können nicht unendlich viel Schmerz ausblenden.«

»Orson«, flehte ich und war jetzt kurz davor, in Tränen auszubrechen, »was ist mit dem Geschenk?«

Er sah verblüfft auf mich herab und schien sich dann zu erinnern. »Ah, das Geschenk. Du neugieriger Wichser.« Er legte die Lippen an mein Ohr. »Willard war das Geschenk.«

Dann stützte er seine linke Hand auf meine Stirn und packte das Messer mit der rechten. »Manchmal frage ich mich, was wohl passiert wäre, wenn er sich für dich entschieden hätte.«

Es klopfte an die Hintertür. Orson erstarrte. »Ich kann dir eins versichern«, flüsterte er beim Aufstehen, »ich werde dich tagelang am Leben lassen, das kannst du mir glauben.« Er legte das Messer auf den Stuhl, ging zur Tür und zog die Glock aus dem Hosenbund.

»Dave, sind Sie da drin? Ist alles okay?«, rief Percy Maddings Stimme durch die Tür hindurch.

Ich versuchte, mich auf der Plastikfolie aufzusetzen.

Orson feuerte auf Hüfthöhe acht Schüsse durch das Holz. Dann sah er mich grinsend an. »Das, Andy, nennt man ...«

Eine Schrotflintenladung flog durch die Tür, und Orsons Brust bekam die volle Ladung der doppelläufigen Flinte ab. Er wurde von den Beinen gerissen und fiel auf den Rücken, als hätte ihn jemand umgeworfen. Betäubt rappelte er sich auf die Hände und Füße auf und starrte mich an, während blutrote Klumpen aus seiner Brust auf den Beton fielen. Percy rammte die Tür auf und trat Orson die Waffe aus der Hand. Mein Bruder kroch auf mich zu, sackte dann jedoch auf den Boden und schnappte zischend und Blut spuckend nach Luft.

Percy lehnte seine doppelläufige Schrotflinte neben der Tür an die Wand und hockte sich neben mich auf die Plastikfolie. Ich erkannte an seiner flachen Atmung, dass er getroffen worden war. Er musterte irritiert den Pfahl, die Fesseln, das Plastik und den blutigen Kreis auf meiner Brust.

»Hat er die Schlüssel für die Handschellen bei sich?«, fragte er mit rauer Stimme und zupfte an seinem schneebedeckten Schnurrbart. Seine Stimme klang kräftig, aber seine Hände zitterten. Als ich nickte, ging er zu Orson und durchsuchte seine Taschen, bis er den Schlüssel gefunden hatte. Er forderte mich auf, mich umzudrehen, löste die Handschellen und zog dann ein Bowiemesser aus dem Gürtel, mit dem er das Seil an meinen Füßen durchschnitt.

»Sind Sie verletzt?«, fragte ich. Er berührte seine Seite. Daunen standen aus einem Loch in seiner Tarnweste ab.

»Das ist nur ein Kratzer«, erklärte er, während ich den Lederriemen um meinen Hals abnahm. »Wie ich sehe, hat es Sie in der Schulter erwischt. Sind das Hohlspitzgeschosse?«

»Ja, Sir.«

»Dann ist es noch drin.« Percy ging zu Orson und legte ihm zwei Finger an den Hals. »Ist das Ihr Bruder?«, fragte er und wartete auf einen Puls. Ich nickte. »Was in aller Welt hatte er mit Ihnen vor?« Ich antwortete nicht. »Wir sollten wohl lieber einen Arzt aufsuchen.«

Ich rappelte mich auf und ging zur Hintertür. »Ich muss noch ein paar Sachen aus der Hütte holen«, sagte ich im Gehen. »Würden Sie mir vielleicht dabei helfen?«

»Kein Problem.«

Percy ließ Orsons leere Augen offen und nahm seine Schrotflinte, als er mir durch die zerstörte Tür nach draußen in den Schnee folgte. Er schrie etwas über meinen Freund, aber seine Stimme ging in meinem Keuchen unter, und ich blieb nicht stehen, um ihn zu fragen, was er gesagt hatte. Meine Schulter tat jetzt höllisch weh.

Ein Schneemobil stand im Leerlauf vor der Hütte. Als ich auf der Veranda ankam, drehte ich mich um und stellte fest, dass Percy viereinhalb Meter hinter mir war und sich mit der linken Hand die Seite hielt, während er in der anderen die Schrotflinte trug.

Ich betrat die Hütte und schloss hinter mir die Tür. In der Dunkelheit konnte ich nichts erkennen, aber das würde Percy genauso gehen. Ich sah aus dem Fenster und beobachtete Percy, der durch den Schnee marschierte und nur von dem einzigen Scheinwerfer des Schneemobils angestrahlt wurde. Dann zog ich mich in die Schatten zurück, damit er mich nicht sehen konnte, und dachte: »Ich schlage ihn einfach bewusstlos. Hier gibt es genug Lebensmittel, und er ist nicht schwer verletzt. Irgendjemand wird ihn schon finden. Es gibt keinen anderen Weg.« Schwere Schritte kamen die Stufen hinauf.

Langsam ging ich auf die Türscharniere zu, sodass ich hinter der Tür stehen würde, wenn er reinkam.

»Dave!«, schrie er, als die Tür aufging. »Was haben Sie gesagt, w...«

Ammoniak.

Warmer Atem in meinem Nacken.

Ich drehte mich um und stand Luther gegenüber, der lächelnd aus der Dunkelheit auftauchte.

Epilog

Luther begrüßt den Morgen mit einem Lächeln. Er steigt aus dem Bett, zieht sich eine Jeans und zwei Pullover an und geht ins Wohnzimmer, wo er Percys gefrorene, burgunderfarbene Pfütze auf dem Steinboden grinsend betrachtet.

Während der Kaffee durchläuft, geht er auf die Veranda. Dicke Schneeflocken fallen gemächlich vom bedeckten Himmel.

»Morgen, Männer.«

Orson und Percy antworten nicht. Sie sitzen in ihren Schaukelstühlen auf beiden Seiten der Tür, reglos wie Statuen, und ihre offenen, unbewegten Augen starren in die Wüste hinaus, ins Nichts. Sie sind wütend auf ihn, weil er sie dazu gezwungen hat, die Nacht in der Kälte zu verbringen.

Er setzt sich auf die Treppe und lauscht, aber noch hört er es nicht. Aber das ist schon okay. Es ist erst 10.45 Uhr. Er ist nicht nervös. Hinter dem Schuppen läuft ein brauner Fleck durch den Schnee – ein Kojote, der auf der Jagd ist. Er hat Luther letzte Nacht geweckt, als er den Mond angejault hat.

Da ist ein kaum wahrnehmbares Dröhnen. Gemächlich steht er auf, reckt die Arme über den Kopf und nimmt Percys Schrotflinte vom Küchentisch. Dann legt er sie neben sich auf die Veranda und setzt sich erneut auf die Stufen, um zu warten.

Das Schneemobil rast durch die Wüste, ein schwarzer Fleck, der sich über den Schnee bewegt.

Percys Frau kommt auf ihrem SnowKat näher und parkt neben dem Schneemobil ihres verstorbenen Mannes. Sie trägt eine umbrafarbene Latzhose und einen schwarzen Parka, nimmt den Helm ab und steigt vom Schneemobil. Der Schnee reicht ihr bis über die Hüfte. Ihr Gesicht wirkt robust und welk wie Percys, und ihr langes graues Haar reicht ihr bis über die Schultern. Sie lächelt Luther an und lehnt sich an das SnowKat, um Luft zu holen. Er kann die beiden Hütten in ihrer Sonnenbrille sehen.

»Hallo«, sagt er fröhlich. »Pam, nicht wahr?«

»Genau.«

»Es war nett von Percy, mich letzte Nacht herzubringen. Ich habe mir große Sorgen gemacht, dass meine Freunde hier im Sturm festsitzen würden.«

»Es ist nett, dass Sie ihm letzte Nacht Gesellschaft geleistet haben. Ich habe deinen Werkzeugkasten mitgebracht, Percy. Vielleicht können wir dein Kat ja so weit reparieren, dass du damit nach Hause fahren kannst. Ich habe ihm immer gesagt, dass ich ihm die Hölle heißmachen werde, wenn er mal ohne sein Handy von zu Hause weggeht. Was hast du dazu zu sagen, Perce?« Sie starrt ihren Mann an, der zu Luthers Linken sitzt.

»Haben Sie ihn schon bei irgendwem als vermisst gemeldet?«, fragt Luther, der erneut mit seiner Benommenheit zu kämpfen hat. Pam macht einen Schritt vorwärts und sieht ihren Mann mit irritiertem Blick an. Luther holt zwei Patronen mit Schrotmunition aus seiner Tasche.

»Nicht, seit ich mit Ihnen telefoniert habe«, antwortet sie, sieht jedoch Percy an. »Hey, Percy!« Sie nimmt die Sonnenbrille ab und schaut mit zusammengekniffenen Augen erst zu ihrem Mann und dann zu Luther hinüber. Blut läuft über Luthers linke Stiefelspitze in den Schnee. »Was zum Henker ist denn los mit ihm?«

»Ach, der ist tot.«

Sie grinst, als hätte Luther einen Witz gemacht, und kommt noch näher. Als sie Percys Kehle sieht, wandert ihr Blick von Luther zu Orson, und sie schreit. Ein Rabe fliegt neben dem Schuppen aus dem Schnee auf und krächzt verärgert. Pam dreht sich um und rennt zurück zu ihrem SnowKat.

Luther lädt in aller Seelenruhe die Schrotflinte.

Drei Stunden später entspannt er sich auf der Veranda und trinkt eine Tasse schwarzen Kaffee. Er hat sich einen Rest von Mitgefühl bewahrt und Pam und Percy nebeneinandergesetzt und Pams Hand sogar in Percys Schoß gelegt. Sie werden zusammenfrieren. Das ist nicht völlig unromantisch.

»Ich werde dir bald einen neuen Freund bringen«, sagt er. »Wie würde dir das gefallen?« Er sieht zu Orson hinüber und schlägt ihm auf den Rücken, der sich anfühlt wie eine eiskalte Steinplatte. »Du redest wohl nicht viel, was?« Luther lacht laut.

Er glaubt jetzt, er wäre die Perfektion von Orson, und das erfüllt ihn mit Ekstase.

Wieder läuft ihm warmes Blut an der Innenseite des Oberschenkels herunter.

Als Luther aufwacht, liegt er auf dem Rücken, starrt die Decke der überdachten Veranda an, und der verschüttete Kaffee auf seinem Pullover ist längst gefroren. Er setzt sich auf. Die Wolken sind verschwunden, die Sonne steht tief am Himmel und ist schon halb hinter dem weißen Felskamm in der Ferne verschwunden. Kleine schwarze Punkte tanzen vor seinen Augen – erste Vorboten des Sterbens, das bald einsetzen wird. Eine kleine Blutlache ist unter seinen Füßen auf dem Holz gefroren und schimmert rötlich in der untergehenden Sonne. Ihm ist eiskalt. Der Schmerz ist zurückgekehrt, aber Luther reagiert darauf nicht, indem er wie ein normaler Mensch wimmert. Er ist unbezwingbar, allerdings sollte er bald losfahren, wenn er die Kugel überleben will, die ihm Andrew Thomas verpasst hat.

Er steht auf, nimmt die Schrotflinte und taumelt wieder in die Hütte. Am Ende des Flurs entriegelt er die Tür des Gästezimmers und stößt sie mit dem Fuß auf.

Andrew Thomas liegt reglos auf dem Bett.

»Steh auf«, sagt Luther. Er hat den Raum seit der vergangenen Nacht nicht mehr betreten, als er Andrew hier reingeschleift hat. Mit schmerzverzerrtem Gesicht setzt sich Andrew auf und lehnt sich an die Wand. Er hat sich die Decke noch um die Schultern gewickelt und zittert, und sein Atem bildet kleine Wölkchen in der Luft.

»Komm mit«, sagt Luther.

Andrew sieht ihn besiegt an. »Ich habe die Schrotflinte gehört. Sind sie alle tot?«

»Komm mit.«

Orsons Bruder sieht zu Boden, und ihm stehen Tränen in den Augen. »Bring mich einfach um.«

Luther sackt zusammen. Er fällt gegen die Wand, und Blut tropft aus dem Saum seiner Jeans, während er versucht, auf sein Gegenüber zu zielen. Aber die Schrotflinte rutscht ihm aus den Händen, und er bricht auf dem Steinboden zusammen.

Ich hebe die Schrotflinte vom Boden auf und lege den Finger auf einen der Abzüge. Als ich den Lauf gegen Luthers Brust drücke, kann ich den Wahnsinn förmlich spüren, und er ist sehr verlockend. Ich möchte nur zu gern den Abzug drücken, den Rückstoß an meiner Schulter spüren und mit ansehen, wie Luther auf dem Boden verblutet. Kurz gesagt: Ich sehne mich danach, ihn zu töten, und genau aus diesem Grund tue ich es nicht.

Ich zerre Luther, der noch am Leben ist, aber immer schwächer wird, auf die Veranda und binde ihn mit einem langen Seil an den letzten leeren Schaukelstuhl. Dann nehme ich die rote Fleecedecke von Orsons Bett und wickle sie um Percy Madding und die Frau neben ihm, die vermutlich seine Ehefrau ist. Ich hätte sie gern begraben, aber der Boden ist unter dem Schnee gefroren. Mehr kann ich nicht für den Mann machen, der mir das Leben gerettet hat.

Nachdem ich es endlich geschafft habe, Percys festgefrorene Augenlider zu schließen, gehe ich in den Schnee hinaus und drehe mich noch einmal zu den Toten und dem Sterbenden um.

Die letzten Strahlen der untergehenden Sonne fallen auf die Veranda, und diesen Anblick werde ich wohl nie mehr vergessen: Percy Madding, seine Frau, Orson und Luther Kite, jeder in einem Schaukelstuhl, drei Tote und einer, der nicht mehr lange leben wird.

Ich zucke zusammen, als Luther etwas sagt. Er zittert jetzt, und seine Zähne klappern unkontrollierbar. Ich kann mir nicht vorstellen, dass er die Nacht überlebt. Die Frage ist nur, ob er verbluten wird oder ob die Kälte schneller ist.

»Sie sehen verwirrt aus«, sagt er. »Warum, Andrew?«

»Weil hier so viel Blut geflossen ist, Luther.«

»Wir wollen doch alle Blut. Wir sind im Krieg. Das ist der Code. Krieg, Regression und immer mehr Blut. Sagen Sie mir nicht, das würde Sie nicht ansprechen.« Luthers schwarzes Haar fällt in sein blasses, blutleeres Gesicht. Er scheint auf meine Antwort zu warten, aber ich habe keine.

Schließlich gehe ich zu meinem Bruder. Unsere Gesichter sind nur noch Zentimeter voneinander entfernt. Orsons Augen stehen offen, und sein Mund ist im Tod zur Andeutung eines Grinsens erstarrt. Die verachtenswerte Missachtung, mit der er die Maddings und jeden anderen Menschen, den er abgeschlachtet hat, gestraft hat, erzürnt mich, und ich schreie ihn wütend an, sodass meine Stimme durch die Wüste hallt: »Ist das Schönheit, Orson? Ist das die Wahrheit?«

Dann fange ich endlich an zu weinen.

Ich fahre unter dem weiten, purpurroten Himmel über den Schnee in Richtung Osten auf die 191 zu, und der Wahnsinn nimmt ab, als die Hütte hinter mir kleiner wird. Ich frage mich, ob Luther schon tot ist. Mir gehen so viele Dinge durch den Kopf.

Die Skier kratzen über den Asphalt, und ich parke das Schneemobil auf der anderen Straßenseite. Dann löse ich die beiden Koffer mit meiner Kleidung und dem Inhalt aus Orsons Schublade und setze mich an den Straßenrand. Der Highway wurde geräumt, und auf der Straße liegt nur noch der Schnee, der herübergeweht wurde. Alles ist ruhig. Mein linker Arm pocht, aber Percy hat sich zum Glück geirrt. Die Kugel ist wieder ausgetreten, und ich konnte das Bleistück an diesem Morgen aus meiner Schulter ziehen.

Die Sonne ist untergegangen. Uralte Bilder von Sternen und Planeten erscheinen am Nachthimmel.

Der Mond geht in meinem Rücken über den Bergen auf und wirft einen Schatten auf die Straße. Der leere Highway erstreckt sich gen Norden und Süden, so weit ich sehen kann.

Mir ist so kalt. Ich stehe auf und stampfe mit den Füßen auf der Straße. Anstatt mich wieder hinzusetzen, gehe ich zu einer hohen Schneeverwehung und mache einen Schneeengel. Ich liege flach auf dem Rücken, bin auf allen Seiten von Schnee umgeben und kann nur noch den Himmel sehen, während ich nichts anderes spüre als die Kälte.

Meine Gedanken beginnen zu wandern.

Ich denke an Orsons Gesicht. Trotzig. Vielleicht sogar mutig.

Wir wären trotz allem in dieser Wüste, selbst wenn wir beide damals nicht in diesen Tunnel gegangen wären.

Mom ...

Walter ...

Ich werde nicht nach North Carolina zurückkehren.

Als die Kälte intensiver wird, scheint der Wahnsinn abzuebben, und mein Kopf ist wieder frei.

Ich spüre einen tiefen Frieden.

Ich bin fast eingeschlafen, als das ferne Brummen eines Motors an mein Ohr dringt. Einen Moment lang überlege ich, einfach liegen zu bleiben und zu sterben. Ich zittere nicht mehr, sondern spüre eine eingebildete Wärme.

Mühsam setze ich mich auf. Da sind Scheinwerfer eines Wagens, der von Rock Springs in Richtung Norden fährt. Ich stehe auf, wische mir den Schnee von der Kleidung und trotte mit steifen Gliedern auf die Straße. »Vermutlich kommt da ein Umzugswagen«, denke ich, stelle mich auf den Mittelstreifen und winke mit den Armen, als ich im Scheinwerferlicht stehe.

Zu meiner Überraschung hält ein langer, weißer SUV drei Meter von mir entfernt.

Als ich näher herangehe, wird das Fenster auf der Fahrerseite heruntergekurbelt und ein Mann, der einige Jahre jünger ist als ich, grinst mich an, bis er die blauen Flecken in meinem angeschlagenen Gesicht sieht. Seine hübsche Frau stützt die Ellenbogen auf die Mittelkonsole und sieht mich besorgt an, und ihr Gesicht wird vom grellen Licht der Uhr im Armaturenbrett blau angestrahlt. Drei Kinder schlafen auf dem Rücksitz und liegen ineinander verschränkt da.

»Geht es Ihnen gut?«, fragt der Mann.

»Ich weiß es nicht. Ich möchte … einfach nur in die nächste Stadt. Wo immer sie hinfahren. Bitte.« Der Mann sieht seine Frau an. Sie schürzt die Lippen.

»Wo ist Ihr Wagen?«

»Ich habe keinen.«

»Wie sind Sie dann hierhergekommen?«

»Würden Sie mich bitte in die nächste Stadt mitnehmen? Ihr Wagen ist der einzige, der seit Anbruch der Nacht hier durchgekommen ist.«

Der Mann sieht sich noch einmal zu seiner Frau um, und sie scheinen sich wortlos zu beraten.

»Wir fahren zu einer Familienfeier nach Montana«, meint er schließlich. »Aber Pinedale liegt etwa achtzig Kilometer weiter. Bis dahin nehmen wir Sie mit. Sie können sich hinten reinsetzen.«

»Danke. Ich hole nur schnell meine Sachen.«

»Richard«, murmelt seine Frau.

Ich hebe meine Koffer aus dem Schnee und gehe zum Heck des SUV. Dann lege ich mein Gepäck hinein und steige ein.

»Bitte seien Sie leise«, flüstert die Frau. »Wir möchten, dass sie die Nacht durchschlafen.« Sie deutet auf ihre Kinder, als würde sie Schmuck feilbieten.

Die hinterste Bank wurde ausgebaut, daher muss ich es mir auf dem Boden zwischen dem Gepäck der Familie bequem machen: einer roten Kühltasche, Reisetaschen, Koffern, einem Wäschekorb voller Spielzeug. Mit den Koffern zu meinen Füßen lehne ich mich an die Kühltasche und ziehe die Beine an die Brust. Wir fahren los, und ich starre aus dem Heckfenster auf den vom Mond beschienenen Highway hinaus, der immer schneller unter uns dahingleitet.

Wir fahren eine halbe Stunde lang bergauf. Dann geht es über ein Plateau, und ich sehe auf die verlassene Wüste hinaus und halte in der Ferne Ausschau nach zwei schwarzen Punkten im Schnee.

Vorne im Wagen flüstert die Frau ihrem Mann zu: »Du bist wirklich süß, Rich.« Sie streichelt seinen Nacken.

Aus der Lüftung strömt warme Luft in mein Gesicht, und aus den Lautsprechern kommen leise Klavierklänge, das Geräusch von Wellen und schreienden Möwen, die beruhigende Stimme eines Mannes, der aus der Bibel vorliest.

Und während Orson, Luther und die Maddings auf der Veranda der Hütte festfrieren und von der Stille der Wüste umgeben sind, lausche ich dem Atmen der schlafenden Kinder.

Quellenangabe

Sie schrecken mich nicht mit dem Nichts umher:
Um Sterne und auf Sternen menschenleer.
Es liegt in mir, viel näher an zu Haus.
Mich schrecken meine öden Orte mehr.

Robert Frost: Öde Orte. Aus Promises to keep. Poems.
Gedichte, C. H. Beck, München 2011.
Aus d. Englischen v. Lars Vollert.

Printed in Dunstable, United Kingdom

75054891R00168